詩經

译注

彩图玲珑本 上册／国风

程俊英 译注
［日］细井徇 等 绘

图书在版编目（CIP）数据

诗经译注：彩图玲珑本 / 程俊英译注；（日）细井
徇等绘 . 一上海：上海古籍出版社，2024.5
ISBN 978-7-5732-1083-8

Ⅰ . ①诗… Ⅱ . ①程… ②细… Ⅲ . ①《诗经》－译
文②《诗经》－注释 Ⅳ . ①I222.2

中国版本图书馆CIP数据核字（2024）第075902号

诗经译注（彩图玲珑本）

（全二册）

程俊英 译注

［日］细井徇 等绘

上海古籍出版社出版发行

（上海市闵行区号景路 159 弄 1-5 号 A 座 5F 邮政编码 201101）

（1）网址：www. guji. com. cn

（2）E-mail：guji1 @ guji. com. cn

（3）易文网网址：www. ewen. co

上海丽佳制版印刷有限公司印刷

开本 890×1240 1/32 印张 28.875 插页 8 字数 500,000

2024 年 5 月第 1 版 2024 年 5 月第 1 次印刷

印数：1—5,300

ISBN 978-7-5732-1083-8

I·3818 定价：136.00 元

如有质量问题，请与承印公司联系

一

《诗经》是我国最早的一部诗歌总集。它在孔子时称为"诗"或"诗三百";到了汉代,武帝罢黜百家,独尊儒术,将孔子所整理过的书称为"经",才确定《诗经》的名称。秦火以后,汉时保存研究《诗经》的有四家:鲁人申培的鲁诗,齐人辕固的齐诗,燕人韩婴的韩诗(现存《韩诗外传》),这三家诗都先后失传;我们现在所读的《诗经》,是毛亨、毛苌传下来的。毛亨作《毛诗故训传》,所以后人又称《诗经》为"毛诗"。

《诗经》分为风、雅、颂三大类,共三百零五篇。《诗经》都是周诗,它产生的年代,大约上起西周初年,下至春秋中叶,历时五百多年。它产生的地域,约在现今的陕西、山西、河南、河北、山东和湖北北部一带地方。至于它的作者,我们只能根据诗的内容推测他们的身份和社会地位,具体的姓名,除古书上有记载或在诗篇中自书姓名者外,其余绝大多数是无法考知的了。

在这样漫长的时间里,在这样广阔的地区中,产生了这么多的诗篇,是谁、又是怎样把它们搜集、编订成为一本诗集的呢? 根据古代文献,说周代设有采诗的专官,官名叫做"酋人"或"行人",到民间去采诗。《国语》又有公卿列士献诗、太师陈诗的说法,他们所献陈的诗,据说也在《诗经》内。当时大量的民歌和贵族的诗篇，就是依靠采诗献诗制度而保存下来的。那么，又是谁将这些诗篇加工整理成为诗集的呢？《周礼》说："太师教六诗：曰风，曰赋，曰比，曰兴，曰雅，曰颂。"又说："大司乐以乐语教国子。"可见周代乐官不但保管《诗经》，且负担着教授诗、乐的任务。三百篇都是有乐调的，诗乐不分，进行加工编辑工作的，可能就是乐官太师。到了春秋时代，诸侯间交际频繁，一般外交家为了锻炼自己的口才，加强外交辞令，常常引用诗歌的章句，来表达本国或自己的态度和希望，使其语言含蓄婉转而又生动，这就形成当时上层人物学诗的风气。所以孔子说："不学诗，无以言。"周诗可能即在春秋士大夫"赋诗言志"的普遍要求下，乐工不断地加工配乐，逐渐地结集成为一本教科书。孔子一直称"诗三百"，《左传》引诗百分之九十五都见于《诗经》，可见在春秋时代，已经有固定的教本了。《史记》有孔子删诗说，经过千百年学者的考证，孔子只是对"三百篇"做了校正乐调的工作，并没有删诗。

《诗经》分为风、雅、颂三大类，古人按什么标准来分的？后世学者对这也有不同的看法，其中最有力者约有三说：（一） 认为按诗的作用分，以《毛诗大序》为代表。（二） 认为按作者的身份及诗的内容分，以朱熹《诗集传》为代表。（三） 认为按音乐分，以郑樵《六经奥论》为代表。我个人同意第三说。郑樵说："风土之音曰风，朝廷之音曰雅，宗庙之音曰颂。"古人所谓"风"，即指声调而言。《郑风》，就是郑国的调儿，《齐风》，就是齐国的调儿，都是用地方乐调歌唱的诗歌。好像现在的申曲、昆腔、绍兴调一样，它们都是带有地方色彩的声调。十五国风，就是十五个不同地方的乐调。雅是秦地的乐调，周秦同地，在今陕西。西周的都城在今陕西省西安西南，古代叫做"镐"；这地方的乐调，被称为中原正音。"雅"字《说文》作"鸦"，鸦和乌同声，乌乌是秦调的特殊声音，所以称周首都的乐调为雅，也就是《左传》说的"天子之乐曰雅"，又好像现在人称北京的乐调为京调一样。雅有大小之分，孔颖达说："诗体既异，音乐亦殊。"惠周惕《诗说》认为大、小雅就像后代音乐的大吕、小吕一样，都是乐调的区别。颂即古代的"容"字，阮元译作"样子"，就是表演的意思。颂不但配合乐器，用皇家声调歌唱，而且是带有扮演、舞蹈的艺术。据王国维考证，风雅只清唱，歌辞有韵，声音短促，叠章复唱。颂诗多数无韵，由于配合舞步，所以声音缓慢，且大多不分章，这就是颂乐的特点。从上面说的看来，周诗既保存于官府，太师又担负着编订、加工、讲授《诗经》的工作，他们根据乐调给诗分类，那是很可能的事。古人将风、雅、颂和《诗经》的表现手法赋、比、兴连在一起，称为"诗之六义"。

二

《诗经》大体上反映了周代的社会面貌和人民的思想感情。读它就好像读了一部周族从后稷到春秋中叶的发展史。

《国风》里有一些反映人民劳动生产的诗歌。如《芣苢》，它再现了活泼健康的古代劳动妇女的形象，语言的反复，篇章的重叠，表现了这些妇女对劳动的热爱。再如《七月》，叙述了豳地农民一年四季无休止的劳动过程和劳动生活的各个方面，形象地反映了周代剥削者与劳动者之间的对立。雅、颂里也有一部分反映农业劳动的诗歌，如《甫田》、《大田》、《载芟》、《良耜》。这些诗篇多经贵族文人的修改，用于祭祖祭神等活动，和民歌有很大区别。但是，从这里可以看出农民知道制造农具，知道选种、除草、施肥、灭虫，可以看出当时农业生产的高度发达。

风诗里还有一些反剥削反压迫的诗歌，《伐檀》、《硕鼠》是其代表作。《伐檀》是一群伐木者在河边砍伐檀木，替统治者造车发出的呼声，谴责了统治者不劳而获的罪行和剥削制度的不合理。《硕鼠》的作者将剥削者比作贪吃的大耗子，并发誓要离开那里，到没有耗子的理想国去。可是，那个没有剥削而能安居的乐土，只是诗人的幻想，所以他最后只能失望地长叹说："乐郊乐郊，谁之永号！"这两首诗，反映了我国人民在二千五百年前就有消灭剥削制度的理想和愿望，具有高度的思想意义。

周代初年，大小诸侯原有一千八百国，到春秋时代只剩三十几国了，诸侯间大鱼吃小鱼的兼并战争的剧烈，可想而知。此外，周族常常受到四夷的侵扰，抵抗外侮的战争便时有发生。《无衣》是秦襄公时的军中战歌。"岂曰无衣，与子同袍"，充满了慷慨激昂热情互助的气氛。后三句"王于兴师，修我戈矛，与子同仇"，又表现了人民勇敢从军，团结友爱，共同御侮的决心。可见，正义的战争，人民是拥护的。但是，非正义的战争，就必然遭到人民的反对。《击鼓》写一位兵士被迫服役南行，他想起临别时和妻子的誓约："死生契阔，与子成说，执子之手，与子偕老。"现在都成了空话，他不禁沉痛地诉说："于嗟阔兮，不我活兮！于嗟洵兮，不我信兮！"这种委曲怨恨的典型情绪，正反映了人民对非正义战争的反抗。无休止的服役制度，也是压在人民身上惨重的负担。《鸨羽》写怨恨自己服役，家中缺乏劳动力，无人赡养父母的忧虑和痛苦。《君子于役》写主妇傍晚看见牛羊归家，而想到征人还未归来，即景生情，语淡意浓。这一类诗，都说明了战争和徭役破坏农业生产和家庭生活，也是阶级矛盾的一种反映。

《国风》中有不少揭露统治者丑行的讽刺诗。《新台》揭露劫夺儿媳为妻的卫宣公的丑恶行为，把他比作癞蛤蟆。《相鼠》痛骂那些荒淫无耻的统治者连老鼠都不如。《南山》斥责齐襄公禽兽之行，竟和胞妹私通。《株林》嘲讽陈灵公和夏姬的淫乱。《墙有茨》讥刺了卫国宫廷的丑事。《君子偕老》鞭挞了卫宣姜这个位尊貌美而淫乱的"国母"。如果把这些诗合在一起读，真是一幅绝妙的百丑图。

　　风诗中特别多的，是人们抒写关于恋爱、婚姻、家庭生活的诗。《南山》诗说："取妻如之何？必告父母。""取妻如之何？匪媒不得。"《周礼·媒氏》说："中春之月，令会男女，于是时也，奔者不禁。"这说明了周代人民在国定的仲春开放月里，恋爱结婚是比较自由的。其他时间就必须经过"父母之命、媒妁之言"，始能正式结婚；否则，社会上就认为是违礼犯法的事。反映在诗篇里，有的表现着恋爱结婚非常自由，有的又表现着受礼教的束缚。如《野有蔓草》、《木瓜》、《萚兮》等都表现了男女情投意合的爱情。《静女》、《溱洧》等反映了青年男女自由自在地过着合理幸福的生活。但是，另一种诗，却表现着恋爱婚姻受种种的限制和破坏。《将仲子》写一个少女虽然深爱仲子，但她害怕父母、诸兄、国人之言，不得不沉痛地牺牲她的爱情，请求仲子不要再来找她。她那"可怀"与"可畏"的心理矛盾，正反映了当时男女爱情与礼教之间的矛盾。《诗经》情歌中还有一种值得我们注意的，即弃妇之辞，可以《氓》为代表。这首诗叙述一个女子和男方从恋爱、定约、结婚到受虐、被弃的过程，倾诉她悔恨交加的心情，反映了妇女被玩弄虐待，婚姻没有保障的悲惨命运和她们的不平。

　　西周传至厉王，暴虐无道，任用巫祝控制人民的言论，残酷地剥削人民，致使社会矛盾激化，引起了国人的反抗，厉王逃亡而死。宣王即位，修内政，定边患，史称中兴。幽王继立，增赋税，宠褒姒，任小人，也是一个暴虐昏庸的统治者，终被犬戎所杀。厉王幽王时代，产生了一些反映统治阶级内部矛盾的诗和讽刺诗，都编在二雅里。其中有反映因贵族间争田夺地的，如《节南山》、《何人斯》；有反映争夺政权的，如《桑柔》；有对劳役不均的怨恨，如《北山》；有对贫富悬殊的不平，如《正月》。这些矛盾，几乎达到很尖锐的程度，《巷伯》中说："取彼谮人，投畀豺虎！豺虎不食，投畀有北！有北不受，投畀有昊！"对于那些造谣诽谤的当权者，真可说是恨到了咬牙切齿的地步了。这些谴责，出于切身利益受损害、政治上受压抑的人物之手，他们最熟悉周王朝的内部情况，又有一定的文化教养，所作的政治讽刺诗比较真实地反映了当时的社会面貌，在艺术上也有较高的价值。

雅诗中还有反映贵族生活的诗，如《小弁》写父子矛盾，《白华》写夫妻矛盾，《鹿鸣》、《常棣》、《伐木》写朋友兄弟宴会之乐，《宾之初筵》写饮酒无度、失仪败德等，这些诗，结构完密，形象生动，是《诗经》中的佳作。

雅诗中还有叙述周人开国和宣王征伐四夷而中兴的诗篇，后人称之为"史诗"。如《生民》、《公刘》、《绵》、《皇矣》、《大明》，以及《六月》、《采芑》、《常武》、《出车》、《江汉》等都是。《生民》歌颂周始祖后稷，他是氏族社会女酋长姜嫄的儿子，由于发明种植五谷，中国社会由母系制向父系制转化，并奠定中华以农立国的始基。读《公刘》，不觉眼前浮现一位带领周族由邰迁豳的英雄形象；读《绵》，如见人民由豳迁岐开辟田地，建筑房屋的业绩；读《大明》，如见武王伐纣，在牧野鏖战的伟大场面；读《六月》等诗，如见宣王率军讨伐四夷的战功。这些，都是历史家最宝贵的资料。

《小雅》里有一小部分诗歌，从内容到形式都很类似风诗，如《黄鸟》、《我行其野》等十二篇（龚橙《诗本谊》说）。《苕之华》的"人可以食，鲜可以饱"，"知我如此，不如无生"，不是在饥饿线上挣扎的劳苦人民，恐怕反映不出这样的生活和感情。而且这些诗重章叠句，篇幅也不长，很像民歌。可见雅诗和《国风》之间并不存在不可逾越的鸿沟。

至于颂，都是歌功颂德的作品，它和雅诗中歌颂统治阶级和祭神祭祖的诗一样，其思想内容无甚可取。但如《载芟》、《良耜》描写农业生产，具体而生动。《閟宫》赞美鲁僖公能恢复疆土，修建宫庙，长达一百二十句，是《诗经》中最长的诗。《駉》、《潜》描绘畜牧和渔业生产。这些都含有人民的创造因素，在艺术上也不是毫无借鉴之处。

《诗经》中还有一些没落贵族厌世颓唐的诗，如《蜉蝣》、《蟋蟀》；礼俗诗，如《桃夭》、《螽斯》；别诗，如《燕燕》、《渭阳》；悼亡诗，如《葛生》、《素冠》。最后，必须提一下《载驰》，作者许穆夫人，是一位有见识、有斗争性的爱国诗人，也是世界上最早的女诗人。

三

《诗经》出色的艺术手法，韩愈称之为"葩"，王士禛比它"如画工之肖物"，也就是说诗人善于塑造众多逼真的人物形象，就像花一样生动美丽。这种艺术境界，是与其语言艺术的高度成就分不开的。其中经前人总结的常用表现手法为赋、比、兴。

朱熹说："赋者，敷陈其事而直言之者也。"换句话说，赋就是叙述和描写，它是诗人常用的一种表现手法。谢榛《四溟诗话》对赋、比、兴曾经做过一番统计工作，他说："予尝考之《三百篇》：赋，七百二十；兴，三百七十；比，一百一十。"他的统计可能有出入，但结合诗篇实际情况来看，赋句确实占多数。由于赋比较直截、明显，不像兴那样复杂、隐约，所以后人对它的研究比较少。《诗经》运用赋的形式是多种多样的：（一）全诗均用赋体者，如《静女》、《七月》等。《七月》全诗八章，将农民一年十二月的劳动项目铺叙出来，议论抒情虽少，但农夫被领主剥削的道理自明，不必再费什么唇舌了。（二）全诗均用设问叙述的，如《采蘋》、《河广》等。《河广》是春秋时宋人侨居卫国者思乡之作。这位游子，虽极思返乡，但终无法如愿以偿，于是唱出了这首诗。全诗二章，每章四句，都用设问的赋式，杂以排比、夸张、复叠的修辞；于是宋国虽近而至今不得归去的思想感情，便委婉尽致地表达出来了。（三）每章章首起兴，下皆叙述者，如《燕燕》、《兔爰》等。《兔爰》全诗三章，章首一二句都是起兴："有兔爰爰，雉离于罗。"下两章只换一个字而意义相同，由此而引起下面的叙述，抒写"我生之初"和"我生之后"的苦乐悬殊。这诗应以赋为主，而兴是为叙述抒写服务的。（四）全诗仅首章或一二章起兴，余皆叙述者，如《节南山》、《谷风》等。《谷风》首章的"习习谷风，以阴以雨"二句是起兴，兴句中所写的丈夫的暴怒，引出下面叙述诗中女主角当初治家的勤劳，被弃的痛苦等等，都是以赋的形式来表达的。（五）杂比句的描写叙事诗，如《君子偕老》、《斯干》等。《斯干》全诗九章，第四章的"如跂斯翼，如矢斯棘，如鸟斯革，如翚斯飞，君子攸跻"，运用四个比喻，形容殿堂的宏伟华丽。其余都纯用赋法，描写生动，是一首较好的叙事写景诗。（六）采取对话形式的赋体诗，如《东门之墠》、《女曰鸡鸣》等。《女曰鸡鸣》是夫妻早起的对话，叙述他们二人一问一答，最后丈夫解下身上的佩玉相赠，表示对妻子的深情厚爱的报答。诗人运用赋的手法，速写了一幅幸福家庭的图画。总之，赋可以是叙事、描绘，可以是设问、对话，也可以是抒情或者发议论。议论诗以二雅为最多，不胜枚举。

朱熹说："比者，以彼物比此物也。"换句话说，比就是比喻，在《诗经》中用得很广泛。它的形式，可分为明喻、隐喻、借喻、博喻、对喻等。明喻是正文和比喻两个成分中间用一个"如"字（或意义同"如"的他字）作媒介，如"有女如玉"，这是用玉洁白柔润的属性，刻画诗中人物的美丽温柔。又如"有力如虎"，抽象的"力"的概念，通过比喻，就从具体的"虎"字而形象化了。隐喻是将正文和比喻合为一体，如果说明喻的形式是"甲如乙"，那么隐喻的形式可以说是"甲是乙"。《正月》的"哀今之人，胡为虺蜴"，《节南山》的"尹氏大师，维周之氐"，"为"和"维"都解做"是"。说当时人是蛇虫，把他们形容得很透彻。说姓尹的太师是宗周的根柢，一个"氐"字也道出了尹氏对于周王朝的重要性。至于借喻，是正文全部隐去，以比喻代表正文，其中带有讽刺意味的，亦称讽喻。如"硕鼠硕鼠，无食我黍"，是借田间的大老鼠，来比贪婪的剥削者。《新台》诗说："燕婉之求，得此戚施。"诗人借丑陋的癞蛤蟆，来比丑恶的卫宣公。这样一借用，更足以引起读者的共鸣。博喻顾名思义即用多种比喻来形容正文。如《淇奥》的"有匪君子，如切如磋，如琢如磨"，诗人以切磋琢磨等方法，比有才华的君子精益求精地修养自己的才德，对诗中的形象起了精雕细刻的作用。对喻是正文和比喻上下相符的一种形式，它的实质及作用和明喻一样，但在形式上却省去"如"、"若"等字，是明喻的略式。如《衡门》的"岂其食鱼，必河之鲂！岂其取妻，必齐之姜"，前两句是比喻，后两句是正文。《巧言》的"他人有心，予忖度之。跃跃毚兔，遇犬获之"，前二句是正文，后二句是比喻。宋陈骙《文则》称它为"对喻"，因为在句式上是两两相对的。从上看来，比和赋一样，性质很明显，后人对这也没有什么争论。

最复杂的问题是兴。兴是启发，也称起兴。它是诗人先见一种景物，触动了他心中潜伏的本事和思想感情而发出的歌唱，所以兴句多在诗的开头，又称"发端"。有些学者对兴和比、赋的差别感到有些混淆，不易辨别；有些人干脆否定兴的存在。我以为结合诗的内容和形式作具体的分析，还是可以指出它和比、赋的区别的。第一，兴多在发端，它在诗篇的地位，总是在所咏事物的前面，极少在篇中，即朱熹所谓"兴者，先言他物以引起所咏之词也"。而赋、比无此特点。第二，比的运用，是以彼物比此物，总是以好比好，以不好比不好。但兴含比义时，有时也可起反衬作用，如以好反衬不好等。《凯风》末二章说："爰有寒泉，在浚之下。有子七人，母氏劳苦。""睍睆黄鸟，载好其音。有子七人，莫慰母心。"陈奂《诗毛氏传疏》说："后二章以寒泉之益于浚，黄鸟之好其音，喻七子不能事悦其母，泉鸟之不如也。"这样反衬诗中形象的特点，是比的手法所没有的。第三，兴是诗人先见一种景物，触动了他心中潜伏的本事和思想感情而发出的歌唱，比是先有本事和思想感情，然后找一个事物来作比喻。如"有女如玉"，玉这个东西，不是诗人当前接触到的，而是诗人依据过去的经验，认为玉是漂亮温柔的。当见到女时，便联想到玉，故意取它的特性来刻画女。兴就不是这样，是触物起情。所以兴句多在诗的开头，而比句多在章中。第四，比仅联系局部，在一句或两句中起作用，如《硕人》的"手如柔荑，肤如凝脂……"每个用来作比的东西，仅仅联系句中被比的东西，不能互相移易。兴则不然，诗的开头两句往往为全章甚至全篇烘托了主题，渲染了气氛。如《关雎》的作者，看见雎鸠关关地叫，在河洲追求它的伴侣，诗人便联想到君子所追求的那位德貌兼美的好姑娘，就把最近夜里翻来覆去失眠的痛苦，同她谈情结婚的幻想，写成一首诗篇。而"关关雎鸠，在河之洲"的兴句，便标示了本诗的主要内容，就是君子追求淑女的主题。从上看来，兴和比的差别，不但搞得清楚，而且是比较明显的。至于兴和赋的区别，也是能搞清楚的。赋是直述法，诗人将本事或思想感情平铺直叙地表达出来。如《狡童》是把狡童不和诗中的"我"说话、同食，因而"不能餐"、"不能息"的情绪直率地表达出来。兴诗就不是这样，如《汝坟》的"遵彼汝坟，伐其条枚"，这是诗人本身正在做的事。由于当前所作之事，触动了诗人的思夫之情，她就将当前伐条枚的事如实地叙述下来，所以很像赋。下面接着说："未见君子，惄如调饥。"她由伐条枚而联想久别的君子。所以上二句是兴不是赋。《泽陂》的"彼泽之陂，有蒲与荷"是写景，形式上很像赋。诗人看见湖水的堤旁有菖蒲和荷花作伴，因而触动了诗人失恋之感，唱出了"有美一人，伤如之何"等诗句。所以上二句也是兴不是赋。《泽陂》的写景和《汝坟》的叙事，并不是单纯的，而是由这种景或事而触动起来的一种思想感情，是和全诗的主要内容有紧密的有机联系的。由此可见，兴和赋的差别也是很明显的。

《诗经》兴的手法，到底有哪几种形式？在诗中起了什么作用呢？它的形式：有各章都用同样的事物起兴的，如《蓊兮》；有各章用不同的事物起兴的，如《南山》；有一章之中完全用兴的，如《葛覃》的第一章；有全诗都用兴法来歌唱的，如《鸱鸮》。这四种形式，它可以起比喻衬托的作用，如"关关雎鸠，在河之洲"是比喻衬托君子追求淑女之情。它又可以兼有写景叙事的作用，如《风雨》每章均以风雨、鸡鸣起兴，渲染出一幅风雨凄其，鸡声四起的背景，生动地刻画了思妇"既见君子"后的喜悦心情。它还可以起塑造诗中主要人物形象的作用，如《摽有梅》，三章分别以"摽有梅，其实三兮"、"摽有梅，其实七兮"、"摽有梅，顷筐塈之"起兴。三章兴句的层次，与诗中人物心理活动的变化相适应，刻画了一位直率真诚渴望爱情的女子形象。它又可以突出诗篇主要内容的作用，如《绸缪》开头就唱"绸缪束薪，三星在天"，这在当时人一听，就马上理解他唱的是结婚诗。因为周代的风俗习惯是这样的：结婚必定在黄昏时候，必定束薪做火把，束草喂马，迎接新娘，举行婚礼。它又能增强作品的思想感情作用，如《相鼠》的兴句说"相鼠有皮"，诗人以最讨厌的老鼠尚且有皮，反比卫宣公人不如鼠，表现了诗人对统治者的谴责反抗的思想感情。它又能起调节音律、唤起感情的作用，当我们读到"伐木丁丁（音争），鸟鸣嘤嘤"、"桃之夭夭，灼灼其华"的时候，就会引起一种音响抑扬的美感。有的诗人运用民间习语作为开端，它和诗的下文意义多不连贯，但唱起来音节悠扬合拍，流利顺口，如《扬之水》。由上看来，《诗经》中兴的艺术形式是多种多样的，它的作用也是多方面的，较赋和比复杂多了。

赋、比、兴是《诗经》最基本的艺术特点，但它的艺术魅力，并不止于此。还有一些修辞手法，如复叠、对偶、夸张、示现、呼告、设问、顶真、排比、拟人、借代等等。限于篇幅，只得从略。

《诗经》所使用的语言，既丰富而又多彩，用来绘景塑形、叙事表情，愈觉诗篇鲜明生动。有些词汇，经过几千年，一直到今天还在使用，如"中央"、"休息"、"婚姻"、"艰难"等，而"尸位素餐"、"秋水伊人"、"高高在上"、"惩前毖后"等，也成为常用的成语了。这不但说明《诗经》的语言丰富精炼，且对我国民族语言发展有较大的贡献，成为研究古汉语者必读之书。

《诗经》的句法，主要是四言的，这可能受原始劳动诗歌一反一复的制约。但到诗人情绪激昂时，也会突破常用的句式，如《伐檀》五、六、

七、八言都有，《缁衣》中有一言句，《祈父》中有二言句，《君子于役》中有三言句，可见《诗经》的句法，有从一言到八言的变化。

《诗经》的韵律，是比较和谐悦耳的。在声调方面，有双声、叠韵、叠词、复句之妙，有顶真、排比之变，有兮、矣、只、思、斯、也之声。这些，都加强了诗的音乐性。在用韵方面，也是比较复杂而又自由的。好在王力同志的《诗经韵读》已经问世，读者可按古音去读《诗经》，一定是音节铿锵，和谐优美的。

四

这本《诗经译注》是把诗三百零五篇全部介绍给读者。除原诗外，每首诗包括题解、注释和译文三部分。关于诗篇的主题，是众说纷纭的。我们既不能跟在前人后面亦步亦趋地转，也不能完全抛弃旧说，一空依傍。因此，写每篇题解时，我主要采取"就诗论诗"的态度，注意剔除经生们牵强附会的解释。如《国风》中一些清新可喜的爱情歌曲，被挂上"后妃之德"等牌号，歪曲原诗的意义，是需要予以纠正的。另一方面，也避免刻意求新之弊，对于一些主题不明显又无从考证的诗，则付之阙疑，不强作解说。

注释尽量做到浅显易懂。对于某句的古注有好几种解释的，则选择一种较为合理的注释。对于二说可以并存的，则将另一说也附在注后，以便读者有所选择。比较生疏的字都加上注音，只注今音，不注古音。

关于译文，《诗经》时代距今已有二千五百多年，要将当时的诗歌准确而流畅地翻成新诗，而又不失其诗味，实在是一件极其困难的事。但对于读者，尤其是对青年同志来说，在原诗旁附一篇译诗，确是很必要的，我努力地作了一番尝试。译诗的原则，是尽可能逐句扣紧原诗，但不是逐字硬译。因为同时还有注释，所以有的译文便多考虑传达一些原诗的风味情调，使注释和译文可以相得益彰地配合起来。《诗经》的译文工作，甚至新诗的创作，毕竟还在摸索之中，我很希望同广大读者、学者和有志于此的同志们一起来修改这些译诗，在反复推敲中提高。

　　本书承汪贤度、王维堤同志审阅，承蒋见元、刘永翔同志帮助，特此志谢！

程俊英

于华东师大古籍整理研究室

一九八二年春

前言 / 001

國 風

周南 召南

周 南

关雎 / 006　　葛覃 / 010　　卷耳 / 013　　樛木 / 016

螽斯 / 018　　桃夭 / 020　　兔罝 / 022　　芣苢 / 024

汉广 / 026　　汝坟 / 030　　麟之趾 / 032

召 南

鹊巢 / 034　　采蘩 / 036　　草虫 / 038　　采蘋 / 042

甘棠 / 044　　行露 / 046　　羔羊 / 049　　殷其靁 / 050

摽有梅 / 052　　小星 / 054　　江有汜 / 055　　野有死麋 / 057

何彼秾矣 / 062　　驺虞 / 065

邶风 鄘风 卫风

邶 风

柏舟 / 072　　绿衣 / 076　　燕燕 / 078　　日月 / 081

终风 / 083　　击鼓 / 085　　凯风 / 087　　雄雉 / 090

匏有苦叶 / 092　　谷风 / 094　　式微 / 101　　旄丘 / 102

简兮 / 105　　　　泉水 / 108　　　　北门 / 110　　　　北风 / 112

静女 / 115　　　　新台 / 117　　　　二子乘舟 / 119

鄘　风

柏舟 / 120　　　　墙有茨 / 122　　　　君子偕老 / 124　　　　桑中 / 127

鹑之奔奔 / 130　　定之方中 / 132　　　蝃蝀 / 138　　　　相鼠 / 140

干旄 / 142　　　　载驰 / 144

卫　风

淇奥 / 148　　　　考槃 / 152　　　　硕人 / 154　　　　氓 / 160

竹竿 / 165　　　　芄兰 / 168　　　　河广 / 170　　　　伯兮 / 171

有狐 / 174　　　　木瓜 / 176

王　风

黍离 / 180　　　　君子于役 / 183　　　君子阳阳 / 185　　　扬之水 / 186

中谷有蓷 / 188　　兔爰 / 190　　　　葛藟 / 192　　　　采葛 / 194

大车 / 196　　　　丘中有麻 / 198

郑　风

缁衣 / 202　　　　将仲子 / 204　　　叔于田 / 207　　　大叔于田 / 209

清人 / 212　　　　羔裘 / 214　　　　遵大路 / 215　　　女曰鸡鸣 / 216

有女同车 / 218　　山有扶苏 / 220　　萚兮 / 223　　　　狡童 / 224

褰裳 / 225　　　　丰 / 226　　　　　东门之墠 / 228　　风雨 / 230

子衿 / 232　　　　扬之水 / 233　　　出其东门 / 234　　野有蔓草 / 235

溱洧 / 236

齐　风

鸡鸣 / 242　　　还 / 243　　　著 / 244　　　东方之日 / 245

东方未明 / 246　　南山 / 248　　　甫田 / 250　　　卢令 / 252

敝笱 / 254　　　载驱 / 256　　　猗嗟 / 258

魏　风

葛屦 / 262　　　汾沮洳 / 263　　　园有桃 / 266　　　陟岵 / 268

十亩之间 / 270　　伐檀 / 271　　　硕鼠 / 274

唐　风

蟋蟀 / 278　　　山有枢 / 281　　　扬之水 / 286　　　椒聊 / 288

绸缪 / 290　　　杕杜 / 292　　　羔裘 / 294　　　鸨羽 / 295

无衣 / 298　　　有杕之杜 / 299　　葛生 / 300　　　采苓 / 303

秦　风

车邻 / 308　　　驷驖 / 310　　　小戎 / 312　　　蒹葭 / 315

终南 / 318　　　黄鸟 / 320　　　晨风 / 323　　　无衣 / 328

渭阳 / 330　　　权舆 / 331

陈　风

宛丘 / 334　　　东门之枌 / 336　　衡门 / 338　　　东门之池 / 340

东门之杨 / 342　　墓门 / 344　　　防有鹊巢 / 346　　月出 / 348

株林 / 350　　　泽陂 / 351

桧 风

羔裘 / 356   素冠 / 357   隰有苌楚 / 358   匪风 / 360

曹 风

蜉蝣 / 364   候人 / 366   鸤鸠 / 368   下泉 / 372

豳 风

七月 / 376   鸱鸮 / 390   东山 / 393   破斧 / 403

伐柯 / 405   九罭 / 406   狼跋 / 408

國風

周南　召南

《周南》、《召南》是《国风》中编次在最先的。《周南》十一篇,《召南》十四篇,二南合计二十五篇。

关于二南产生的年代,《毛诗》说它是西周初年的作品;郑玄的《诗笺》和后来崇毛派多这么说。但经后人考证,认为它大约是西周末东周初的制作。崔述《读风偶识》说:"此(《汝坟》)乃东迁后诗,'王室如毁',指骊山乱亡之事。"《何彼秾矣》中有"平王之孙,齐侯之子"二句,《毛传》和《郑笺》以文王释平王。魏源《诗古微》认为这是指周室东迁后的平王宜臼。章潢《诗经原体》提出文王时候吕尚还没有封齐,诗的"齐侯之子"不是指他。冯沅君《诗史》说《甘棠》诗中的"召伯",指的是宣王末年征伐淮夷有功的召穆公虎,和《大雅·召旻》中称召公奭为"召公"的不同。《甘棠》是歌颂召虎的诗,与召公奭无关。《野有死麕》据《旧唐书·礼仪志》,说它是平王东迁后的诗。而且二南的写作技巧远胜于《周颂》,周初不可能产生这样成熟的作品。因此,今人多认为二南可能是东迁前后的诗。

旧说二南的产生地在陕西岐山一带地方。后人据诗的内容去分析,如《关雎》说"在河之洲",指的是黄河。《汉广》说"江之永矣",指的是长江。黄河和长江之间有汉水、汝水，这就是《汉广》所说的"汉有游女"，《汝坟》所说的"遵彼汝坟"。在黄河和长江地区，二南诗中简称为"南"，即《樛木》所说的"南有樛木"，《汉广》所说的"南有乔木"。《草虫》的"陟彼南山"，《殷其靁》的"在南山之阳"，南山指的是它北面的终南山。这和《韩诗序》（郦道元《水经注》引）所说的"二南其地在南郡南阳之间"相同。按南阳即今河南省西南部，湖北省北部。南郡即今湖北省江陵县一带地方。由此可见，二南的产生地，包括河南的临汝、南阳，湖北的襄阳、宜昌、江陵等一带地方。它是国风中最南的地区。

据马瑞辰《毛氏传笺通释》考证，南是古代国名，在今陕西。周王把这些地分给周公旦和召公奭作采邑。采邑不得名为国风，编诗的人称之为周南、召南。方玉润《诗经原始》则认为周是地名，在雍州岐山之阳。南是周以南之地。召也是地名，召以南的诗叫做召南。周的西边是犬戎，北边是豳，东为列国，唯南最广，而及乎江汉之间。方说似较正确。

二南的作者有好些可能是妇女，诗的内容反映了她们的劳动、恋爱、归宁、思夫等生活与思想感情。还有一些礼俗诗，如贺婚、祝多子诗等。

周南

关 雎

【题解】

这是一个青年热恋采集荇菜女子的诗。诗中所说的"君子",是当时对贵族男子的称呼；琴瑟、钟鼓是当时贵族用的乐器；可见诗的原作者可能是一位贵族青年。闻一多《风诗类钞》说："关雎,女子采荇于河滨,君子见而悦之。"这是正确的。全诗集中描写他"求之不得"的痛苦,只能在想象中和她亲近、结婚。

荇菜　　多年生水生草本。叶呈对生圆形,嫩时可食,亦可入药。李时珍《本草纲目》："叶径一二寸,有一缺口而形圆如马蹄者,莼也；叶似莼而稍锐长者,荇也。"

关关雎鸠¹　　在河之洲²　　　　雎鸠关关相对唱　双栖河里小岛上

窈窕淑女³　　君子好逑⁴　　　　纯洁美丽好姑娘　真是我的好对象

参差荇菜⁵　　左右流之⁶　　　　长长短短鲜荇菜　顺着水流左右采

窈窕淑女　　寤寐求之⁷　　　　纯洁美丽好姑娘　白天想她梦里爱

求之不得　　寤寐思服⁸　　　　追求姑娘难实现　醒来梦里意常牵

悠哉悠哉⁹　　辗转反侧¹⁰　　　　相思深情无限长　翻来覆去难成眠

1　关关：水鸟相和的叫声。《玉篇》、《广韵》作喝，是后起字。　雎鸠：水鸟。

2　河：黄河。　洲：水里的陆地。《说文》作州，洲是俗字。

3　窈窕：纯洁美丽。扬雄《方言》："秦晋之间，美心为窈，美状为窕。"窈窕一词，古人兼指内心与外貌两方面而言。　淑：善，好。

4　君子：当时贵族男子的通称。　好逑：好的配偶。逑，仇的假借字，配偶。

5　参差：长短不齐。　荇菜：生在水上的一种植物，形状很像莼菜，可以吃。

6　流：顺着水势去采。朱熹："流，顺水之流而取之也。"按《毛传》训流为"求"，《鲁诗》训流为"择"，亦可通。

7　寤寐：寤，睡醒；寐，睡着。

8　思服：二字同义，思念。胡承珙《毛诗后笺》："《康诰》曰：'要囚，服念五六日。'服念连文，服即念也，念即思也。"

9　悠哉：形容思念深长的样子。

10　辗转反侧：翻来覆去。指在床上不能安眠。

雎鸠　　水鸟。上体暗褐，下体白色。趾具锐爪，适于捕鱼。《尔雅·释鸟》："雎鸠，王鴡。"郭璞注："雕
　　　　类，今江东呼之为鹗，好在江渚山边食鱼。"鸠在《国风》中见过四次，都是比喻女性的。相传这
　　　　种鸟雌雄情意专一，和常鸟不同。《淮南子·泰族训》："《关雎》兴于鸟，而君子美之，为其雌雄
　　　　之不乘居也。"王先谦："不乘居，言不乱耦。"《毛传》："雎鸠，王雎也。鸟挚而有别。"

参差荇菜　　左右采之　　　　长长短短荇菜鲜　采了左边采右边

yǎotiǎo
窈窕淑女　　琴瑟友之[11]　　纯洁美丽好姑娘　弹琴奏瑟亲无间

参差荇菜　　左右芼之[12]　　长长短短鲜荇菜　左采右采拣拣开
　　　　　　mào
yǎotiǎo
窈窕淑女　　钟鼓乐之　　　　纯洁美丽好姑娘　敲钟打鼓娶过来

11 琴瑟：古代弦乐器。琴有五弦或七弦，瑟有二十五弦。　友：亲爱。《广
　　雅·释诂》："友，亲也。"

12 芼：选择。

葛 覃

【题解】

这是一首描写女子准备回家探望爹娘的诗。诗人叙述在采葛制衣的时候，看见黄雀聚鸣，引起了她和父母团聚的希望。她得到公婆、丈夫的应允，就告诉了家里的保姆，开始洗衣，整理行装，准备回娘家。

葛　　即葛藤，是一种蔓生纤维科植物，其皮可以制成纤维织布，现在叫做夏布。

葛之覃兮¹ 施于中谷²　　葛藤枝儿长又长　蔓延到　谷中央

维叶萋萋³ 黄鸟于飞⁴　　叶子青青盛又旺　黄雀飞　来回忙

集于灌木 其鸣喈喈⁵　　歇在丛生小树上　叫喳喳　在歌唱

葛之覃兮 施于中谷　　葛藤枝儿长又长　蔓延到　谷中央

维叶莫莫⁶ 是刈是濩⁷　　叶子青青密又旺　割了煮　自家纺

为𫄨为绤⁸ 服之无斁⁹　　细布粗布制新装　穿不厌　旧衣裳

1　葛：葛藤。是一种蔓生纤维科植物，其皮可以制成纤维织布，现在叫做夏布。　覃：延长。　兮：语气词，相当于现代汉语的"啊"。

2　施：蔓延。　中谷：就是谷中。

3　维：句首语气词，含有"其"义。　萋萋：茂盛的样子。马瑞辰《毛诗传笺通释》："诗以葛之生此而延彼，兴女之自母家而适夫家。"

4　黄鸟：黄雀。　于：助词，也有人认为是动词词头。有时含有"往"的意思。

5　喈喈：黄鸟相和的叫声。摹声词。

6　莫莫：茂密的样子。

7　刈：割。　濩：煮。将葛煮后取其纤维，用来织布。

8　𫄨：细夏布。　绤：粗夏布。

9　斁：厌弃。朱熹《诗集传》："盖亲执其劳，而知其成之不易，所以心诚爱之，虽极垢弊而不忍厌弃也。"

言告师氏[10]	言告言归[11]	告诉我的老保姆　回娘家　去望望
薄污我私[12]	薄^{huàn}澣我衣[13]	搓呀揉呀洗衣裳　脏衣衫　洗清爽
害^{huàn}澣害否[14]	归宁父母[15]	别把衣服全泡上　要回家　看爹娘

10　言：助词，无义。下同。　师氏：保姆。闻一多《诗经通义》："姆，即师氏。……论其性质，直今佣妇之事耳。"

11　告：告诉公婆和丈夫。　归：回父母家。

12　薄：语首助词，有时含有勉力的意思。　污：搓搓着洗。　私：内衣。《释名》："私，近身衣。"

13　澣：洗。　衣：罩衫。姚际恒《诗经通论》："衣，蒙服。"

14　害：音义同"曷"，何，哪些。　否：不要。

15　归宁：古代称女子回娘家探亲叫做归宁。这句是全诗的主旨。

卷 耳

【题解】

这是一位妇女想念她远行的丈夫的诗。她想象他登山喝酒，马疲仆病，思家忧伤的情景。

卷耳　　今名苍耳、枲耳。一年生草本植物。春夏开花，绿色，果实倒卵形，有刺。荒地野生。茎皮可取纤维，果实可提取脂肪油，亦可入药。朱熹《诗集传》："卷耳，枲耳。叶如鼠耳，丛生如盘。"

采采卷耳[1] 　不盈顷筐[2] 　　　采呀采呀卷耳菜　不满小小一浅筐

嗟我怀人[3] 　寘彼周行[4] 　　　心中想念我丈夫　浅筐丢在大道旁
　　　　　　　　zhì　háng

陟彼崔嵬[5] 　我马虺隤[6] 　　　登上高高土石山　我马跑得腿发软
zhì　　　　　　huī tuí

我姑酌彼金罍[7] 　维以不永怀[8] 　且把金杯斟满酒　好浇心中长思恋
　　　　　léi

1　采采：采了又采。　卷耳：植物名，今名苍耳，嫩苗可吃，也可作药用。

2　盈：满。　顷筐：浅的筐子，前低后高，犹今之畚箕。

3　嗟：语助词，不是叹词。马瑞辰："嗟，为语词。嗟我怀人，犹言我怀人。"

4　寘：同"置"，放下。　彼：指示代词，那。　周行：大道。

5　陟：登。　崔嵬：高而不平的土石山。

6　虺隤：腿软的病。虺，瘣的假借字。《说文》："瘣，病也。"隤与颓通，蔡邕《述行赋》："我马虺颓以玄黄。"

7　姑：姑且、只好。　酌：斟酒喝。　金罍：当时贵族用的酒器。金，指青铜。

8　维：发语词。　以：借此。　永：长。　怀：思念。

陟彼高冈　　我马玄黄⁹　　　　登上高高山脊梁　我马病得眼玄黄

我姑酌彼兕觥¹⁰　维以不永伤　　　且把大杯斟满酒　不让心里老悲伤

陟彼砠矣¹¹　我马瘏矣¹²　　　登上那个乱石冈　马儿病倒躺一旁

我仆痡矣¹³　云何吁矣¹⁴　　　仆人累得走不动　怎么解脱这忧伤

9　玄黄：马病的样子。

10　兕觥：用犀牛角制的大型酒杯。

11　砠：多石的山。

12　瘏：《孔疏》引孙炎曰："瘏，马疲不能前进之病。"

13　痡：人疲病不能前进。

14　云：语助词，无义。　何：多么。　吁：忏的假借字，忧愁。

樛　木

【题解】

这是一首祝贺新郎的诗。诗中以葛藟附樛木，比喻女子嫁给"君子"。

南有樛木^{jiū} ¹　　葛藟累之^{lěi} ²　　　南边弯弯树枝桠　　野葡萄藤攀缘它

乐只君子³　　福履绥之⁴　　　先生结婚真快乐　　上天降福赐给他

南有樛木^{jiū}　　葛藟荒之^{lěi} ⁵　　　南边弯弯树枝桠　　野葡萄藤掩盖它

乐只君子　　福履将之⁶　　　先生结婚真快乐　　上天降福保佑他

1　樛木：弯曲的树枝。

2　葛藟：野葡萄，蔓生植物，枝形似葛，故称葛藟(从马瑞辰《通释》说)。有人
　说，葛和藟是两种草名，亦通。　累：攀缘。

3　只：语助词。

4　福履：福禄、幸福。　绥：通妥，下降。《礼记·曲礼》："大夫则绥之。"《疏》：
　"绥，下也。"《毛传》："绥，安也。"亦通。

5　荒：掩盖。《说文》："荒，草掩地也。"

6　将：扶助。《郑笺》："将，犹扶助也。"

南有樛^{jiū}木　　葛藟^{lěi}萦之⁷　　　南边弯弯树枝桠　野葡萄藤旋绕它

乐只君子　　福履成之⁸　　　先生结婚真快乐　上天降福成全他

7　萦：旋绕。

8　成：成就。陈奂："《尔雅》：'就，成也。'成、就二字互训。"

螽 斯

【题解】

这是一首祝人多子多孙的诗。诗人用蝗虫多子，比人的多子，表示对多子者的祝贺。

冬蝻斯

螽斯　昆虫类，古人认为即蝗虫。体长寸许，绿褐色。雄虫的前翅能发声，雌虫尾端有剑状的产卵管。

zhōng
螽斯羽[1]　　xīn xīn
诜诜兮[2]　　　　蝗虫展翅膀　群集在一方

宜尔子孙[3]　　振振兮[4]　　　你们多子又多孙　繁茂兴盛聚一堂

zhōng
螽斯羽　　hōnghōng
薨薨兮[5]　　　　蝗虫展翅膀　嗡嗡飞得忙

宜尔子孙　　绳绳兮[6]　　　你们多子又多孙　谨慎群处在一堂

zhōng
螽斯羽　　jí jí
揖揖兮[7]　　　　蝗虫展翅膀　紧聚在一方

宜尔子孙　　zhé zhé
蛰蛰兮[8]　　你们多子又多孙　安静和睦在一堂

1　螽斯：蝗一类的虫。亦名蚣蝑、斯螽，是多子的虫。有人说，"斯"为语词，亦通。　羽：指翼。

2　诜诜：形容众多群集的样子。

3　宜：多。马瑞辰《通释》："古文宜作宜，宜从多声，即有多义。宜尔子孙，犹云多尔子孙也。"　尔：指诗人所祝的人。非指蝗虫。

4　振振：繁盛振奋的样子。《毛传》训为"仁厚"或"信厚"，恐非诗意。

5　薨薨：昆虫群飞的声音。

6　绳绳：多而谨慎的样子。

7　揖揖：音义同"集"，《鲁诗》、《韩诗》均作"集"，群聚的样子。

8　蛰蛰：和集安静的样子。

桃 夭

【题解】

　　这是一首贺新娘的诗。诗人看见农村春天柔嫩的桃枝和鲜艳的桃花，联想到新娘的年青貌美。诗反映了当时人民生活的片断。

桃

| 桃 | 落叶小乔木。春季开花，花淡红、粉红或白色，可供观赏。《毛传》："桃，有华之盛者。"朱熹《诗集传》："桃，木名，华红，实可食。" |

桃之夭夭[1]　灼灼其华[2]　　　茂盛桃树嫩枝丫　开着鲜艳粉红花

之子于归[3]　宜其室家[4]　　　这位姑娘要出嫁　和顺对待您夫家

桃之夭夭　有蕡其实[5]　　　茂盛桃树嫩枝丫　桃子结得肥又大

之子于归　宜其家室[6]　　　这位姑娘要出嫁　和顺对待您夫家

桃之夭夭　其叶蓁蓁[7]　　　茂盛桃树嫩枝丫　叶子浓密有光华

之子于归　宜其家人　　　这位姑娘要出嫁　和顺对待您全家

1　夭夭：茂盛的样子。

2　灼灼：花鲜艳盛开的样子。　华：同"花"。

3　之子：这位姑娘。　于归：古代称女子出嫁。归，往归夫家。有人认为"于"
　　和"曰"、"聿"通，是语助词。亦通。

4　宜：善。马瑞辰《通释》："凡诗言宜其室家，宜其家人者，皆谓善处其室家与
　　家人耳。"朱熹《诗集传》："宜者，和顺之意。"

5　有：用于形容词之前的语助词，和叠词的作用相似。　蕡：肥大。有蕡，即
　　蕡蕡。　实：果实，指桃子。

6　家室：即室家；倒文协韵。

7　蓁蓁：叶子茂盛的样子。

兔罝

【题解】

这是赞美猎人的诗。诗人在路上看见英姿威武的猎人，正在打桩张网捕兔，联想这些猎人的才力，是可以选拔为保卫国家的武士的。

兔　　哺乳类动物，通称兔子。头部略似鼠，耳长，上唇中部裂豁，尾短而上翘，前肢较后肢短，能跑善跃。有野生，亦有家饲。肉可食，毛可以纺织，毛皮可以制衣物。

肃肃兔罝[1]　　斲之丁丁[2]　　　繁密整齐大兔网　丁丁打桩张地上
（jiē）　　　（zhuó zhēng zhēng）

赳赳武夫[3]　　公侯干城[4]　　　武士英姿雄赳赳　公侯卫国好屏障

肃肃兔罝　　　施于中逵[5]　　　繁密整齐大兔网　四通八达道上放
（jiē）　　　　　（kuí）

赳赳武夫　　　公侯好仇[6]　　　武士英姿雄赳赳　公侯助手真好样

肃肃兔罝　　　施于中林[7]　　　繁密整齐大兔网　郊野林中多布放
（jiē）

赳赳武夫　　　公侯腹心[8]　　　武士英姿雄赳赳　公侯心腹保国防

1　肃肃：兔网繁密整齐的样子。　兔罝：兔网。有人说"兔"同"麑"，是捕老虎的网，亦通。

2　斲：打。《说文》："斲，击也。"　丁丁：伐木声。

3　赳赳：威武有力的样子。《说文》："赳，轻劲有才力也。赳赳，武也。"

4　公侯：周代统治阶级的爵位，依次为周天子、公、侯、伯、子、男。　干城：干，盾。盾和城都作防卫用，借喻能御外卫内的人才。

5　中逵：即逵中，多叉路口。逵同"馗"，《韩诗》作"中馗"。《说文》："馗，九达道也。"

6　好仇：好助手。仇，同"逑"，匹偶的意思。

7　中林：即林中。马瑞辰《通释》："林，犹野也。"

8　腹心：即心腹，能尽忠的亲信。

芣 苢

【题解】

这是一群妇女采集车前子时随口唱的短歌。方玉润《诗经原始》说："读者试平心静气，涵咏此诗。恍听田家妇女，三三五五，于平原绣野、风和日丽中，群歌互答，余音袅袅，若远若近，忽断忽续，不知其情之何以移，而神之何以旷，则此诗可不必细绎而自得其妙焉。……今世南方妇女登山采茶，结伴讴歌，犹有此遗风焉。"

芣苢　即车前草。《毛传》："芣苢，马舄。马舄，车前也。"朱熹《诗集传》："芣苢，车前。大叶长穗，好生道旁。"全草与种子都可入药。	卷耳　见《周南·卷耳》图注。

采采芣苢¹　薄言采之²　　车前子哟采呀采　快点把它采些来

采采芣苢　薄言有之³　　车前子哟采呀采　快点把它采得来

采采芣苢　薄言掇之⁴　　车前子哟采呀采　快点把它拾起来

采采芣苢　薄言捋之⁵　　车前子哟采呀采　快点把它抹下来

采采芣苢　薄言袺之⁶　　车前子哟采呀采　快点把它揣起来

采采芣苢　薄言襭之⁷　　车前子哟采呀采　快点把它兜回来

1　芣苢：即车前草，药名。所结之子古人以为可治妇人不孕和难产。

2　薄：发语词，亦有勉力之意。

3　有：采得。朱熹《诗集传》："采，始求之也。有，既得之也。"

4　掇：拾。《说文》："掇，拾取也。拾，掇也。"胡承珙《毛诗后笺》："掇是拾其子之既落者。捋是捋其子之未落者。"

5　捋：从茎上成把的抹下来。《说文》："捋，取易也。寽，五指捋也。"

6　袺：用手捏着衣襟。《说文》："执衽谓之袺。"衽即衣襟。

7　襭：用衣襟兜起来。朱骏声《说文通训定声》："兜而扱于带间曰襭，手执之曰袺。"

汉 广

【题解】

这是一位男子爱慕女子不能如愿以偿的民间情歌。

楚　　又名牡荆。落叶灌木，或小乔木，枝干坚劲，可做杖。魏源《诗古微》："《三百篇》言取妻者，皆
　　　以析薪取兴。盖古者嫁娶必以燎炬为烛，故《南山》之'析薪'，《车舝》之'析柞'，《绸缪》之'束
　　　薪'，《豳风》之《伐柯》，皆与此'错薪'、'刘楚'同兴。"

南有乔木[1]	不可休思[2]	南方有树高又长	不可歇息少荫凉
汉有游女[3]	不可求思	汉水有位游泳女	我要追求没希望
汉之广矣[4]	不可泳思	好比汉水宽又宽	不能游过登那方
江之永矣[5]	不可方思[6]	好比江水长又长	划着筏子难来往

翘翘错薪[7]	言刈其楚[8] ^{yì}	杂柴乱草长得高	砍下荆条当烛烧
之子于归	言秣其马[9]	有朝这人要嫁我	接她把马喂喂饱
汉之广矣	不可泳思	好比汉水宽又宽	不能游过登那方
江之永矣	不可方思	好比江水长又长	划着筏子难来往

1 乔木：高耸的树。《毛传》："南方之木美，乔，上竦也。"上竦则下少枝叶。所以《淮南子·原道训》说："乔木上竦，少阴之木。"

2 休思：《毛诗》作"休息"，据《韩诗》改。思，语助词。下同。

3 游女：潜行水中的女子。鲁、韩二家释游女，都说是指汉水的女神（见刘向《列女传》及昭明太子《文选·嵇康〈琴赋〉》注引薛君说）。

4 汉：水名。源出陕西省西南宁强县，东流至湖北省汉阳入长江。

5 江：长江。　永：亦作羕或漾，长。

6 方：同"舫"，用竹或木编成的筏子，这里作动词用。

7 翘翘：高高的样子。　错薪：杂乱的柴草。错，杂乱。

8 刈：割。　楚：牡荆。

9 秣马：喂马。

蒌　　蒌蒿，多年生草本。生水中，嫩芽　　蘩　　白蒿。见《周南·采蘩》图注。
　　叶可食。

翘翘错薪　　言刈其蒌¹⁰　　　　杂柴乱草长得高　　割下蒌蒿当烛烧

之子于归　　言秣其驹¹¹　　　　有朝这人要嫁我　　先把骏马喂喂饱

汉之广矣　　不可泳思　　　　　好比汉水宽又宽　　不能游过登那方

江之永矣　　不可方思　　　　　好比江水长又长　　划着筏子难来往

10　蒌：生在水中的草，叶像艾，青白色，今名蒌蒿。

11　驹：少壮的骏马。

汝 坟

【题解】

这是一首思妇的诗。她在汝水旁边砍柴的时候，思念她远役的丈夫。她想象已经见到他，预想相见后的愉快和对丈夫亲昵的埋怨。这是反映当时人们乱离的诗。

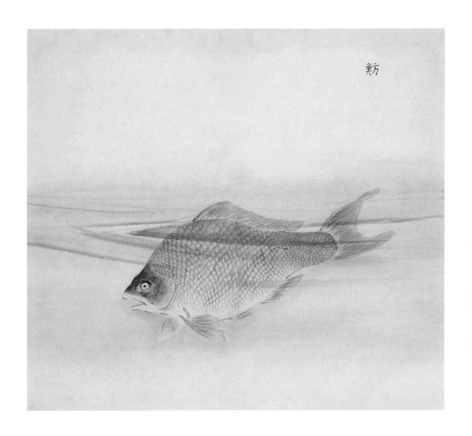

鲂

鲂　鳊鱼。陆玑《毛诗草木鸟兽虫鱼疏》："鲂一名，江东呼为鳊。"体广而薄肥，细鳞，青白色，味美。

遵彼汝坟¹　伐其条枚²　　　沿着汝堤走一遭　砍下树枝当柴烧

未见君子³　惄^{nì}如调饥⁴　　　好久没见我丈夫　就像早饥心里焦

遵彼汝坟　伐其条肄^{yì}⁵　　　沿着汝堤走一遭　砍下嫩枝当柴烧

既见君子　不我遐弃⁶　　　好像已见我丈夫　幸而没有把我抛

鲂鱼^{fáng chēng}赪尾⁷　王室如毁⁸　　　鳊鱼红尾为疲劳　官家虐政像火烧

虽则如毁　父母孔迩⁹　　　虽然虐政像火烧　爹娘很近莫忘掉

1　遵：沿着。　汝：汝水，源出河南天息山，东南流入淮河。　坟：濆的假借字，堤岸。《说文》："濆，水厓也。"《毛传》："坟，大防也。"

2　条：树枝。　枚：树干。《毛传》："枝曰条，干曰枚。"

3　君子：这里指妇女对丈夫的尊称。

4　惄：同"愵"，思念发愁。《说文》："愵，忧貌。"《郑笺》："惄，思也。未见君子之时，如朝饥之思食。"　调饥：早上饥饿。调，同朝。

5　肄：砍而又生的小树枝。

6　遐弃：疏远遗弃。这句是倒文，即"不遐弃我"。"既见君子"二句是诗人设想相见后的愉快。

7　鲂：鳊鱼。　赪：红。《孔疏》："鲂鱼之尾不赤，故知劳则尾赤。"用鲂鱼劳则尾赤，形容服役者的劳累。

8　毁：亦作燬，烈火。形容王政暴虐。

9　孔：甚、很。　迩：近。马瑞辰《通释》："言虽畏王室而远从行役，独不念父母之甚迩乎？"

麟之趾

【题解】

这是一首阿谀统治者子孙繁盛多贤的诗。

麟	麒麟，我国古代传说中的动物，被描写为鹿身、牛尾、马蹄、头上一角，古人认为是一种仁兽。后人或以为即长颈鹿。所谓"仁兽"，即严粲《诗缉》所说："有足者宜踶（踢），唯麟之足，可以踶而不踶。有额者宜抵，唯麟之额，可以抵而不抵。有角者宜触，唯麟之角，可以触而不触。"

麟之趾[1]　振振公子[2]　　　　麒麟的蹄儿不踢人　振奋有为的公子

^{xū jiē}
于嗟麟兮[3]　　　　　　　　　哎呀你们是麒麟啊

麟之定[4]　振振公姓[5]　　　　麒麟的额头不撞人　振奋有为的公孙

^{xū jiē}
于嗟麟兮　　　　　　　　　　哎呀你们是麒麟啊

麟之角　振振公族[6]　　　　　麒麟的角儿不触人　振奋有为的公族

^{xū jiē}
于嗟麟兮　　　　　　　　　　哎呀你们是麒麟啊

1　麟：麒麟。

2　振振：振奋的样子。

3　于嗟：感叹词，有时用作伤叹，这里是赞美的叹词。

4　定：顶的假借字，额。

5　公姓：指诸侯的孙子。《仪礼·特牲馈食礼》"子姓兄弟"郑玄注："所祭者之子孙。言子姓者，子之所生。"

6　公族：诸侯曾孙以下称公族。公孙之子，支系旁生，各自成族，总括名之公族。

召南

鹊巢

【题解】

这是一首颂新娘的诗。诗人看见鸠居鹊巢，联想到女子出嫁、住进男家，就拿来作比。

鹊　　喜鹊。李时珍《本草纲目》："鹊，乌属也。大如鸦而长尾，尖嘴黑爪，绿背白腹，尾翮黑白驳杂。"朱熹《诗集传》："鹊善为巢，其巢最为完固。"

维鹊有巢¹　维鸠居之²　　　喜鹊树上把窝搭　八哥来住它的家

之子于归　　百两御之³　　　这位姑娘要出嫁　百辆车子来接她

维鹊有巢　　维鸠方之⁴　　　喜鹊树上把窝搭　八哥同住这个家

之子于归　　百两将之⁵　　　这位姑娘要出嫁　百辆车子保卫她

维鹊有巢　　维鸠盈之⁶　　　喜鹊树上窝搭成　住满八哥喜盈门

之子于归　　百两成之⁷　　　这位姑娘要出嫁　车队迎来好成婚

1　维：语首助词。　鹊：喜鹊。

2　鸠：鸤鸠，今名八哥。有人说鸠即布谷，王先谦谓布谷不居鹊巢，只有八哥住鹊巢。李时珍《本草纲目》："八哥居鹊巢。"可证。

3　百：虚数，即"许多"的意思。　两：今作"辆"，一辆车。　御：音义同"迓"，迎接。

4　方：占有。《毛传》："方，有之也。"

5　将：保卫。马瑞辰《通释》："《诗》百两皆指迎者而言，将者，奉也，卫也。"

6　盈：满，指陪嫁的人非常多。

7　成：指结婚礼成。马瑞辰《通释》："首章往迎，则曰御之。二章在途，则曰将之。三章既至，则曰成之。此诗之次也。"

采　蘩

【题解】

这是一首描写蚕妇为公侯养蚕的诗。

蘩　　即白蒿，多年生草本，可食用。陆玑《毛诗草木鸟兽虫鱼疏》："蘩，皤蒿，凡艾白色为皤蒿。今白蒿春始生，及秋香美可生食，又可蒸食。"

于以采蘩¹ （fán）　于沼于沚²　　　要采白蒿到哪方　在那池里在那塘

于以用之　　公侯之事³　　　什么地方要用它　为替公侯养蚕忙

于以采蘩（fán）　于涧之中　　　要采白蒿到哪里　山间潺潺溪流里

于以用之　　公侯之宫⁴　　　什么地方要用它　送到公侯蚕室里

被之僮僮⁵（bì tóngtóng）　夙夜在公⁶　　　蚕妇发髻高高耸　日夜养蚕无闲空

被之祁祁⁷（qí qí）　薄言还归⁸　　　蚕妇发髻像云霞　蚕事完毕快回家

1　于以：在何、在什么地方。　蘩：白蒿，用来制养蚕的工具"箔"。朱熹："蘩所以生蚕。"

2　沼：池。　沚：水塘。

3　事：指蚕事。

4　宫：蚕室。朱熹《诗集传》："或曰：即《记》所谓公桑蚕室也。"

5　被："髲"的古字，当时妇女的一种首饰，用头发编成的假髻。　僮僮：形容蚕妇假髻高耸的样子。

6　夙夜：早晚。　公：指公桑。即为公侯采蒿养蚕。朱熹《诗集传》："或曰：公，即所谓公桑也。"

7　祁祁：本义是形容云多，此指蚕妇回去，簇拥如云。马瑞辰《通释》："《大雅》'祁祁如云'，祁祁，盛貌。僮僮、祁祁，皆状首饰之盛。"

8　薄言：有急迫之意。

草 虫

【题解】

　　这是一首思妇的诗。诗中的主人是一位采菜的劳动妇女。诗通过物候的变易和内心变化的描写，衬托出别离之苦。

草虫　　蝈蝈。古又称负螽、常羊。雄者鸣如织机声，俗称织布娘。

yāoyāo
喓喓草虫[1]

tì tì
趯趯阜螽[2]

秋来蝈蝈喓喓叫　蚱蜢蹦蹦又跳跳

未见君子

chōng chōng
忧心忡忡[3]

长久不见夫君面　忧思愁绪心头搅

亦既见止

gòu
亦既觏止[4]

我们已经相见了　我们已经相聚了

我心则降[5]

心儿放下再不焦

陟彼南山　言采其蕨[6]

登到那座南山上　采集蕨菜春日长

未见君子

chuòchuò
忧心惙惙[7]

长久不见夫君面　忧思愁绪心发慌

亦既见止

gòu
亦既觏止

我们已经相见了　我们已经相聚了

我心则说[8]

心儿欢欣又舒畅

1　喓喓：虫叫声。　草虫：指蝈蝈。

2　趯趯：虫跳的样子。　阜螽：蚱蜢。

3　忡忡：心神不安的样子。

4　觏：与"遘"、"媾"通用，是夫妇相聚的意思。　止：语尾助词，作用与"矣"、"了"相同。

5　降：放下。

6　蕨：山菜，初生像蒜，可食。

7　惙惙：心慌气短的样子。《众经音义》："惙，短气貌也。"

8　说：即悦，欢喜。

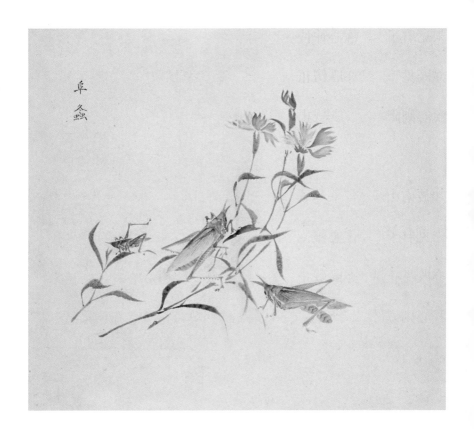

阜螽　　蚱蜢。蝗属农业害虫。形似蝗而略小，头呈三角形，善跳跃，常生活在田陇间，吃食稻叶。

陟彼南山　　言采其薇⁹　　　　登到那座南山上　采集薇菜春日长

未见君子　　我心伤悲　　　　　长久不见夫君面　忧思愁绪心悲伤

亦既见止　　亦既觏止　　　　　我们已经相见了　我们已经相聚了

我心则夷¹⁰　　　　　　　　　　心儿平静又安详

9　薇：山菜，亦名野豌豆苗。

10　夷：平。这里指心安。

采蘋

【题解】

　　这是一首叙述女子祭祖的诗。诗里描写了当时的风俗习尚。

| 蘋 | 也称四叶菜、田字草，多年生草本。生浅水中，叶有长柄，柄端四片小叶成田字形。夏秋开小白花。全草入药，也可作饲料。 | 藻 | 即聚藻，生水底，叶似蒿，可食。 |

于以采蘋[1]	南涧之滨	哪儿采蘋菜	南山溪水边
于以采藻[2]	于彼行潦[3]	哪儿采水藻	沟水、积水间

于以盛之	维筐及筥[4]	盛它用什么	方筐和圆筥
于以湘之[5]	维锜及釜[6]	煮它用什么	没脚、三脚锅

于以奠之[7]	宗室牖下[8]	祭品放哪儿	宗庙天窗下
谁其尸之[9]	有齐季女[10]	是谁在主祭	虔诚女娇娃

1 蘋：浮萍，生在水上，形似莼菜，可食。

2 藻：聚藻，生水底，叶像蒿，可食。

3 行：洐的假借字，沟水。　潦：雨后的积水。马瑞辰《通释》："沟水之流曰洐，雨水之大曰潦。行与潦为二。"

4 筐、筥：都是竹器，方的叫筐，圆的叫筥。

5 湘：《韩诗》作"蹡"，湘是蹡的假借字，烹煮。

6 锜：三脚的锅。　釜：没脚的锅。

7 奠：置，放；指置放祭物。

8 宗室：宗庙。　牖：天窗。

9 尸：主持祭祀。

10 齐：亦作齌，美而恭敬的样子。《广雅》："齌，好也。"《毛传》："齐，敬。"是齐含有美好与恭敬二义。　季女：少女。《毛传》："季，少也。"

甘 棠

【题解】

周宣王时的召虎，辅助宣王征伐南方的淮夷，颇有功劳。人民作《甘棠》一诗怀念他。

甘棠　　即棠梨。多年生落叶果树，乔木。常野生于温暖潮湿的山坡、沼地、杂木林中。根、叶有药用价值，可润肺止咳，清热解毒；果实可健胃，止痢。《史记·燕召公世家》："周武王之灭纣，封召公于北燕……召公巡行乡邑，有棠树，决狱政事其下，自侯伯至庶人各得其所，无失职者。召公卒，而民人思召公之政，怀棠树不敢伐，歌咏之，作《甘棠》之诗。"后遂以"甘棠"称颂循吏的美政和遗爱。

蔽芾甘棠¹　　勿翦勿伐²　　　　棠梨茂密又高大　不要剪它别砍它

召伯所茇³　　　　　　　　　　召伯曾住这树下

蔽芾甘棠　　　勿翦勿败⁴　　　　棠梨茂密又高大　不要剪它别毁它

召伯所憩⁵　　　　　　　　　　召伯曾息这树下

蔽芾甘棠　　　勿翦勿拜⁶　　　　棠梨茂密又高大　不要剪它别拔它

召伯所说⁷　　　　　　　　　　召伯曾歇这树下

1　蔽芾：形容树高大茂密的样子。《韩诗》作"蔽茀"。王先谦《诗三家义集疏》："其本字当为蔽茀，借作蔽芾。茀之为言蔽也。"

2　翦：同"剪"。　伐：砍。

3　召伯：名虎，姬姓，周宣王时封在"召"的地方，伯爵。　茇："废"的借字，本义是草房，这里作动词用，住。《说文》："废，舍也。"

4　败：毁坏。《说文》："败，毁也。"

5　憩：休息。

6　拜："扒"的假借字（《广韵》引《诗》作"勿翦勿扒"），拔掉。《郑笺》："拜之言拔也。"

7　说：音义同"税"，歇下。王质《诗总闻》："说或为税，止。《诗》'税'意多通用'说'字。"

行 露

【题解】

这是一首女子拒婚的诗。一个已有妻室、曾经欺骗她的强暴男子，以打官司要挟她成婚。她严词拒绝。

雀　　即麻雀。头顶和颈部呈栗褐色，背部褐色，杂有黑褐色斑点，尾羽暗褐色，翅膀短小，尾短，
　　　　不能远飞，善于跳跃，啄食谷粒与昆虫。又叫家雀、瓦雀。

厌浥行露¹　岂不夙夜²　　　道上露水湿漉漉　难道不愿赶夜路

谓行多露³　　　　　　　　　　实怕道上沾满露

谁谓雀无角⁴　何以穿我屋　　　谁说麻雀没有嘴　凭啥啄穿我的堂

谁谓女无家⁵　何以速我狱⁶　　谁说你家没婆娘　凭啥逼我坐牢房

虽速我狱　　室家不足⁷　　　　即使真的坐牢房　逼婚理由太荒唐

1　厌：浥的假借字，《韩诗》作"湆"。厌浥，形容露水潮湿的样子。《广雅》："湆
浥，湿也。"　行：道路。

2　夙夜：夙和"早"同义，在这里夙夜指早夜，即天未明时。含有早起的意思。

3　谓：同"畏"，与下文的"谁谓"的"谓"意义不同。马瑞辰《通释》："凡诗上言
'岂不'、'岂敢'者，下句多言'畏'。"

4　角：鸟嘴。本作"喙"或"咮"，亦作"角"。

5　女：《韩诗》作"尔"。女与尔古通，今作汝。　家：成家；无家，没有妻子。
屈原《离骚》："及少康之未家兮，留有虞之二姚。"

6　速：招致。速我狱，使我吃官司。

7　室家不足：要求结婚的理由不够充足。古代男子有妻叫作有室，女子有夫叫
作有家。混言室家，男女可以通用，故以室家代表结婚。

谁谓鼠无牙　　何以穿我墉⁸　　谁说老鼠没有牙　凭啥打洞穿我墙

谁谓女无家　　何以速我讼　　谁说你家没婆娘　凭啥逼我上公堂

虽速我讼　　亦不女从⁹　　即使真的上公堂　也不嫁你黑心狼

8　墉：墙。

9　女从：即从汝，嫁你。

羔 羊

【题解】

统治阶级的官吏们过着衣裘公食，吸吮人民血汗的奢侈生活，诗人写了此诗予以讽刺。

| 羔羊之皮[1] | 素丝五紽[2] | 穿了一身羔皮袍 | 白丝交叉缝又绕 |
| 退食自公[3] | 委蛇委蛇[4] | 吃饱喝足下朝来 | 摇摇摆摆多逍遥 |

| 羔羊之革[5] | 素丝五緎 | 穿了一身羔皮袍 | 白丝交叉缝又绕 |
| 委蛇委蛇 | 自公退食 | 大摇大摆下朝来 | 吃饱喝足往家跑 |

| 羔羊之缝 | 素丝五总 | 穿了一身羔皮袍 | 白丝交叉缝又绕 |
| 委蛇委蛇 | 退食自公 | 吃饱喝足摇又摆 | 下得朝来往家跑 |

1　羔羊：小羊。《毛传》："小曰羔，大曰羊。"

2　素丝：白丝。　五：古文作乂，象交叉之义，不是数名。　紽：缝。下文的"緎"和"总"，都是缝的意思。

3　公：公门。退食自公，从公家吃饱饭回家。《左传》："公膳日双鸡。"杜预注："卿大夫之膳食。"

4　委蛇：亦作逶迤，形容悠闲得意、摇摆慢步的样子。《郑笺》："委蛇，委曲自得之貌。"

5　革：皮袍里。马瑞辰《通释》："古者裘皆表其毛而为之里以附于革。"

殷其靁

【题解】

这是一位妇女思夫的诗。

殷其靁^{léi}¹	在南山之阳²	雷声雷声响轰轰	响在南山向阳峰
何斯违斯³	莫敢或遑⁴	为啥这时离开家	忙得不敢有些空
振振君子⁵	归哉归哉	我的丈夫真勤奋	快快回来乐相逢

殷其靁^{léi}	在南山之侧	雷声轰轰震四方	响在南边大山旁
何斯违斯	莫敢遑息⁶	为啥这时离家走	不敢稍停实在忙
振振君子	归哉归哉	我的丈夫真勤奋	快快回来聚一堂

1　殷：雷声。殷其，等于叠字殷殷。　靁：古雷字。

2　阳：山的南边。

3　斯：这；上斯字指时间，下斯字指地点。　违：《说文》："违，离也。"

4　或：《广雅·释诂》："或，有也。"　遑：《韩诗》作"皇"，闲暇。

5　振振：勤奋的样子。《毛传》训振振为"信厚"，亦通。　君子：这里指她的丈夫。

6　息：喘息。《说文》："息，喘也。"

殷其雷^{léi}　　在南山之下　　　　雷声轰轰震耳响　响在南山山下方

何斯违斯　　莫或遑处⁷　　　　为啥这时离家门　不敢稍住那样忙

振振君子　　归哉归哉　　　　我的丈夫真勤奋　快快回来乐而康

7　处：读上声，居住。

摽有梅

【题解】

这是一位待嫁女子的诗。她望见梅子落地，引起青春将逝的伤感，希望马上有人来求婚。

梅　　落叶乔木。种类很多。叶卵形，早春开花，以白色、淡红色为主，味清香。果球形，立夏后熟，生青熟黄，味酸，可生食，也用以制成蜜饯、果酱等食品。未熟果加工成乌梅，供药用。花供观赏。

^{biào}
摽有梅¹　　其实七兮²　　　　梅子渐渐落了地　树上十成还有七

^{dài}
求我庶士³　　迨其吉兮⁴　　　　追求我吧年青人　趁着吉日快来娶

^{biào}
摽有梅　　　其实三兮　　　　　梅子纷纷落了地　树上只有三成稀

^{dài}
求我庶士　　迨其今兮⁵　　　　追求我吧年青人　趁着今儿定婚期

^{biào}
摽有梅　　　顷筐塈之⁶　　　　梅子完全落了地　拿着浅筐来拾取

^{dài}
求我庶士　　迨其谓之⁷　　　　追求我吧年青人　趁着仲春好同居

1　摽：《鲁诗》、《韩诗》作"芟"，《齐诗》作"蔈"，《毛传》："摽，落也。" 有：词头。

2　实：指梅的果实。 七：七成。《左传》杜注："梅盛极则落，诗人以兴女色盛则有衰，众士求之，宜及其时。"

3　庶：众。 士：未结婚的男子。《荀子·非相篇》："处女莫不愿得以为士。"杨注："士者，未娶妻之称。"

4　迨：《毛传》："迨，及。"即"趁"的意思。《韩诗》解作"愿"，亦通。 吉：好日子。

5　今：现在。朱熹《诗集传》："今，今日也。盖不待吉矣。"《毛传》："今，急辞也。"

6　顷筐：犹今之畚箕。 塈：摡的借字，取。《玉篇》引这句诗作"顷筐摡之"。

7　谓：会的借字。当时有在仲春之月会男女的规定，凡男三十岁未娶，女二十岁未嫁的，不必举行正式婚礼，就可同居。见《周礼·媒氏》。

小 星

【题解】

这是一个小官吏出差赶路，怨恨自己不幸的诗。王先谦《诗三家义集疏》引《韩诗外传》、洪迈《容斋随笔》、程大昌《考古编》等均持此说。《毛序》从"衾裯"二字出发，认为这是贱妾进御于君的诗，朱熹《诗集传》亦沿其说。因此，后世竟将"小星"一词，作为妾的代称。

嘒^{huì}彼小星¹	三五在东	小小星星闪微光	三三五五在东方
肃肃宵征²	夙夜在公³	急急匆匆赶夜路	早早晚晚为公忙
寔^{shí}命不同⁴		命运不同徒自伤	

嘒彼小星　　维参^{shēn}与昴^{mǎo 5}　　小小星星闪微光　　参星昴星挂天上

肃肃宵征　　抱衾与裯^{chóu 6}　　急急匆匆赶夜路　　抱着棉被和床帐

寔^{shí}命不犹⁷　　人家命运比我强

1　嘒：亦作"暳"，小星微光的样子。嘒彼，等于叠字嘒嘒。

2　肃肃：走路很快的样子。《尔雅·释诂》："肃，疾也。" 宵：夜。 征：行。

3　夙夜：早晚。

4　寔：《韩诗》作"实"，是，这。 命：命运。

5　参、昴：都是星名，即指上章"三五在东"的星。王引之《经义述闻》："三五，举其数也。参昴，著其名也。"

6　衾：被。 裯：床帐。《郑笺》："裯，床帐也。"

7　不犹：不如。

江有汜

【题解】

这是一位弃妇哀怨自慰的诗。在一夫多妻的制度下，她用长江尚有支流原谅丈夫另有新欢，幻想将来他会回心转意。

江有汜¹　　之子归²　　　　江水长长有支流　新人嫁来分两头

不我以³　　不我以　　　　你不要我使人愁　今日虽然不要我

其后也悔　　　　　　　　将来后悔又来求

江有渚⁴　　之子归　　　　江水宽宽有沙洲　新人嫁来分两头

不我与⁵　　不我与　　　　你不爱我使人愁　今日虽然不爱我

其后也处⁶　　　　　　　　将来想聚又来求

1　汜：长江的支流。方玉润："江决复入为汜。"

2　之子：指丈夫的新欢。　归：嫁来。

3　以：用。"不我以"是倒文，即不用我，不需要我了。

4　渚：江水分而又合，江心中出现的小洲叫渚。《毛传》："水枝成渚。"

5　与：同。不我与，不和我同居。

6　处：居住。

江有沱⁷　之子归 　　　　江水长长有沱流　新人嫁来分两头

不我过⁸　不我过 　　　　你不找我使人愁　不找我呀心烦闷

其啸也歌⁹ 　　　　　　唱着哭着消我忧

7　沱：长江的支流。《说文》："沱，江别流也。出崏山，东别为沱。"

8　过：到。不我过，不到我这里来。《汉书·陆贾传》注："过，至也。"

9　啸歌：号哭。闻一多《诗经通义》："啸歌者，即号哭。谓哭而有言，其言又有
节调也。"

野有死麕

【题解】

  这是描写一对青年男女恋爱的诗。男的是一位猎人，他在郊外丛林里遇见了一位似花如玉的少女，即以小鹿为赠，终于获得爱情。

麕 哺乳动物类。状似鹿而小，无角；毛粗长，背部黄褐色，腹部白色；行动灵敏，善跳，能游泳。

朴樕

朴樕　　丛木、小树。《毛传》：“朴樕，小木也。”一说即槲。

野有死麕^{jūn}¹　白茅包之　　　打死小鹿撂荒郊　洁白茅草把它包

有女怀春　　吉士诱之²　　　有位姑娘春心动　小伙上前把话挑

林有朴樕^{sù}³　野有死鹿　　　砍下小木当烛烧　拾起死鹿在荒郊

白茅纯束^{tún}⁴　有女如玉　　　白茅捆扎当礼物　如玉姑娘接受了

"舒而脱脱^{tuì tuì}兮⁵　无感我帨^{hàn shuì}兮⁶　　"轻轻慢慢别着忙　别动围裙别鲁莽

无使尨也吠"^{máng}⁷　　　　别惹狗儿叫汪汪"

1　麕：小獐，鹿一类的兽。《说文》："麕，麞也。籀文作麇。"《文选》李善注："今江东人呼鹿为麕。"按古代多以鹿皮作为送女子的礼物。

2　吉士：好青年，指打鹿的那位猎人。王先谦："吉士，犹言善士，男子之美称。"

3　朴樕：小木。古代人结婚时用为烛。

4　纯束：捆绑。马瑞辰《通释》："纯、屯古通用。……纯束二字同义。……纯屯皆'稇'之假借。"稇，同"捆"。

5　舒而：舒然，慢慢地。古"而"、"如"、"然"三字通用。　脱脱：舒缓的样子。《毛传》："脱脱，舒迟也。"

6　感：同"撼"，动。　帨：佩巾，女子系在腹前的一块巾，又名蔽膝，犹如今之围裙。

7　尨：多毛而凶猛的狗，现在叫做狮子狗。《说文》："尨，犬之多毛者。"《穆天子传》郭注："尨，尨茸，谓猛狗。"

白茅　多年生草本。花穗上密生白色柔毛，故名。古代常用以包裹祭品及分封诸侯，象征土地所在方位之土。

尨　　　多毛而凶猛的狗，现在叫做狮子狗。《说文》："尨，犬之多毛者。"《穆天子传》郭注："尨，尨茸，
　　　　谓猛狗。"

何彼秾矣

【题解】

　　齐侯的女儿出嫁，车辆服饰侈丽。这首诗隐约地讽刺了贵族王姬德色的不相称。

唐棣　　落叶小乔木。又称"棠棣"、"枎栘"，白杨类树木。

何彼秾矣[1]   唐棣之华[2]   怎么那样地秾艳漂亮   像唐棣花儿一样

曷不肃雝[3]   王姬之车[4]   怎么气氛欠肃穆安详   王姬出嫁的车辆

何彼秾矣   华如桃李   怎么那样地秾艳漂亮   像桃李花开一样

平王之孙[5]   齐侯之子[6]   天子平王的外孙   齐侯的女儿做新娘

其钓维何[7]   维丝伊缗[8]   钓鱼是用什么绳   是用丝线来做成

齐侯之子   平王之孙   她是齐侯的女儿   天子平王的外孙

---

1 秾：艳盛的样子。

2 唐棣：植物名，结实形如李，可食。 华：古"花"字。

3 曷不：何不，怎么没有。 肃雝：严肃和睦的气象。《毛传》："肃，敬。雝，和。"

4 王姬：周王姓姬，他的女儿或孙女称王姬。

5 平王之孙：东周平王宜臼的外孙女。

6 齐侯之子：齐侯的女儿。

7 维：古与"惟"通。《玉篇》："惟，为也。""做"的意思。

8 维：语助词，含有"是"意。 伊：同"维"。 缗：钓鱼的绳，亦称为"纶"。

李　　蔷薇科，落叶小乔木。叶长椭圆形至椭圆倒卵形，花白色，果实圆形，果皮紫红、青绿或黄绿。果味甜，可生食及制蜜饯。果仁、根皮供药用。

驺 虞

【题解】

这是一首赞美猎人的诗。

豝　　　母猪。一说小猪也叫豝。《说文》："豝，牝豕也。一曰二岁。"

蓬　　草名。叶形似柳叶，边缘有锯齿，花外围白色，中心黄色。秋枯根拔，遇风飞旋，故又名
　　　　"飞蓬"。

彼茁者葭¹　壹发五豝²

于嗟乎驺虞³

密密一片芦苇丛　一群母猪被射中

哎呀这位猎手真神勇

彼茁者蓬⁴　壹发五豵⁵

于嗟乎驺虞

密密一片蓬蒿草　一群小猪被射倒

哎呀这位猎手本领高

1　茁：草初生出地的样子。　葭：芦苇。

2　壹：发语词，无义。　发：发箭，指发箭射中。　五：虚数，这里指多。如三、九，都不是实数。　豝：母猪。

3　于嗟乎：赞美的叹词。于，同"吁"。陈奂："于嗟乎，美叹也。"　驺虞：当时兽官名，指猎手（用《鲁诗》、《韩诗》之说）。

4　蓬：草名，形状很像白蒿。

5　豵：小猪。《广雅》："兽一岁为豵，二岁为豝，三岁为肩，四岁为特。"

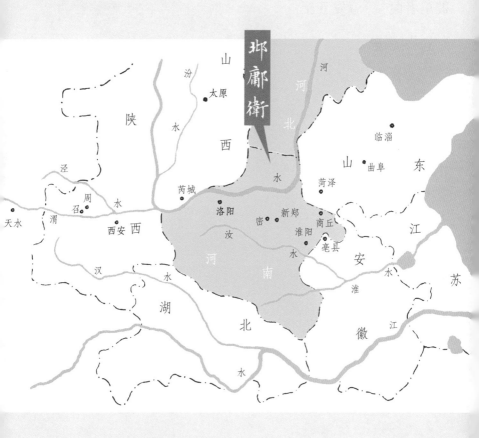

邢鄘衛

河

河北

山西

汾水

太原

陕西

泾水

周召

天水

渭

芮城

西安 西

汝水

河南

湖北

水

水

临淄

曲阜 山 东

菏泽

洛阳 密 新郑

淮阳 商丘

水 亳县

江苏

淮水

安徽

江

邶　鄘　衛
風　風　風

邶、鄘、衛都是卫地，春秋时人已经把它们看作是一组诗，如《左传》鲁襄公二十九年记载吴公子季札到鲁国参观周乐，"使工为之歌《邶》、《鄘》、《卫》，曰：'美哉！……其为卫风乎！'"又三十一年，卫北宫文子引《邶风》称为卫诗。三家诗也以邶、鄘、卫为一卷。只有毛诗才把它分为三卷。现在仍旧将它们合在一起。

《邶风》十九篇，《鄘风》十篇，《卫风》十篇，这一组诗共三十九篇。

这组诗可考而最早的是《硕人》，《左传》鲁隐公三年："卫庄公娶于齐，东宫得臣之妹曰庄姜，美而无子，卫人所为赋《硕人》也。"卫庄公是公元前750年左右的人，《硕人》当产生于此时。后来卫国被狄人灭了，《左传》鲁闵公二年："狄入卫……许穆夫人赋《载驰》。"接着卫戴公迁漕，文公迁楚丘，产生了《定之方中》一诗，它与《载驰》都是卫国最晚的诗。这样看来，卫风都是卫被狄人灭亡（公元前660年）以前的作品。

卫地原来是殷商的故地，武王灭殷，占领殷都朝歌一带地方，三分其地。朝歌北边是邶，东边是鄘，南边是卫。卫都朝歌，在今河南省淇县，故诗多称淇水。卫风的产生地，大体在今河北省的磁县、东明，河南省的濮阳、安阳、淇县、滑县、汲县、开封、中牟等地。

卫国昏君特别多，人民负担重。北方受狄人的侵略，南方苦齐、晋的争霸。卫都是一个商业发达的较大的城市，为商人必经之路。魏源说："商旅集则货财盛，货财盛则声色凑。"他概括了卫地当时的经济形势。这些都给卫风以较大的影响。卫诗的特点：第一，产生了中国第一位女诗人许穆夫人，她的作品《载驰》（有人说，《竹竿》《泉水》也是她的作品），表现着强烈的爱国主义精神。第二，人民对政治不满，大胆揭露、反抗统治阶级的诗比较多，如《北风》《相鼠》《墙有茨》《新台》《鹑之奔奔》等，斗争性之强，在《诗经》中除《魏风》外，是少见的。第三，在恋爱婚姻方面的诗，如《柏舟》《桑中》《氓》《谷风》等，表现了当时妇女的命运及她们大胆反抗封建礼教的精神。这和当时卫国的政治、经济、地理形势是分不开的。

邶风

柏 舟

【题解】

　　这是一位妇女自伤不得于夫、见侮于众妾的诗。诗中表露了无可告诉的委曲忧伤，也反映了她坚贞不屈的性格。

柏　　柏科植物的通称，常绿乔木或灌木。叶小，鳞片形。果实卵形或圆球形。性耐寒，经冬不凋。木质坚硬，纹理致密，可供建筑、造船等用。

泛彼柏舟¹　　亦泛其流²　　　　飘飘荡荡柏木舟　　随着河水到处流

耿耿不寐³　　如有隐忧⁴　　　　忧心焦灼不成眠　　多少烦恼积心头

微我无酒⁵　　以敖以游　　　　不是无酒来消愁　　不是无处可遨游

我心匪鉴⁶　　不可以茹⁷　　　　我心不是青铜镜　　不能任谁都来照

亦有兄弟　　不可以据⁸　　　　娘家也有亲弟兄　　谁知他们难依靠

薄言往愬⁹　　逢彼之怒　　　　赶到他家去诉苦　　对我发怒脾气躁
（sù）

1　柏舟：用柏树制的船。

2　亦：语助词。

3　耿耿：心中焦灼不安的样子。

4　如：同"而"。　隐：通"慇"，痛。隐忧，痛心的忧愁。有人解作"深忧"，
　　亦通。

5　微：非，不是。

6　匪：同"非"，不是。　鉴：镜子。

7　茹：容纳。

8　据：依靠。

9　薄：语助词，此处含有勉强的意思。王夫之《诗经稗疏》："'薄言往愬'者，
　　心知其不可据而勉往也。"　愬：同"诉"，诉苦。

我心匪石	不可转也	我心不像石一块	哪能任人去转移
我心匪席	不可卷也	我心不是席一条	哪能打开又卷起
威仪棣棣¹⁰	不可选也¹¹	仪容闲静品行端	哪能退让任人欺

（选 xùn）

忧心悄悄¹²	愠于群小¹³	愁思重重心头绕	群小怨我众口咬
觏闵既多¹⁴	受侮不少	横遭陷害已多次	身受侮辱更不少
静言思之¹⁵	寤辟有摽¹⁶	审慎考虑仔细想	梦醒捶胸心更焦

（觏 gòu）（摽 biào）

10 威仪：仪容，态度容貌。　棣棣：安和的样子。

11 选：同"巽"，退让。三家诗"选"作"算"，不可选，言自己的仪容美备，是不可胜数的。说亦可通。

12 悄悄：忧愁的样子。

13 愠：怨，言自己被一群小人所怨。《说文》："愠，怨也。"　群小：朱熹《诗集传》："众妾也。"

14 觏：同"遘"，遇，碰到。　闵：愍的借字，指中伤陷害的事。

15 静：审，仔细。

16 寤：睡醒。　辟：《韩诗》作擗，用手拍胸。　有摽：即摽摽，捶打胸脯的样子。

日居月诸[17]	胡迭而微[18]	叫声太阳叫月亮	为啥变得没光芒
心之忧矣	如匪澣衣[19]	心头烦恼洗不净	就像一件脏衣裳
静言思之	不能奋飞	审慎考虑仔细想	没法高飞展翅翔

（澣 huàn）

17 日、月：指丈夫。　居、诸：都是语尾助词。

18 迭：更迭，轮流。　微：昏暗不明。这是诗人用日月无光比丈夫的昏暗不明。

19 澣：洗。匪澣衣，没有洗过的脏衣服。

绿 衣

【题解】

这是诗人睹物怀人思念过去妻子的诗。这位妻子，到底是死亡或离异，则不得而知。

绿兮衣兮	绿衣黄里[1]	绿色衣啊绿色衣	外面绿色黄夹里
心之忧矣	曷维其已[2]	见到此衣心忧伤	不知何时才能已
绿兮衣兮	绿衣黄裳[3]	绿色衣啊绿色衣	上穿绿衣下黄裳
心之忧矣	曷维其亡[4]	穿上衣裳心忧伤	旧情深深怎能忘

1 里：衣服的衬里。

2 曷：何。　维：助词。　已：止，停。

3 裳：下衣，形状像现在的裙。当时人不穿裤子，男女都穿裳。

4 亡：同"忘"，忘记。

绿兮丝兮　　女所治兮⁵　　　　绿色丝啊绿色丝　丝丝是你亲手织

我思古人⁶　　俾无訧兮⁷　　　　想起我的亡妻啊　遇事劝我无差失

绤兮绤兮⁸　　凄其以风⁹　　　　夏布粗啊夏布细　穿上风凉又爽气

我思古人　　实获我心　　　　　　想起我的亡妻啊　样样都合我心意

5　女：同"汝"。　治：整理纺织。

6　古人：故人，古与"故"通。这里指作者的妻子。

7　俾：使。　訧：过，错误。

8　绤：细葛布。　绤：粗葛布。

9　凄：凉爽。凄其，即凄凄。　以：通假作"似"，像。

燕 燕

【题解】

这是一首送远嫁的诗。诗中的寡人是古代国君的自称,当是卫国的君主。"于归"的"仲氏",是卫君的二妹。

燕　　鸟纲燕科各种类的通称。体型小,翅膀尖而长,尾巴分叉像剪刀。飞行时捕食昆虫,对农作物有益。属候鸟。

燕燕于飞[1]　差池其羽[2]　　　燕子双双飞天上　参差不齐展翅膀

之子于归[3]　远送于野[4]　　　这位姑娘要出嫁　送到郊外远地方

瞻望弗及　泣涕如雨　　　　　遥望背影渐消失　泪珠滚滚雨一样

燕燕于飞　颉之颃之[5]　　　　燕子双双飞天上　忽高忽低追随忙

之子于归　远于将之[6]　　　　这位姑娘要出嫁　送她不嫌路途长

瞻望弗及　伫立以泣　　　　　遥望背影渐消失　凝神久立泪汪汪

1　燕燕：一对燕子。

2　差池：参差不齐的样子。

3　之子：指被送的女子。　于归：出嫁。

4　于：往。　野：郊外。

5　颉：向下飞。　颃：向上飞（从《毛传》）。

6　将：送。

燕燕于飞　　下上其音　　　燕子双双飞天上　上上下下呢喃唱

之子于归　　远送于南[7]　　这位姑娘要出嫁　送她向南路茫茫

瞻望弗及　　实劳我心[8]　　遥望背影渐消失　苦苦思念欲断肠

仲氏任只[9]　其心塞渊[10]　　二妹为人可信任　心地诚实虑事深

终温且惠[11]　淑慎其身　　　脾气温柔性和顺　修身善良又谨慎

"先君之思"[12]　以勖寡人[13]　常说"别忘先君爱"　她的劝勉感我心

7　南：指卫国的南边。有人说南同"林"，指郊外。亦通。

8　实：同"寔"，是。　劳：指思念之劳。

9　仲氏：老二，二妹。古人多用伯、仲、叔、季为兄弟姊妹的行次。　任：信任的意思（从朱熹说）。　只：语助词。

10　塞：寒的假借字，诚实。　渊：深。《孔疏》："其心诚实而深渊也。"

11　终：既。王引之《经义述闻》："终，犹既也。"　惠：和顺。

12　先君：指死去的国君。

13　勖：勉励。　寡人：古代君主的自称。《礼记·曲礼》疏："寡人者，言己是寡德之人。"

日 月

【题解】

　　这是一位弃妇申诉怨愤的诗。古代学者认为是卫庄姜被庄公遗弃后之作，未知确否。

日居月诸[1]	照临下土	叫声太阳叫月亮	光辉普照大地上
乃如之人兮[2]	逝不古处[3]	天下竟有这种人	会把故居全相忘
胡能有定[4]	宁不我顾[5]	夫妻关系全不顾	为何不想进我房
日居月诸	下土是冒[6]	叫声太阳叫月亮	光辉普照大地上
乃如之人兮	逝不相好	天下竟有这种人	忘恩不和我来往
胡能有定	宁不我报[7]	夫妻关系全不顾	为何使我守空房

1　日居月诸：日、月，指丈夫。居、诸，语尾助词。朱熹《诗集传》："日居月诸，呼而诉之也。"

2　乃：竟。　如：像。　之人：这个人。

3　逝：及。逝不，倒文，即不逝。或云，逝是发语词，亦通。　古处：故居。

4　定：正，指夫妇正常的关系。马瑞辰《通释》："窃谓此诗'胡能有定'，即胡能有正也……夫妇有定份，嫡妾有定位，皆正也。"

5　宁：何。有人说"宁"即"乃"，亦通。　我顾：倒文，即顾我。《郑笺》："顾，念也。"

6　冒：覆盖，笼罩。

7　报：答。古代称夫不理妻为"不见答"，不我报，即不见答的意思。

日居月诸	出自东方	叫声太阳叫月亮	日月光辉出东方
乃如之人兮	德音无良[8]	天下竟有这种人	名誉扫地丧天良
胡能有定	俾也可忘[9]	夫妻关系全不顾	使我真该把他忘

日居月诸	东方自出	叫声太阳叫月亮	东方升起亮堂堂
父兮母兮	畜^{xù}我不卒[10]	我的爹啊我的娘	丈夫爱我不久长
胡能有定	报我不述[11]	夫妻关系全不顾	我也不愿诉衷肠

8　德音：好名誉。

9　俾：使。　也：助词。

10　畜：同"慉"，爱。《孟子》："畜君者，好君也。"　卒：终。不卒，指丈夫爱我
　　不终。也有人认为是指"父母养我之不终"，似不及前说。

11　述：说。

终 风

【题解】

这是一位妇女写她被丈夫玩弄嘲笑后遭遗弃的诗。

| 终风且暴[1] | 顾我则笑[2] | 大风既起狂又暴 | 对我侮弄又调笑 |
| 谑浪笑敖[3] | 中心是悼[4] | 调戏取笑太放荡 | 想想悲伤又烦恼 |

xuè　ào

mái

| 终风且霾[5] | 惠然肯来[6] | 大风既起尘飞扬 | 他可顺心来我房 |
| 莫往莫来[7] | 悠悠我思 | 如今竟然不来往 | 绵绵相思不能忘 |

1 终：既。 暴：疾风。

2 则：而。

3 谑：调戏。 浪：放荡。 敖：放纵。 谑浪：放荡地调戏。 笑敖：放纵地取笑。

4 悼：伤心。

5 霾：大风刮得尘土飞扬。

6 惠：顺。 然：语助词。

7 莫：不。下"莫"字是增文足句。

终风且曀⁸　不日有曀⁹　　　大风既起日无光　顷刻又阴晴无望

寤言不寐¹⁰　愿言则嚏¹¹　　　夜半独语难入梦　愿他喷嚏知我想

曀曀其阴¹²　虺虺其雷¹³　　　天色阴沉暗无光　雷声隐隐天边响

寤言不寐　　愿言则怀¹⁴　　　夜半独语难入梦　愿他悔悟将我想

8　曀：天阴而又有风。

9　不日：不到一天。　有：同"又"。

10　寤言：醒着说话。

11　言：助词，无义。　嚏：打喷嚏。旧时民间有"打喷嚏，有人想"的谚语。

12　曀曀：天阴暗的样子。

13　虺虺：雷始发之声。

14　怀：思念。严粲《诗缉》："愿汝思怀我而悔悟也。"

击 鼓

【题解】

这是卫国戍卒思归不得的诗。关于诗的时代背景，古来说法不一。方玉润《诗经原始》认为"此戍卒思归不得诗也"，今从方说。

击鼓其镗^{tāng}[1]	踊跃用兵[2]	战鼓擂得镗镗响	官兵踊跃练刀枪
土国城漕[3]	我独南行	别人修路筑城墙	我独从军到南方
从孙子仲[4]	平陈与宋[5]	跟随将军孙子仲	调停纠纷陈与宋
不我以归[6]	忧心有忡[7]	常驻边地不能归	留守南方真苦痛

1　镗：击鼓声。

2　兵：指兵器。

3　土国：在国内服役土工。　城漕：在漕邑修筑城墙。"土"和"城"这里都是动词。漕，卫邑名，在今河南省滑县东南。

4　孙子仲：当时卫国南征的将领。孙氏是卫国的世卿。

5　平陈与宋：调解陈国和宋国的不睦。《左传》隐公六年杜注："和而不盟曰平。"

6　不我以归：这句是倒文，即"不以我归"，不让我回来。

7　有忡：即忡忡，心神不安的样子。

爰居爰处[8]　爰丧其马[9]	住哪儿啊歇何方　马儿丢失何处藏
于以求之[10]　于林之下	到哪儿啊找我马　丛林深处大树旁
"死生契阔"[11]　与子成说[12]	"死生永远不分离"　对你誓言记心里
执子之手　　与子偕老	我曾紧紧握你手　和你到老在一起
^{xū jiē} 于嗟阔兮[13]　不我活兮[14]	可叹相隔太遥远　不让我们重相见
^{xū jiē} 于嗟洵兮[15]　不我信兮[16]	可叹别离太长久　不让我们守誓言

8　爰：与"于何"、"于以"同义，就是"在何处"。

9　丧：读去声，失，丢。

10　以：何。

11　契：合。　阔：离。契阔是偏义复词，偏用"契"义，指结合，犹言不分离。

12　子：指作者的妻。　成说：定约，结誓。

13　于：同"吁"。吁嗟，感叹词。　阔：道路辽远。

14　活：聚会。马瑞辰《通释》："《毛传》：'佸，会也。'佸为会至之会，又为聚会之会。承上'阔兮'为言，故云不我会耳。"

15　洵：敻的假借字，《韩诗》作"敻"，久远；指别离已久。

16　信：守约。

凯 风

【题解】

这是一首儿子颂母并自责的诗。三家诗认为写的是事继母，可作参考。

棘　即酸枣树，落叶灌木或乔木。枝上有刺。果实较枣小，味酸。核仁可入药，有健胃、安眠等
作用。

凯风自南¹　吹彼棘心²　　和风吹来自南方　吹在枣树红心上

棘心夭夭³　母氏劬劳⁴　　枣树红心嫩又壮　我娘辛苦善教养
　　　　（qú）

凯风自南　　吹彼棘薪⁵　　和风南方吹过来　枣树成长好当柴

母氏圣善⁶　我无令人⁷　　我娘人好又明理　我们兄弟不成材

1　凯风：南风。《孔疏》引李巡曰："南风长养，万物喜乐，故曰凯风。"

2　棘心：棘，酸枣树，初发芽时心赤。"凯风"喻母，"棘"，子自喻。

3　夭夭：树木嫩壮的样子。

4　劬劳：即劳苦之意。

5　棘薪：酸枣树长到可以当柴烧。比喻子已成长。

6　圣善：明理而有美德。

7　令：善。

爰有寒泉[8]　　在浚之下[9]　　　　寒泉清冷把暑消　　源头出自浚县郊

有子七人　　母氏劳苦　　　　　　儿子七个不算少　　却累我娘独辛劳

xiàn huǎn
睍睆黄鸟[10]　　载好其音　　　　　宛转黄雀清和音　　歌声间关真好听

有子七人　　莫慰母心　　　　　　我娘儿子有七个　　不能安慰亲娘心

8　爰：发语词，无义。　寒泉：在卫地浚邑，水冬夏常冷，故名寒泉。

9　浚：卫邑名，在卫楚丘东。

10　睍睆：清和宛转的鸣声。或云形容黄鸟颜色美，亦通。朱熹《诗集传》："言黄鸟犹能好其音以悦人，而我七子，独不能慰悦母心哉。"

雄　雉

【题解】

　　这是一位妇女思念远出的丈夫的诗。旧说多认为这是妇女之作，方玉润《诗经原始》则认为是朋友互勉，"期友不归，思而共勖"的诗，此说可供参考。

雌

　　雉　　鸟类，通称野鸡。雄者羽色美丽，尾长，可做装饰品。雌者尾较短，灰褐色。善走，不能远飞。

雄雉于飞[1]　泄泄其羽[2]　　雄雉起飞向远方　拍拍翅膀真舒畅

我之怀矣　　自诒伊阻[3]　　心中怀念我夫君　自找离愁空忧伤

雄雉于飞　　下上其音　　　雄雉起飞向远方　忽高忽低咯咯唱

展矣君子[4]　实劳我心　　　一心悬念我夫君　苦思苦想心难放

瞻彼日月[5]　悠悠我思　　　远望太阳和月亮　我的相思长又长

道之云远[6]　曷云能来　　　相隔道路太遥远　何时回到我身旁

百尔君子[7]　不知德行[8]　　天下"君子"一个样　不知道德和修养

不忮不求[9]　何用不臧[10]　　你不损人又不贪　走到哪里不顺当

1　雉：野鸡。诗中的雄雉比喻丈夫。

2　泄泄：同"洩洩"，鼓羽舒畅的样子。

3　诒：同"遗"，遗留。自诒，自找、自取之意。　伊：同"繄"，此，这。
　　阻：忧。朱熹《诗集传》训"阻"为"隔"，亦通。

4　展：诚，确实。　君子：这里指丈夫。

5　瞻彼日月：马瑞辰《通释》："以日月之迭往迭来，兴君子之久役不来。"

6　云：语助词。下句同。

7　百：凡，所有。　君子：这里指在朝的统治者，也包括她的丈夫在内。

8　德行：道德品行。

9　忮：忌恨。

10　臧：善，好。王先谦《诗三家义集疏》："何用不臧，犹言无往而不利。"

匏有苦叶

【题解】

这是一位女子在济水岸边等待未婚夫时所唱的诗。旧说刺卫宣公淫乱，也有以为"刺世礼义渐灭"或"贤者不遇时而作"。余冠英先生《诗经选》一扫旧说，还它以民歌本来面目："一个女子正在岸边徘徊，她惦着住在河那边的未婚夫，心想：他如果没忘了结婚的事，该趁着河里还不曾结冰，赶快过来迎娶才是。再迟怕来不及了。"（余先生对"迨冰未泮"一句的理解和我们不同。）

匏　　葫芦。古人常腰拴葫芦以渡水。《国语·鲁语》韦昭注："佩匏可以渡水也。"闻一多《诗经通义》："古人早已知道抱着葫芦浮水能使身体容易漂起来，所以葫芦是他们常备的旅行工具，而有'腰舟'之称。叶子枯了，葫芦也干了，可以摘来作腰舟用了。"苦：枯的通用字。王先谦："齐读苦为枯，枯、苦字通。"

匏有苦叶[1]　济有深涉[2]　　葫芦叶枯葫芦收　济水渡口深水流

深则厉[3]　浅则揭[4]　　　水深腰系葫芦过　水浅挑着葫芦走

有瀰济盈[5]　有鷕雉鸣[6]　　济水一片白茫茫　水边野鸡么么唱

济盈不濡轨[7]　雉鸣求其牡[8]　水满不湿半车轮　野鸡唱歌求对象

雝雝鸣雁[9]　旭日始旦[10]　　大雁嘎嘎相对唱　初升太阳放光芒

士如归妻[11]　迨冰未泮[12]　　你若有心娶新娘　要趁今冬冰没烊

招招舟子[13]　人涉卬否[14]　　船夫招呼我上船　别人渡河我在岸

人涉卬否　卬须我友[15]　　别人渡河我在岸　我等朋友来结伴

1　匏：葫芦。　苦：枯的通用字。王先谦："齐读苦为枯，枯、苦字通。"
2　济：水名，本作泲。源出河南济源西王屋山。　涉：步行过河，这里指渡口。
3　厉：连衣徒步渡水。
4　揭：提起下衣渡水。
5　有瀰：瀰瀰，水满的样子。
6　有鷕：鷕鷕，雌雉的叫声。
7　濡：沾湿。　轨：车轴的两端。
8　牡：指雄雉。
9　雝雝：雁相和的鸣声。
10　旭日：初升的太阳。　旦：明。
11　归妻：娶妻。王先谦《诗三家义集疏》："妇人谓嫁曰'归'，自士言之，则娶妻是来归其妻，故曰归妻。"
12　迨：及，趁。　泮：融解。古人结婚多在秋冬两个季节举行，故云"迨冰未泮"。
13　招招：摆手相招。
14　卬：我。
15　须：等待。

谷　风

【题解】

　　这是一首弃妇诉苦的诗。她的丈夫原也是一个贫穷的农民。由于两口子努力劳动，生活慢慢好起来，男的却变心了。

葑　　即芜菁。二年生草本，块根肉质，花黄色。块根可做蔬菜。俗称大头菜。

习习谷风[1]　以阴以雨[2]　　飒飒山谷刮大风　天阴雨暴来半空

^{mǐn}
黾勉同心[3]　不宜有怒　　夫妻勉力结同心　不该怒骂不相容

采葑采菲[4]　无以下体[5]　　蔓菁萝卜收进门　难道要叶不要根

德音莫违[6]　"及尔同死"　　甜言蜜语别忘记　"和你到死永不分"

行道迟迟[7]　中心有违[8]　　走出家门慢吞吞　脚儿向前心不忍

不远伊迩[9]　薄送我畿[10]　　不求远送望近送　谁知只送到房门

1　习习：犹飒飒，风声。　谷风：来自山谷的大风。

2　以：又。

3　黾勉：勉力。

4　葑：芜菁。又名蔓菁。　菲：萝卜。

5　以：用。　下体：指根。

6　德音：本义是"善闻令名"，这里似指她丈夫曾对她说过的"好话"。

7　迟迟：缓慢。

8　中心：即心中。　有违：指行动和心意相违背。有人训违为"怨"，亦通。

9　伊：是。　迩：近。

10　薄：助词，含有勉强的意思。　畿：门槛。

荼　　《诗经》中的"荼"表示多种植物。一种指苦菜，如《豳风·七月》"采荼薪樗"；一种指茅、芦之类的白花，如《郑风·出其东门》"出其闉，有女如荼"；一种指田间杂草，如《周颂·良耜》"以薅荼蓼"。本图所绘为苦菜。

谁谓荼苦¹¹　其甘如荠　　　　谁说荼菜苦无比　　在我吃来甜似荠

宴尔新昏¹²　如兄如弟　　　　你们新婚多快乐　　两口亲热像兄弟

泾以渭浊¹³　湜湜其沚¹⁴　　渭水入泾泾水浑　　泾水虽浑底下清
　　　　　　shí shí

宴尔新昏　　不我屑以¹⁵　　你们新婚多快乐　　诬我不洁伤我心

毋逝我梁¹⁶　毋发我笱¹⁷　别到我的鱼坝来　　别把鱼篓再乱开
　　　　　　gǒu

我躬不阅¹⁸　遑恤我后¹⁹　既然对我不见容　　谁还顾到我后代

11 荼：苦菜。

12 宴：快乐。　昏：即婚。

13 泾、渭：都是水名，源出甘肃，在陕西高陵合流。

14 湜湜：水清的样子。　沚：即"底"的意思。马瑞辰《通释》："《说文》，沚，
　　下基也。湜湜即状水止之貌，故以为清可见底。"

15 屑：洁。不我屑以，即不以我为洁。

16 逝：往，去。　梁：鱼坝；用石头拦阻水流，中空而留缺口，以便捕鱼。

17 发：拨的假借字，搞乱。有人训"开"，亦通。　笱：捕鱼的竹篓。

18 躬：自身。　阅：容。

19 遑：犹言"哪儿来得及"。　恤：顾到。

荠　　即荠菜。一年生或二年生草本植物，生长在山坡、田边及路旁，野生，偶有栽培。可全草入药，
　　　茎叶作蔬菜食用。

就其深矣　　方之舟之²⁰　　　　好比河水深悠悠　　那就撑筏划小舟

就其浅矣　　泳之游之　　　　　好比河水浅清清　　那就游泳把水泅

何有何亡²¹　　黾勉求之　　　　家里有这没有那　　尽心尽力为你求

凡民有丧²²　　匍匐救之²³　　　邻居出了灾难事　　就是爬着也去救

不我能慉²⁴　　反以我为雠²⁵　　你不爱我倒也罢　　不该把我当冤仇

既阻我德²⁶　　贾用不售²⁷　　　一片好意遭拒绝　　好像货物难脱手

20　方：筏子。方、舟二字这里都作动词用。

21　亡：同"无"。

22　民：人，指邻人。　丧：指凶祸。

23　匍匐：本义是手足伏地走，这里是尽力的意思。

24　不我能慉：三家诗作"能不我慉"。能，乃。慉，爱。

25　雠：通"仇"。

26　阻：拒绝。

27　贾：卖。　用：货物。　不售：卖不出去。

昔育恐育鞠²⁸	及尔颠覆²⁹	从前生活怕困穷	共渡难关苦重重
既生既育	比予于毒³⁰	如今生计有好转	嫌我比我像毒虫

我有旨蓄³¹	亦以御冬³²	好比我腌干咸菜	贮藏起来好过冬
宴尔新昏	以我御穷	你们新婚多快乐	拿我旧人来挡穷
有洸有溃³³	既诒我肄³⁴	粗声恶气打又骂	还要逼我做苦工
不念昔者	伊余来塈³⁵	当初情意全不念	你恩我爱一场空

28 育恐：生活恐慌。 育鞠：生活困穷。朱熹《诗集传》引张子曰："育恐，谓生于恐惧之中，育鞠，谓生于困穷之际。"

29 颠覆：指患难。

30 于毒：如毒虫。

31 旨：美。 蓄：腌的干菜。有人说，蓄是菜名，亦通。

32 御：同"禦"，抵挡。

33 有洸有溃：即洸洸溃溃，本义都是形容水激流的样子，这里是借用，形容人动武和发怒的样子。《毛传》："洸洸，武也。溃溃，怒也。"

34 诒：同"遗"，留给。 肄：劳苦的工作。

35 伊：惟。 来：语助词，无义。 塈：爱。马瑞辰《通释》："伊余来塈，犹言维予是爱也，仍承昔者言之。"

式　微

【题解】

这是人民苦于劳役，对君主发出的怨词。诗用简短的几句话，表达了劳动人民对统治者压迫奴役的极端憎恨。

式微式微[1]　　胡不归　　　　　日光渐暗天色灰　为啥有家去不回

微君之故[2]　　胡为乎中露[3]　　不是君主差事苦　哪会夜露湿我腿

式微式微　　　胡不归　　　　　日光渐暗天色灰　为啥有家去不回

微君之躬[4]　　胡为乎泥中[5]　　不是君主养贵体　哪会夜间踩泥水

1　式：发语词，无义。　微：幽暗，指天黑。郝懿行《尔雅义疏·释诂》："'微'有幽隐菱昧之意。"

2　微：非，不是。　故：事。

3　中露：即露中。《鲁诗》"露"作"路"。

4　躬：身体。

5　泥中：泥水路里。方玉润《诗经原始》："犹言泥涂也。毛氏苌曰：'中露、泥中，卫邑也。'此或后人因经而附会其说耳，不可从。"

旄 丘

【题解】

这是一些流亡到卫国的人，盼望贵族救济而不得的诗。那时人民因为受不了本国统治者的残酷剥削、压迫，或因战争的缘故，纷纷逃亡别国。但到处都是一样，想向他国贵族乞求同情、救济，当然仍是一种梦想。

流离　一说为枭，俗称猫头鹰。身体淡褐色，多黑斑。两眼大而圆，位于头部正前方。喙和爪均呈锐利的钩状。昼伏夜出，食物以鼠类为主，亦捕食小鸟或大型昆虫。古代多以为猫头鹰是不祥之恶鸟。（程俊英先生认为"流离"是漂散流亡的意思。）

máo
旄丘之葛兮[1]　　何诞之节兮[2]　　　葛藤长在山坡上　枝节怎么那样长

叔兮伯兮[3]　　　何多日也　　　　　叔叔啊，伯伯啊　为啥好久不帮忙

何其处也[4]　　　必有与也[5]　　　　安心躲在家里边　定要等谁才露面

何其久也　　　　必有以也[6]　　　　拖拖拉拉这么久　定有原因在其间

狐裘蒙戎[7]　　　匪车不东[8]　　　　身穿狐裘毛蓬松　坐着车子不向东

叔兮伯兮　　　　靡所与同[9]　　　　叔叔啊，伯伯啊　你我感情不相通

1　旄丘：前高后低的土山。

2　诞：同"䴠"，延长。　之：其，它的。　节：指葛藤的枝节。

3　叔、伯：当时人对贵族的尊称。

4　处：安居不出。

5　与：指同伴或盟国。

6　以：原因。

7　狐裘：狐皮袍。当时大夫以上的官穿的冬服。　蒙戎：亦作"尨茸"，蓬蓬乱的样子。这句疑指卫大夫。

8　匪：彼。指大夫。疑东方是流亡者居住的地方，故大夫之车不来。

9　靡：无。　同：同心。朱熹《诗集传》："不与我同心。"

琐兮尾兮¹⁰　流离之子¹¹　　　我们渺小又卑贱　我们流亡望人怜

叔兮伯兮　褒^{yòu}如充耳¹²　　　叔叔啊，伯伯啊　趾高气扬听不见

10 琐：细小。　尾：与"微"通，卑贱。

11 流离：漂散流亡。方玉润《诗经原始》："流离，漂散也。"《毛传》训流离为
"鸟名"，恐非诗的原意。

12 褒：盛服。褒如，即褒然，态度傲慢妄自尊大的样子。　充耳：即"充耳不闻"的意
思。充耳又是一种挂在耳旁的首饰，这里有双关的意义。

简 兮

【题解】

这是一个女子观看舞师表演万舞并对他产生爱慕之情的诗。

榛

榛　　落叶灌木或小乔木。叶子互生，圆卵形或倒卵形，春日开花，雌雄同株，雄花黄褐色，雌花红
紫色，实如栗，可食用或榨油。

简兮简兮[1]	方将万舞[2]	敲起鼓来咚咚响	万舞演出就开场
日之方中	在前上处[3]	太阳高高正中央	舞师排在最前行

硕人俣俣（yǔ yǔ）[4]	公庭万舞[5]	身材高大又魁梧	公庭前面演万舞
有力如虎	执辔如组（pèi）[6]	扮成武士力如虎	手拿缰绳赛丝组

左手执籥（yuè）[7]	右手秉翟（dí）[8]	左手握着笛儿吹	右手挥起野鸡尾
赫如渥赭（zhě）[9]	公言锡爵[10]	脸儿通红像染色	卫公教赏酒满杯

1　简：鼓声。有人说，"简"是形容武师武勇之貌，亦通。

2　方将：即"将要"。　万舞：周天子宗庙舞名，规模壮大，分文舞、武舞两部分。武用干戚（盾和板斧），文用羽籥（雉羽和籥）。

3　处：指位置。

4　硕人：身材高大的人，指舞师。　俣俣：形容身体魁梧的样子。

5　公庭：庙堂的庭前。《孔疏》："于祭祀之时，亲在宗庙公庭而万舞。"

6　辔：马缰绳。　组：编织的一排排丝线。

7　籥：古代乐器名。《礼记》郑注："籥，如笛，三孔。舞者所吹也。"

8　秉：拿。　翟：野鸡尾，舞师执以指挥。

9　赫：指舞师脸色红而有光。　渥：涂抹。　赭：红土。

10　公：指卫国的君主。　锡：赐。　爵：古代酒器名，这里用它代酒。

山有榛[11]　隰有苓[12]　　　　榛树生在高山顶　低洼地里有草苓

云谁之思　西方美人[13]　　　　是谁占领我的心　是那健美西方人

彼美人兮　西方之人兮　　　　美人美人难忘怀　他是西方周邑人

11　榛：树名；它结的实似栗而小。

12　隰：低湿的地。　苓：甘草，亦名大苦，药名。以上两句是《诗经》中常用的
　　起兴句式，余冠英以为是一种隐语：以树代男，以草代女。

13　西方：指周。周在卫西。　美人：指舞师，即上文的硕人。硕人和美人，都
　　是当时赞美男女形体外貌通用的词。

泉 水

【题解】

这是嫁到别国的卫女思归不得的诗。王先谦《诗三家义集疏》认为是思父母、忧家国的作品。有人说，这首诗和《竹竿》都是《载驰》作者许穆夫人所作，也有人说是许穆夫人媵妾所作，但均无确证。

毖彼泉水¹　　亦流于淇　　　泉水涌涌流不息　最后流入淇水里

有怀于卫　　靡日不思　　　想起卫国我故乡　没有一天不惦记

娈彼诸姬²　　聊与之谋³　　　同来姊妹多美好　姑且和她共商议

出宿于泲⁴　　饮饯于祢⁵　　　想起当初宿在泲　喝酒饯行在祢邑

女子有行⁶　　远父母兄弟　　　姑娘出嫁到别国　远离父母和兄弟

问我诸姑⁷　　遂及伯姊⁸　　　临行问候姑姑们　还有大姊别忘记

1　毖：泌的假借字，涌流貌。　泉水：卫地水名。马瑞辰《通释》："诗意以泉水之得流于淇，兴己之欲归于卫。"

2　娈：美好的样子。娈彼，等于娈娈。　诸姬：一些姬姓的女子。卫君姓姬，卫女嫁于诸侯，以同姓之女陪嫁。《毛传》："诸姬，同姓之女。"

3　聊：姑且。　谋：商量。

4　泲：卫地名。有人说，泲即济水，亦通。

5　饯：饯行，《郑笺》："饯，送行饮酒也。"　祢：亦作"泥"或"坭"，卫地名。

6　行：嫁。《左传》桓公九年："凡诸侯之女行。"杜预注："行，嫁也。"按"女子有行"二句，亦见于他诗，可能是当时常用的谚语。

7　问：告别的意思。　诸姑：姑母们。

8　伯姊：大姊。

出宿于干[9]	饮饯于言	如能回家宿干地	喝酒饯行在言邑
载脂载舝[10] xiá	还车言迈[11]	涂好轴油上好键	掉车回家走得快
chuán 遄臻于卫[12]	不瑕有害[13]	只想快回卫国去	回去看看有何害

我思肥泉[14]	兹之永叹[15]	心儿飞到肥泉头	声声长叹阵阵忧
思须与漕[16]	我心悠悠	心儿飞向沫和漕	绵绵相思盼重游
驾言出游	以写我忧[17]	驾起车子出外兜	借这消我心中愁

9 干:和下句的言,都是作者所居国的地名。或云干在河南省濮阳北干城村,
即《后汉书·郡国志》及《水经注》所说的"竿城"。

10 载:发语词,无义。 脂:用油涂车轴。 舝:车轴两头的金属键。按脂、
舝这里都用如动词。

11 还:音义同"旋"。《郑笺》:"还车者,嫁时乘来,今思乘以归。" 言:助词。
迈:行。

12 遄:疾,快。 臻:到。

13 瑕:无。马瑞辰《通释》:"瑕、遐古通用。遐之言胡,胡、无一声之转……凡
《诗》言'不遐有害'、'不遐有愆','不遐'犹云'不无',疑之之词也。"

14 肥泉:在卫境内,即首章的"泉水"。

15 兹:同"滋",益,更加。 永叹:长叹。

16 须:"湏"之讹,即沫,是卫的旧都。 漕:亦作曹,在今河南省滑县东二十
里。是卫国被狄人侵略,戴公带人民渡河迁徙的地方。

17 写:通"泻",宣泄,消除。《毛传》:"写,除也。"

北 门

【题解】

这是一个小官吏诉苦的诗。这个小官吏，政事繁忙，工作劳苦，生活困穷，回到家里还要受家人的责备讥刺。无可奈何，只得归之于天命。

出自北门	忧心殷殷[1]	一路走出城北门　心里隐隐忧虑深
终窭且贫[2]	莫知我艰	既无排场又穷酸　有谁了解我艰难
已焉哉[3]	天实为之	算了罢　老天让我这么干
谓之何哉[4]		叫我怎么办

王事适我[5]	政事一埤益我[6]	王室差事扔给我　政事全都推给我
我入自外	室人交遍谪我[7]	忙了一天回家来　家人个个骂我呆

1　殷殷：亦作"慇慇"、"隐隐"，深忧的样子。

2　终：既。　窭：房屋简陋无法讲求礼节排场。陆德明《经典释文》："窭，谓贫无以为礼。"

3　已焉哉：既然这样了，有"算了吧"的意思。

4　谓：马瑞辰《通释》："按'谓'犹'奈'也。'谓之何哉'，犹云'奈之何哉'。"

5　王事：有关王室的差事。　适：同"擿"，即"掷"字。擿我，犹云扔给我。

6　政事：指卫国国内的差事。　一：皆，完全。　埤益：堆积、增加的意思。

7　室人：家人。　交：更迭、轮流。　谪：责备。《毛传》："谪，责也。"

已焉哉　　天实为之　　　　算了罢　这是老天的安排

谓之何哉　　　　　　　　　　叫我也无奈

王事敦我[8]　政事一埤^{pí}遗我[9]　王室差事逼着我　政事全盘压着我

我入自外　室人交遍摧我[10]　忙了一天回到家　家人个个骂我傻

已焉哉　　天实为之　　　　算了罢　老天这样安排下

谓之何哉　　　　　　　　　　我有啥办法

8　敦：《韩诗》训敦为"迫"，敦我，即逼我。

9　埤遗：犹埤益。《毛传》："遗，加也。"

10　摧：讽刺。《郑笺》："摧者，刺讥之言。"

北 风

【题解】

　　这是人民不堪卫国虐政，号召友朋共同逃亡的诗。据方玉润《诗经原始》的说法，这首诗是反映邶亡前统治阶级的暴虐腐败、社会混乱和人民纷纷逃亡的情况。可备一说。

乌

　　乌　　　乌鸦，又称老鸹、老鸦。羽毛通体或大部分黑色。

北风其凉	雨雪其雱^{p> 1}	北风刮来冰冰凉	漫天雪花纷纷扬
惠而好我 2	携手同行 háng 3	赞成我的好伙伴	同路携手齐逃荒
其虚其邪 4	既亟 jí 只且 jū 5	岂能犹豫慢慢走	事已紧急国将亡

北风其喈 jiē 6	雨雪其霏 fēi 7	北风刮来呼呼响	雪花纷纷漫天扬
惠而好我	携手同归 8	赞成我的好伙伴	携手同去安乐乡
其虚其邪	既亟 jí 只且	岂能犹豫慢慢走	事已紧急国将亡

1　雨雪：下雪。　其雱：即雱雱，雪盛的样子。

2　惠而：即惠然，顺从、赞成的意思。

3　同行：同道。《郑笺》："与我相携持同道而去，疾时政也。"

4　虚：舒的假借字。　邪：徐的假借字。其虚其邪，即舒舒徐徐，缓慢犹豫不决的样子。

5　亟：同"急"。既亟，事已紧急。　只且：语尾助词，其作用与"也哉"相同。

6　其喈：即喈喈，北风刮得快而有声的样子。朱熹《诗集传》："喈，疾声也。"

7　其霏：即霏霏。《列女传》引诗作"雨雪霏霏"。霏霏即"纷纷"的意思。

8　同归：同到较好的别国去。《毛传》："归有德也。"

莫赤匪狐⁹	莫黑匪乌¹⁰	天下赤狐尽狡狯	天下乌鸦一般黑
惠而好我	携手同车¹¹	赞成我的好伙伴	携手同车结成队
其虚其邪	既亟只且	岂能犹豫慢慢走	事已紧急莫后悔

9 莫：无。 匪：非。莫匪，即无非，应连用。

10 狐是妖兽（见《说文》），乌啼不祥（唐韩愈有"鸦啼岂是凶"之句），这是古代民间的传说，诗人以狐、乌象征妖异不祥的统治者。

11 同车：朱熹《诗集传》："同车，则贵者亦去矣。"当时人民不能坐车，所以朱熹认为这句是指贵者。

静 女

【题解】

这是一首男女约会的诗。欧阳修《诗本义》："《静女》一诗，本是情诗。"诗以男子口吻写幽期密约，既有焦急的等候，又有欢乐的会面，还有幸福的回味。

静女其姝[1]　　俟我于城隅[2]　　善良姑娘真美丽　等我城门角楼里

爱而不见[3]　　搔首踟蹰^{chí chú}　　故意藏着不露面　来回着急抓头皮

静女其娈[4]　　贻我彤管[5]　　善良姑娘真漂亮　送我红管情意长

彤管有炜[6]^{wěi}　　说怿女美[7]^{yuè yì}　　细看红管光闪闪　我爱红管为姑娘

1　静：靖的假借字，善。马瑞辰《通释》："此诗静女亦当读'靖'，谓'善女'。"
姝：美丽的样子。

2　城隅：城上的角楼。

3　爱而：即薆然。爱，薆、僾的省借，隐藏的意思。而，同然、如。　不见：朱熹《诗集传》："不见者，期而不至也。"

4　娈：美好貌。

5　贻：赠送。　彤：红色。彤管，有人说是赤管的笔，有人说是一种像笛的乐器，有人说是红管草，都可通。

6　炜：红而有光的样子。有炜，等于炜炜。

7　说（悦）怿：喜爱。　女：同"汝"，指彤管。

自牧归荑^{tí}⁸　洵美且异⁹　　　郊外送茅表她爱　嫩茅确实美得怪

匪女之为美^{rǔ}¹⁰　美人之贻　　不是嫩茅有多美　只因美人送得来

8　牧：郊外。　归：同"馈"，归、馈古通用，赠送。　荑：初生的柔嫩白茅。
有人说，荑，即上文所说的彤管，未知确否。

9　洵：确实。　异：奇异。

10　匪：非。　女：同"汝"，指荑草。

新 台

【题解】

这是人民讽刺卫宣公劫夺儿媳的诗。卫宣公和他的后母夷姜发生关系，生子名伋。后替伋迎娶齐女，听说齐女很美，便在河上筑台把她拦截下来占为己有。人民对这件事极为憎恨，就作这首诗讽刺他。

新台有泚[1]　河水瀰瀰[2]　　　新台新台真辉煌　河水一片白茫茫

燕婉之求[3]　籧篨不鲜[4]　　　本想嫁个如意郎　碰上个丑汉蛤蟆样

新台有洒[5]　河水浼浼[6]　　　新台新台真高敞　河水一片平荡荡

燕婉之求　籧篨不殄[7]　　　　本想嫁个如意郎　碰上个虾蟆没好相

1　新台：台名。旧址在今河南临漳县西黄河旁。　泚：玼的假借字。有泚，即玼玼，形容新台新而鲜明的样子。

2　河：指黄河。　瀰瀰：水盛大的样子。

3　燕婉：亦作宴婉或嬿婉，安和美好的样子。

4　籧篨：癞蛤蟆、蟾蜍一类的东西。　鲜：善。《郑笺》："伋之妻齐女来嫁于卫，其心本求燕婉之人，谓伋也。反得籧篨不善，谓宣公也。"

5　洒：亦作"漼"。有洒，即洒洒，高峻的样子。有人训"鲜貌"，亦通。

6　浼浼：水平的样子。亦作"浘浘"，水盛的样子。均可通。

7　殄：同"腆"，善。《郑笺》："殄当作腆，腆，善也。"

鱼网之设　　鸿则离之[8]　　　想得大鱼把网张　谁知蛤蟆进了网

燕婉之求　　得此戚施[9]　　　本想嫁个如意郎　碰上个蛤蟆四不像

8　鸿：旧解为鸟名，雁之大者。闻一多在《〈诗·新台〉鸿字说》一文中，考证鸿
　　就是蛤蟆。　离：通"罹"，附着，获得。

9　戚施：蛤蟆。《太平御览·虫豸部》引《薛君章句》云："戚施，蟾蜍，喻丑恶。"
　　蟾蜍即癞蛤蟆。

二子乘舟

【题解】

这是诗人挂念乘舟远行者的诗。卫国政治腐败，民不聊生，多逃亡国外，《北风》即其一例。《二子乘舟》，当是挂念流亡异国者的作品。旧说颇多，各有歧异，不一一具列。

二子乘舟　　泛泛其景[1]　　　　两人同坐小船上　飘飘荡荡向远方

愿言思子[2]　　中心养养[3]　　　　每当想起你们俩　心里不安很忧伤

二子乘舟　　泛泛其逝[4]　　　　两人同坐小船上　飘飘荡荡往远方

愿言思子　　不瑕有害[5]　　　　每当想起你们俩　此行是否遭祸殃

1　泛泛：飘浮的样子。《广雅》："泛泛，浮也。"　景：古与"憬"通，远行。王引之《经义述闻》："景读如憬……憬，远行貌。"

2　愿：每。

3　中心：即心中。　养养：恙恙的借字，忧思心神不定的样子。

4　逝：往。

5　不瑕：不无。

鄘风

柏 舟

【题解】

　　这是一位少女要求婚姻自由，向"父母之命"公开违抗的诗，歌颂了爱情的真挚和专一。

泛彼柏舟¹ 在彼中河²	柏木小船飘荡荡	一飘飘到河中央

泛彼柏舟¹　　在彼中河²　　　柏木小船飘荡荡　　一飘飘到河中央

髧彼两髦³　　实维我仪⁴　　　额前垂发年少郎　　是我追求好对象

之死矢靡它⁵　　　　　　　　　誓死不会变心肠

母也天只⁶　　不谅人只⁷　　　叫声天呀叫声娘　　为何对我不体谅

1　泛：即泛泛，飘浮的样子。

2　中河：即河中。

3　髧：发下垂的样子。　两髦：古代男子未成年时头发的式样，前额头发分向两边披着，长齐眉毛；额后则扎成两绺，左右各一，叫做两髦。

4　实：是。　维：为。　仪：偶的假借字，即配偶的意思。

5　之：到。　矢：发誓。　靡：无。

6　也、只：都是语气词。

7　谅：体谅的意思。

泛彼柏舟　　在彼河侧　　　　柏木小船飘荡荡　一飘飘到河岸旁

髧彼两髦　　实维我特[8]　　　额前垂发年少郎　才能和我配得上
dàn

之死矢靡慝[9]　　　　　　　　誓死不会变主张
tè

母也天只　　不谅人只　　　　叫声天呀叫声娘　为何对我不体谅

8　特：匹偶。马瑞辰《通释》："《方言》：'物无偶曰特。'《广雅》：'特，独也。'
　　皆训特为独……匹为一，又为双为偶，皆以相反为义也。"

9　慝：音义同"忒"，更改。

墙有茨

【题解】

这是一首人民揭露、讽刺卫国统治阶级淫乱无耻的诗。卫宣公劫娶儿子的聘妻齐女宣姜，宣公死后，他的庶长子公子顽又与宣姜私通，生下了齐子、戴公、文公、宋桓夫人和许穆夫人。这些宫廷秽闻，真是"不可道""不可详""不可读"的。

墙有茨¹ 　不可埽也²	墙上蒺藜爬　不可扫掉它
中冓之言³　不可道也⁴	宫廷秘密话　不可乱拉呱
所可道也⁵　言之丑也	还能说什么　丑话污了牙
墙有茨　不可襄也⁶	蒺藜爬满墙　难以一扫光
中冓之言　不可详也⁷	宫廷秘密话　不可仔细讲
所可详也　言之长也	还能说什么　说来话太长

茨　读音 cí

埽　读音 gòu（中冓）

襄　读音 rǎng

1　茨：蒺藜，亦名爬墙草。

2　埽：同"扫"，扫除。墙上种茨，是为了防闲内外的。不可埽，有
　　内丑不可外扬之意。

3　中冓：宫闱，宫廷内部。《韩诗》训"中冓"为"中夜"，亦通。

4　道：说。

5　所：尚。

6　襄：通"攘"，除去。

7　详：细说。朱熹《诗集传》："详，详言之也。"《韩诗》作"扬"，是
　　宣扬之意，亦通。

墙有茨^{cí}　　不可束也⁸　　　　墙上蒺藜生　除也除不净

中冓^{gòu}之言　　不可读也⁹　　　　宫廷秘密话　宣扬可不行

所可读也　　言之辱也　　　　　　还能说什么　说来难为情

8　束：打扫干净。

9　读：宣扬。《毛传》："读，抽也。"《郑笺》："抽，出也。"引申为宣扬之意。

君子偕老

【题解】

这是卫国人民讽刺宣姜的诗。诗中极力渲染她的服饰、尊严、美丽，衬托出她"国母"的地位，目的是讥刺她的地位和丑陋的行为很不相称，这是用丽辞写丑行的艺术手法。

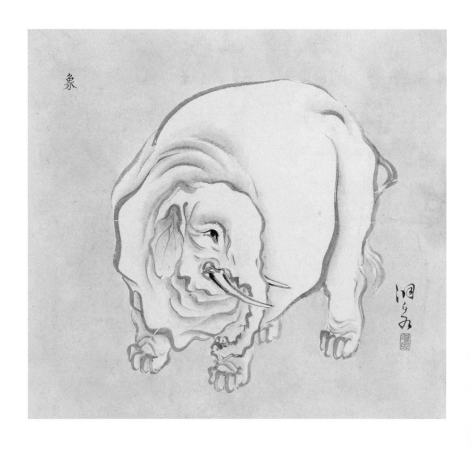

象

象　陆地上现存最大的哺乳动物。耳朵大，鼻子长圆筒形，能蜷曲，多有一对长大的门牙伸出口外，
　　全身的毛很稀疏，皮很厚。吃嫩叶和野菜等。

君子偕老[1] 副笄六珈[2]

贵族老婆真显赫　玉簪步摇珠颗颗

委委佗佗[3]（tuó tuó）　如山如河[4]

体态从容又自得　静像高山动像河

象服是宜[5] 子之不淑[6]

穿上画袍很适合　可是行为太丑恶

云如之何[7]

对她还能说什么

玼兮玼兮[8] 其之翟也[9]（dí）

文采翟衣真鲜艳　画羽礼服耀人眼

鬒发如云[10]（zhěn）　不屑髢也[11]（dì）

黑发密密像乌云　不用假发更天然

1　君子：是当时统治阶级的代称。此指卫宣公。　偕老：本是夫妻相偕至老相亲相爱的意思，这里诗人用它代君子的妻，即卫宣姜。

2　副：亦作"髲"。《毛传》："副者，后夫人之首饰，编发为之。"笄：簪。　珈：加在笄下，垂以玉，走路时会摇动，其数有六，故名六珈。

3　委委佗佗：步行庄重美丽、举止自得的样子。《孔疏》："孙炎曰：'委委，行之美；佗佗，长之美。'郭璞曰：'皆佳丽美艳之貌。'"

4　如山如河：王先谦《诗三家义集疏》："如山凝然而重，如河渊然而深，皆以状德容之美。"

5　象服：亦名袆衣，即画袍。《孔疏》："象鸟羽而画之，故谓之象服也。"言宣姜德容与象服是宜，反言以明宣姜之不宜，与末句相应。

6　子：你，指宣姜。　淑：善。

7　云：语首助词。如之何，即"奈之何"。

8　玼：玉色鲜明貌。这里用玼形容翟衣鲜艳的样子。

9　翟：翟衣。朱熹《诗集传》："翟衣，祭服。刻绘为翟雉之形而彩画之以为饰也。"

10　鬒：形容发黑而密。

11　不屑：不用。　髢：假发制的髻。

玉之瑱也 [12]　象之揥也 [13]　　美玉充耳垂两边　象牙簪子插发间

（tiàn）　　　（tì）

扬且之皙也 [14]　胡然而天也 [15]　　俏俊白皙好脸面　莫非尘世出天仙

（jū）（xī）

胡然而帝也　　　　　　　　莫非帝子降人间

瑳兮瑳兮 [16]　其之展也 [17]　　文采展衣真艳丽　轻薄细纱会客衣

（cuō）（cuō）

蒙彼绉绨 [18]　是绁袢也 [19]　　罩上绉罗如蝉翼　透明内衣世所希

（zhòuchī）　　（xiè pàn）

子之清扬 [20]　扬且之颜也　　看她眉目多清秀　看她容颜多美丽

展如之人兮 [21]　邦之媛也 [22]　　但是如此盛装女　天香国色羡淑仪

12 瑱：古人冠冕上垂在两侧以塞耳的玉饰。

13 象揥：象牙制的簪。《毛传》："揥，所以摘发也。"后来叫做搔首、搔头。

14 扬：形容脸色之美。　且：句中助词。　皙：白。

15 胡：何，为什么。　然：这样。　而：用作如。

16 瑳：与玼通。

17 展：展衣，亦作襢衣。白纱制的单衣，是夏天见君主或宾客的衣服。

18 蒙：覆，罩。　彼：指绉绨。　绉绨：细夏布，今名绉纱。

19 绁袢：亦称亵衣，内衣。

20 子：你，指宣姜。　清扬：犹今言眉目清秀。

21 展：乃，可是。王先谦《诗三家义集疏》："展，是语之转也。"《毛传》训展为
"诚"（确实），亦通。

22 邦：国。　媛：美女。姚际恒《诗经通论》："邦之媛，犹后世言国色。"

桑 中

【题解】

这是一个劳动者抒写他和想象中的情人幽期密约的诗。他在采菜摘麦的时候，兴之所至，一边劳动，一边顺口唱起歌来。这种形式，被后人尊为"无题"诗之祖。诗用一问一答的句式，表达诗人的柔情。末用复唱形式，抒发想象；音节铿锵，耐人寻味。

麦 一年生或二年生草本植物。子实用来磨成面粉，也可以用来制糖或酿酒，是我国北方重要的粮食作物。

爰采唐矣¹　沬之乡矣²　　采集女萝去哪方　在那卫国朝歌乡

云谁之思³　美孟姜矣⁴　　猜猜我心在想谁　漂亮大姊本姓姜

期我乎桑中⁵　要我乎上宫⁶　约我等待在桑中　邀我相会在上宫

送我乎淇之上矣⁷　　　　淇水口上远相送

爰采麦矣　沬之北矣⁸　　采集麦子去哪里　卫国朝歌北边地

云谁之思　美孟弋矣⁹　　猜猜我心在想谁　漂亮大姊本姓弋

1　爰：在什么地方。　唐：女萝，蔓生植物。有人说，唐与"棠"通，结实名沙
　　棠。亦通。

2　沬：亦作"湏"，卫都朝歌。商代称妹邦、牧野。在今河南省淇县北。

3　云：语首助词。

4　孟：排行居长。　姜：姓。　孟姜：姜家大姑娘。按卫国无姜姓，这里用贵
　　族姓氏代表美人，是泛指。

5　期：约会。　桑中：卫地名，亦名桑间，在今河南省滑县东北。有人说，是
　　泛指桑树林中，亦通。

6　要：通"邀"。　上宫：楼名。

7　淇：卫水名。淇之上，就是指淇水口。淇水在今河南濬县东北。

8　沬北：即邶地旧址。

9　弋：姓。

期我乎桑中　　要我乎上宫　　约我等待在桑中　邀我相会在上宫

送我乎淇之上矣　　　　　　　淇水口上远相送

爰采葑矣[10]　沫之东矣[11]　采集芜菁去哪垅　在那卫国朝歌东

云谁之思　　美孟庸矣[12]　猜猜我心在想谁　漂亮大姊本姓鄘

期我乎桑中　　要我乎上宫　　约我等待在桑中　邀我相会在上宫

送我乎淇之上矣　　　　　　　淇水口上远相送

10　葑：芜菁。

11　沫东：即古鄘地。鄘在沫东。

12　庸：姓。古与"鄘"通。方玉润《诗经原始》引傅氏曰："孟庸，当是鄘国之姓，鄘为卫所灭，其后有仕于卫者。"

鹑之奔奔

【题解】

　　这是一首人民讽刺、责骂卫国君主的诗。诗人看见鹌鹑、喜鹊都有自己固定的匹偶，联想卫国君主过着荒淫无耻的乱伦生活，政治腐败，激起了心头的愤怒，责骂他不是好东西，连禽兽都不如，根本不配当君长。

鹑　　　鹌鹑中羽毛无斑的称为鹑，有斑的称为鹑，后来两种都混称鹌鹑。体形似鸡，头小尾秃，羽毛赤褐色，杂有暗黄条纹。雄性好斗。

鹑之奔奔¹　鹊之彊彊²　　　鹌鹑尚且双双飞　喜鹊也知对对配

人之无良³　我以为兄⁴　　　这人鸟鹊都不如　我还把他当长辈

鹊之彊彊　鹑之奔奔　　　喜鹊尚且对对配　鹌鹑也知双双飞

人之无良　我以为君⁵　　　这人鸟鹊都不如　反而占着国君位

1　奔奔:《左传》作"贲贲",同音通假。飞貌。《郑笺》:"言其居有常匹,飞则相
　　随之貌。"

2　彊彊:《礼记》作"姜姜"。义同奔奔。

3　人:指下文的兄或君,即诗讽刺的对象。　之:《韩诗外传》作"而"。　良:
　　善。无良,谓无善行。

4　兄:泛指长辈,不作兄弟的"兄"解。奴隶制、封建制社会都以嫡长传位,所
　　以诗中以人兄代指人君。

5　君:君主。

定之方中

【题解】

这是一首人民赞美、歌颂卫文公从漕邑迁到楚丘重建卫国的诗。公元前660年，狄人侵卫，卫戴公率众渡河东徙，野处漕邑。戴公死，卫文公在楚丘重造城市宫室。《左传》写文公"务材训农，通商惠工，敬教劝学，授方任能"，使卫国重新有了起色。

椅　　又称山桐子，落叶乔木。叶卵形。花黄绿色。浆果球形，红色或红褐色。木材可制器具。种子榨油，可制肥皂或作润滑油。

定之方中¹　作于楚宫²　　冬月定星照天中　建设楚丘筑新宫

揆之以日³　作于楚室⁴　　按照日影测方向　营造住宅兴土功

树之榛栗⁵　椅桐梓漆⁶　　房前屋后种榛栗　加上梓漆和椅桐

爰伐琴瑟⁷　　　　　　　　　成材伐作琴瑟用

升彼虚矣⁸　以望楚矣　　登上漕邑废墟望　楚丘地势细端详

望楚与堂⁹　景山与京¹⁰　看好楚丘和堂邑　遍历高丘和山冈

1　定：亦名营室，二十八宿之一。　方中：当正中的位置。每年十月十五后至十一月初，定星在黄昏时现于正南天空。古人在这时兴建宫室。

2　于：音义同"为"。古"为"、"于"通用。　楚宫：楚丘的宫庙。《郑笺》："楚宫，谓宗庙也。"楚丘在今河南滑县东。

3　揆：度，测量。　日：日影。《孔疏》："度日，谓度其影。"

4　楚室：楚丘居住的房屋。《郑笺》："楚室，居室也。"

5　树：种植。　榛、栗：树名。古人建国，在庙朝官府皆植名木，榛栗的果实可供祭祀。

6　椅：梧桐一类的树，青色。　桐：梧桐。　梓：楸一类的树，似桐而叶小。漆：漆树。这四种树木，都是制琴瑟的原料。

7　爰：于是。

8　虚：亦作"墟"，丘。这里指漕墟。漕邑与楚丘邻近，亦在今河南滑县东。

9　堂：地名，楚丘的旁邑。

10　景：同"憬"，远行。按上句的"望"和这句的"景"，都是动词。　京：高丘。

桐　　　有梧桐、油桐、泡桐等种。此图所绘为泡桐，花多为紫色或白色。木质轻软，生长很快，适合
　　　　　制作器物、家具、屋柱。

降观于桑[11]　卜云其吉[12]　　　下到田里看蚕桑　占卜征兆很吉祥

终然允臧[13]　　　　　　　　　结果良好真妥当

灵雨既零[14]　命彼倌人[15]　　　好雨落过乌云散　叫起管车小马倌

星言夙驾[16]　说于桑田[17]　　　天晴早早把车赶　歇在桑田查生产

匪直也人[18]　秉心塞渊[19]　　　既为百姓也为国　用心踏实又深远

骒牝三千[20]　　　　　　　　　良马三千可备战

lái

11　降：自上而下。

12　卜：古人欲预知后事的吉凶，烧龟甲以取兆。《毛传》："建国必卜之。"这是古
　　代迷信的风俗。按"其吉"至"允臧"都是卜辞。

13　终然：《唐石经》及古书引《诗》均作"终然"，《毛诗》作"焉"。　允：信，确
　　实。　臧：善，好。

14　灵雨：好雨。　零：落。

15　倌人：管驾车的小官。《毛传》："倌人，主驾者。"

16　星：亦作"曐"，晴。姚际恒《诗经通论》认为星言犹今人言"星夜"，亦通。
　　夙驾：清早驾车出行。

17　说：通"税"，休息。

18　匪直：不仅。王先谦《诗三家义集疏》："匪，非。直，特也。"

19　秉心：操心，用心。　塞渊：踏实深远。

20　骒：七尺以上的马，大马。　牝：母马。按诗用骒牝代良马，三千言其约数。
　　古代战车用马，这句应指国防力量强大。据《国语·齐语》记载，文公初到楚
　　丘时，只有齐桓公给他的三百匹马。在多年经营下，国防力量已发展到十倍
　　以上。

梓　　落叶乔木。叶子对生或三枚轮生。花黄白色。木质优良，轻软，耐朽，供建筑及制家具、乐器
　　　　等用。也是印书的雕版的主要工料。

漆　　落叶乔木。互生羽状复叶，初夏开小花，果实扁圆。树汁可为涂料，籽可榨油，木材坚实，为
　　　天然涂料、油料和木材兼用树种，是中国最古老的经济树种之一。

蝃蝀

【题解】

　　一个女子争取婚姻自由，受到当时舆论的指责。这首诗讽刺了这个女子，从反面反映了当时妇女婚姻不自由的情况和这个女子反抗的精神。

dì dòng			
蝃蝀在东[1]	莫之敢指[2]	东方出现美人虹	没人敢指怕遭凶
女子有行	远父母兄弟[3]	这位女子要出嫁	远离父母和弟兄

jī	zhōng		
朝隮于西[4]	崇朝其雨[5]	清晨西方彩虹长	阴雨不停一早上
女子有行	远兄弟父母	女子自己找丈夫	远离兄弟父母乡

1　蝃蝀：虹。《释名》"虹"下云："虹又曰美人。阴阳不和，昏姻错乱，淫风流行，男美于女，女美于男，互相奔随之时，则此气盛。"

2　指：用手指点。古人对虹有所忌讳，所以不敢去指它。《毛传》："夫妇过礼则虹气盛，君子见戒而惧，讳之莫之敢指。"

3　"女子有行"二句：亦见《泉水》、《竹竿》，钱澄之《田间诗学》说："女子有行二句，似是当时陈语，故多引用之。"王先谦《诗三家义集疏》："女子，谓奔（私奔）者。行，嫁也。奔而曰'有行'者，先奔而后嫁。"

4　朝隮于西：朝，早上。隮，即虹。陈启源《毛诗稽古编》："蝃蝀在东，暮虹也。朝隮于西，朝虹也。"

5　崇朝其雨：陈启源《毛诗稽古编》："暮虹截雨，朝虹行雨，屡验皆然。虽儿童妇女皆知也。" 崇：终的假借字。终朝，整个早上。

乃如之人也⁶　怀昏姻也⁷　　就是这样一个人　破坏礼教乱婚姻

大无信也⁸　不知命也⁹　　什么贞洁全不讲　父母之命也不听

6　乃如之人也：可像这样一个人啊。"也"字，《韩诗外传》、《列女传》引《诗》均
　　作"兮"。古也、兮通用。

7　怀：坏的借字，败坏，破坏。《左》襄十四年《传》："王室之不坏。"《释文》：
　　"坏本作怀。"一释"思"，亦通。

8　信：指贞洁。有人说指"诚信专一"，也可通。

9　命：指父母之命。《郑笺》："不知昏姻当待父母之命。"他说甚多，有释寿命、
　　命运、正理等等的，可供参考。

相 鼠

【题解】

这是人民斥责卫国统治阶级偷食苟得、暗昧无耻的诗。在周代，统治阶级定了一套"礼"，去欺骗、统治劳动人民，借此炫耀自己的权威，巩固政权。他们嘴里说礼，实际上他们的行为是最无耻、最无礼的。人民看透了他们的欺骗性，忍不住满腔怒火，大胆诅咒他们。

鼠

鼠　哺乳动物类。种类很多，一般的身体小，尾巴长，门齿很发达，无齿根，终生继续生长，常借啮物以磨短。没有犬齿，毛褐色或黑色，繁殖力很强。

相鼠有皮[1]　　人而无仪[2]　　　请看老鼠还有皮　　这人行为没威仪

人而无仪　　　不死何为[3]　　　既然行为没威仪　　为何还不死掉呢

相鼠有齿　　　人而无止[4]　　　请看老鼠还有齿　　这人行为没节止

人而无止　　　不死何俟[5]　　　既然行为没节止　　还等什么不去死

相鼠有体[6]　　人而无礼　　　　请看老鼠还有体　　这人行为不守礼

人而无礼　　　胡不遄^{chuán}死[7]　　既然行为不守礼　　那就快死何迟疑

1　相：看。

2　仪：威仪，指可以供他人取法的端庄严肃的态度、行为。

3　何为：即"为何"的倒文。

4　止：节止，控制嗜欲，使行为合乎礼。《礼记·大学》："在止于至善。"注：
　　"止，犹自处也。"

5　俟：等。

6　体：身体。《广雅·释诂》："体，身也。"

7　遄：速，快。

干旄

【题解】

这是赞美卫文公招致贤士、复兴卫国的诗。诗人叙述卫国官吏带着良马礼物，树起招贤的旗子，到浚邑去访问贤士，征聘人才。

孑孑干旄[1]　在浚之郊[2]　　招贤旗子高高飘　插在车后到浚郊

素丝纰之[3]　良马四之[4]　　旗边镶着白丝线　好马四匹礼不少

彼姝者子[5]　何以畀之[6]　　那位忠顺贤才士　用啥才能去应招

孑孑干旟[7]　在浚之都[8]　　招贤旗子高高飘　驾车浚邑近郊跑

1　孑孑：形容干旄独立的样子。　干：同"竿"，竹竿。　旄：一种顶端用牦牛尾为饰的旗子。按干旄当时用于招致贤士。

2　浚：卫邑名。郦道元《水经注》："浚城距楚丘只二十里。"

3　素丝：白丝。　纰：在衣冠或旗帜上镶边。这里指用白丝线缝旗，作为装饰。下二章的"组"、"祝"，也都是缝旗法。

4　良马四之：指用好马赠送贤士。王念孙《广雅疏证》："四马，大夫以备赠遗者。下文或五或六，随所见言之，不专是自乘。"

5　姝：顺从的样子。《毛传》："姝，顺貌。"　子：古代对人的尊称，这里指贤者。

6　畀：给予。

7　干旟：也是招贤的旗子，上面画着疾飞的鸟隼形状。

8　都：近郊。陈奂："周制，乡、遂之外置都、鄙。都，为畿疆之境名。"

素丝组之　　良马五之　　　旗边镶着白丝线　　好马五匹礼不少

彼姝者子　　何以予之　　　那位忠顺贤才士　　用啥办法去应招

孑孑干旌⁹　　在浚之城¹⁰　　招贤旗子高高飘　　车马向着浚城跑

素丝祝之¹¹　　良马六之　　　旗边镶着白丝线　　好马六匹礼不少

彼姝者子　　何以告^{gǔ}之¹²　　那位忠顺贤才士　　用啥建议去应招

9　干旌：竿顶加五彩翟鸟羽毛为饰的旗。

10　城：都城。

11　祝：属的假借字，编连。《郑笺》："祝，当作属。"

12　告：建议。

载 驰

【题解】

这是许穆夫人回漕吊唁卫侯，对许大夫表明救卫主张的诗。许穆夫人是一位有识有胆的爱国诗人，也是世界历史上最早的一位女诗人。

许穆夫人是卫宣公的儿子公子顽与后母宣姜私通所生的女儿。有两个哥哥，戴公和文公。有两个姊姊，齐子和宋桓夫人。经后人考证，她大约生在公元前690年，即周庄王七年左右。她幼年即闻名于诸侯，许国（许穆公）和齐国（齐桓公）都向卫国求婚。汉刘向《列女传·仁智篇》说："……初，许求之，齐亦求之。懿公将与许，女因其傅母而言曰：'……今者许小而远，齐大而近。若今之世，强者为雄。如使边境有寇戎之事，惟是四方之故，赴告大国，妾在，不犹愈乎？'……卫侯不听，而嫁之于许。"可见她从小就有爱国思想。她嫁许以后约十年，卫国亡于狄。懿公战死，国人分散。她的姊夫宋桓公迎接卫国的遗民渡河，住在漕邑，立戴公。戴公立一月而死，文公即位。她听到卫亡的消息，立刻奔到漕邑吊唁，提出联齐抗狄的主张，得到齐桓公的帮助而复国于楚丘。《载驰》即作于她抵达漕邑的时候。据魏源《诗古微》考证，《泉水》和《竹竿》两首诗也是她的作品。公元前656年，她的丈夫许穆公随齐桓公伐楚，病死在军队里。儿子名业继位，她这时大约三十多岁了。死年不详。

关于《载驰》一诗是许穆夫人的作品，《左传》闵公二年有明确的记载。这首诗表现了诗人强烈的爱国思想。她听到祖国被狄所灭的消息，快马加鞭地赶到漕邑吊唁，目的在于为卫国策划向大国求援。可是许国的大夫，对她这一行动极为反对，竟赶到漕邑拦阻。这引起了她的愤怒和忧伤，就写了这首诗。本诗写成的时间，当在卫文公元年（公元前659）春夏之交。

载驰载驱¹　归唁卫侯²　　駕起马车快奔走　回国慰问我卫侯

驱马悠悠³　言至于漕⁴　　赶马经过漫长路　望到祖国漕城头

大夫跋涉⁵　我心则忧　　许国大夫来追我　知他来意我心忧

既不我嘉⁶　不能旋反⁷　　大家虽然不赞成　我可不能就回头

视尔不臧⁸　我思不远⁹　　比起你们没良策　我的计划近可求

既不我嘉　不能旋济¹⁰　　大家虽然不赞成　决不渡河再回头

视尔不臧　我思不閟 bì ¹¹　　比起你们没良策　我计可行效可收

1　载：发语词，犹乃。　驰、驱：快马加鞭的意思。《孔疏》："走（跑）马谓之驰，策（鞭）马谓之驱。"

2　唁：此指吊人失国。　卫侯：旧说指卫戴公，据胡承珙《毛诗后笺》，应指文公。因为戴公立仅一月就死了。

3　悠悠：形容道路悠远的样子。

4　言：助词，无义。　漕：卫邑名。

5　大夫：指追到卫国劝阻许穆夫人的诸臣。　跋涉：犹言不管山隔水阻，远道急急奔走而来。

6　既：尽，都。　嘉：善，赞同。　我嘉：即嘉我。

7　反：同"返"。

8　视：比。　尔：汝，指许大夫。　臧：善。

9　我思：我所考虑的计谋。　远：迂远，"不远"有切实可行之意。

10　济：渡。

11　閟：闭塞，不通。

麦　　　见《鄘风·桑中》图注。

莔　　　即贝母。多年生草本,《本草经集注》谓"形似聚贝子",故名贝母,有止咳化痰、清热散结之功。

陟彼阿丘 [12]	言采其蝱 [13]	登上那边高山冈	采些贝母治忧伤
女子善怀 [14]	亦各有行 [15]	女子虽然多想家	自有道理和主张
许人尤之 [16]	众稚且狂 [17]	许国大夫反对我	既是幼稚又愚妄
我行其野 [18]	芃芃其麦 [19]	走在祖国田野上	蓬蓬勃勃麦如浪
控于大邦 [20]	谁因谁极 [21]	赶快讣告求大国	依靠大国来救亡
大夫君子 [22]	无我有尤 [23]	许国大夫众高官	不要反对我主张
百尔所思 [24]	不如我所之 [25]	你们纵有百条计	不如我跑这一趟

（蝱 字注音：méng）
（芃芃 字注音：péngpéng）

12 阿丘：山丘。也有人说是丘名。

13 蝱：通"莔"。药名，即贝母。朱熹《诗集传》："蝱，贝母。主疗郁结之疾。"

14 善怀：《郑笺》："善，犹多也。怀，思也。"

15 行：道，道理。

16 许人：指许大夫们。 尤：怨恨，反对。

17 众：古与"终"通用，"既"的意思（从王引之《经传述闻》说）。有人说，众，指许人。亦通。

18 野：指卫国的郊外田野。

19 芃芃：茂盛的样子。

20 控：赴告，走告。马瑞辰《通释》引《韩诗》曰："控，赴也。" 大邦：大国，指齐国。

21 因：依靠。 极：至，带兵到别国救难叫做"至"。

22 大夫君子：指许国一批当权者。

23 无：同"毋"。 有：同"又"。

24 百尔所思：即尔百所思，指主意众多。

25 之：往。有人训"之"为"思"，亦通。

卫风

淇 奥

【题解】

这是赞美卫国一位有才华的君子的诗。古书上都说是赞美卫武公的，说武公品质好，学问好，有才华。这比起《新台》、《相鼠》尖锐批评、咒骂卫宣公的诗来，就大不相同了。

绿竹　　《诗经》中的"绿竹"历来有两种解释：一种即绿色的竹子，即本图所绘；一种指王刍（即菉草）与萹蓄，见后图。

瞻彼淇奥[1]	绿竹猗猗[2] (yī yī)	河湾头淇水流过	看绿竹多么婀娜
有匪君子[3]	如切如磋[4]	美君子文采风流	似象牙经过切磋
如琢如磨[5]		似美玉经过琢磨	
瑟兮僩兮[6] (xiàn)	赫兮咺兮[7] (xuān)	你看他庄严威武	你看他光明磊落
有匪君子	终不可谖兮[8] (xuān)	美君子文采风流	常记住永不泯没

瞻彼淇奥	绿竹青青[9] (jīngjīng)	河湾头淇水流清	看绿竹一片菁菁
有匪君子	充耳琇莹[10]	美君子文采风流	充耳垂宝石晶莹

1　瞻：看。　淇：淇水。　奥：澳或隩的借字，水岸深曲处。

2　猗猗：美盛的样子。陈奂《毛诗传疏》："诗以绿竹之美盛，喻武公之质美德盛。"

3　匪：斐的借字，古书如《礼记》、《尔雅》引此句诗均作"有斐君子"。有斐，即斐斐，形容才华。　君子：朱熹《诗集传》："指武公也。"

4　切、磋、琢、磨：古代治玉石器、骨器等的不同工艺。《尔雅·释器》："骨谓之切，象谓之磋，玉谓之琢，石谓之磨。"

5　这里用切、磋、琢、磨比人的研究学问和锻炼品德精益求精。

6　瑟：璱的假借字，矜持庄严的样子。《毛传》："瑟，矜庄貌。"　僩：威武的样子。《说文》："僩，武貌。"

7　赫：光明的样子。　咺：宣的假借字，坦白的样子。按古书或作煊、愃，《韩诗》作"宣"，是正字，其他都是假借字。

8　终：永久。　谖：蕿、藼、萱的假借字，忘记。马瑞辰《通释》："《说文》：'蕿，令人忘忧之草也。'或从煖作蕿，或从宣作萱。"

9　青青：茂盛的样子。一作菁。

10　充耳：古人冠冕上垂在两侧以塞耳的玉，是一种装饰品，亦名瑱。　琇：宝石。　莹：玉色光润晶莹。

王刍　萹蓄　　《诗经》中的"绿竹"历来有两种解释：一种即绿色的竹子，见前图；一种指王刍（即菉草）
　　　　　　　与萹蓄，即本图。

kuài biàn
会 弁如星 [11]　　　　　　　帽上玉亮如明星

xiàn　　　　xuān
瑟兮僴兮　　赫兮咺兮　　你看他威武庄严　　你看他磊落光明

xuān
有匪君子　　终不可谖兮　　美君子文采风流　　我永远牢记心铭

jī
瞻彼淇奥　　绿竹如箦 [12]　　河湾头淇水流急　　看绿竹层层密密

有匪君子　　如金如锡　　美君子文采风流　　论才学精如金锡

如圭如璧 [13]　　　　　　　论德行洁如圭璧

yǐ
宽兮绰兮 [14]　猗重较兮 [15]　你看他宽厚温柔　　你看他登车凭倚

善戏谑兮 [16]　不为虐兮 [17]　爱谈笑说话风趣　　不刻薄待人平易

11　会：亦作骿。皮帽两缝相合的地方。　弁：皮帽。　如星：指玉石装饰像天上星星一样光亮。

12　箦：音义同"积"，襀的假借字。《毛传》："箦，积也。"有人训箦为"栈"，指用竹片或苇荻编成的床垫。亦通。

13　金、锡、圭、璧：《孔疏》："武公器德已百炼成精如金锡，道业既就，琢磨如圭璧。"

14　宽：宽宏。　绰：亦作婥，温柔的样子。王先谦："韩'绰'亦作'婥'，云：柔貌也。"

15　猗：倚的假借字。依靠。　重较：较，古代车上供人扶着、靠着的横木。马瑞辰《通释》："较上更饰以曲钩，若重起者然，是为重较。"

16　戏谑：开玩笑。

17　虐：刻薄伤人。

考　槃

【题解】

　　这是一首描写独善其身生活的诗。它给后人的影响较大，可能是隐逸诗之宗。

考槃在涧[1]	硕人之宽[2]	架成木屋溪谷旁	贤人觉得很宽敞
独寐寤言[3] mèi wù	永矢弗谖[4] xuān	独睡独醒独说话	这种乐趣誓不忘
考槃在阿[5]	硕人之薖[6] kē	架成木屋在山坡	贤人当它安乐窝
独寐寤歌[3] mèi wù	永矢弗过[7]	独睡独醒独唱歌	发誓跟人不结伙

1　考：筑成。　槃：架木为室；木屋。《毛传》训"槃"为"乐"，亦通。　涧：山夹水之处。

2　硕人：大人、美人、贤人。王先谦《诗三家义集疏》："《简兮》咏贤者，称'硕人'，又称'美人'。"　宽：宽敞。

3　独寐寤言：独睡、独醒、独说话。严粲《诗缉》："既寐而寤，既寤而言，皆独自耳。"

4　永：永久。　矢：发誓。　弗谖：不忘。

5　阿：山坡。

6　薖：窠的假借字。马瑞辰《通释》："薖音又近窠，《说文》：'窠，空也。'"

7　弗过：不和外人来往。

考槃在陆⁸　硕人之轴⁹　　架成木屋在高原　兜兜圈子真悠闲

mèi wù
独寐寤宿　永矢弗告¹⁰　　独睡独醒独自躺　此中乐趣不能言

8　陆：高平之地。

9　轴：本义是车轴，引申为盘旋的地方。

10　弗告：朱熹《诗集传》释曰："不以此乐告人也。"

硕 人

【题解】

这是卫人赞美卫庄公夫人庄姜的诗。《左传》隐公三年："卫庄公娶于齐，东宫得臣之妹，曰庄姜。美而无子，卫人所为赋《硕人》也。"这首诗大约产生在公元前750年左右。

蠨蛴　　即蝎虫，天牛的幼虫。色白身长。

硕人其颀¹　衣锦褧衣²　　高高身材一美女　身穿锦服罩单衣

齐侯之子³　卫侯之妻⁴　　齐侯的女儿　卫侯的娇妻

东宫之妹⁵　邢侯之姨⁶　　太子的胞妹　邢侯的小姨

谭公维私⁷　　　　　　　　谭公原是她妹婿

手如柔荑⁸　肤如凝脂⁹　　手指纤纤像嫩荑　皮肤白润像冻脂

领如蝤蛴¹⁰　齿如瓠犀¹¹　　美丽脖颈像蝤蛴　牙比瓠子还整齐

螓首蛾眉¹²　巧笑倩兮¹³　　额角方正蛾眉细　一笑酒窝更多姿

美目盼兮¹⁴　　　　　　　　秋水一泓转眼时

1　硕人：这里指庄姜。　颀：身长貌。其颀，即颀颀。《齐风·猗嗟》有"颀而长兮"之句，在古代不论男女，皆以高大修长为美。

2　前"衣"字读去声，是动词，穿。　锦：指锦制的衣服。　褧：亦作䌹，麻布制成的单罩衫，女子在嫁时途中所穿，以蔽尘土。

3　齐侯：指齐庄公。　子：这里指女儿。《礼·丧服传》注："凡言子者，可以兼男女。"

4　卫侯：指卫庄公。

5　东宫：这里指齐太子得臣。东宫是太子住的宫名，因称太子为东宫。

6　邢：国名，在今河北邢台。　姨：指妻的姊妹。

7　谭：国名，亦作鄿、覃，在今山东历城。　私：女子称她姊妹的丈夫为私，见《尔雅·释亲》。

8　荑：初生白茅的嫩芽。

9　凝脂：冻结的脂油。

10　领：颈。　蝤蛴：天牛的幼虫，色白身长。

11　瓠犀：葫芦的子。犀，栖的假借字。《尔雅·释草》注引《诗》作"瓠栖"，栖，齐的意思。葫芦的子，白而整齐。

12　螓：虫名，似蝉而小。《孔疏》："此虫额广而且方。"　蛾：蚕蛾，其触须细长而弯。三家诗螓作"䫔"，蛾作"娥"，都指美好，亦通。

13　倩：笑时两颊现出酒涡的样子。

14　盼：眼睛黑白分明的样子。《论语·八佾》引此句诗，马注："盼，动目貌。"《毛传》："盼，黑白分。"

蟭　　昆虫类，蝉的一种。较小，色绿，方头广额，身有彩纹。

硕人敖敖¹⁵　说^{shuì}于农郊¹⁶　　美人身材长得高　停车休息在近郊

四牡有骄¹⁷　朱幩^{fén}镳镳¹⁸　　四匹雄马多肥膘　马嚼边上飘红绡

翟^{dí}茀^{fú}以朝¹⁹　大夫夙退²⁰　　雉羽饰车来上朝　大夫朝毕该早退

无使君劳　　　　　　　　　别教卫君太辛劳

河水洋洋²¹　北流活^{guō}活^{guō}²²　　河水一片白茫茫　哗哗奔流向北方

施罛^{gū}濊^{huòhuò}濊²³　鳣^{zhān}鲔^{wěi}发^{bō}发^{bō}²⁴　　撒开鱼网呼呼响　鳣鲔泼泼跳进网

葭^{tǎn}菼^{jiē}揭^{jiē}揭²⁵　庶姜孽孽²⁶　　芦荻高高排成行　陪嫁姑娘个子长

庶士有朅^{qiè}²⁷　　　　　　　随从媵臣真雄壮

15　敖敖：身材高大的样子。敖是赘的省字，《说文》："赘，頵，高也。"
16　说：通"税"，停驾休息。《文选·上林赋》张揖注引此句诗作"税于农郊"。农郊，近郊。
17　四牡：驾车的四匹雄马。　有骄：即骄骄，健壮的样子。
18　朱幩：马嚼两旁用红绸缠绕做装饰。　镳镳：盛美的样子。这里用名词"镳"作形容词，因为四匹马都有镳。
19　翟：长尾的野鸡。　茀：遮蔽女车的竹席或苇席。古代贵族常用彩色雉毛饰车茀。　朝：朝见，指庄姜出嫁到卫国和庄公相见。
20　夙退：早点退朝。
21　河水：指黄河。　洋洋：水盛大的样子。
22　北流：黄河在齐西卫东，北流入海。由齐至卫，必须渡河。　活活：水流声。
23　施：设，张。　罛：鱼网。　濊濊：撒网入水声。
24　鳣：鲟鳇鱼。　鲔：有人说像鳣而小的一种鱼，也有人说是鳝鱼。　发发：亦作"泼泼"，鱼尾动声。
25　葭：芦苇。　菼：荻草。　揭揭：长得长长的样子。
26　庶：众。庶姜，齐国姓姜，陪庄姜出嫁的，都是同姓的女子，古人称之为"姪娣"。　孽孽：和顺颀、敖敖同义，女子高长美丽的样子。
27　庶士：指随从庄姜到卫的诸臣，古人称为"媵臣"。　朅：《韩诗》作"桀"。桀，同"傑"。有朅，即朅朅，威武壮健的样子。

蛾　　指蚕作茧成蛹后，所化的蛾。有翅二对，足三对，触角一对，遍体生白色鳞毛，雌大雄小，交尾产卵后，不久即死亡。因蚕蛾触须细长而弯曲，因以比喻女子美丽的眉毛。

鳣　　即鲟鳇鱼。明李时珍《本草纲目》："鳣出江淮、黄河、辽海深水处，无鳞大鱼也。其状似鲟，其
　　色灰白，其背有骨甲三行，其鼻长有须，其口近颔下，其尾歧。"

氓

【题解】

　　这是一首弃妇的诗。诗中的女主人悔恨地叙述自己恋爱、结婚的经过和婚后被虐待被遗弃的遭遇。但她并不徘徊留恋，抱着"亦已焉哉"的决绝态度，表现她性格的刚强和反抗的精神。诗中反映了当时的社会制度造成的妇女的不幸命运。

鸠　　　　斑鸠。形似鸽，灰褐色，颈后有白色或黄褐色斑点。

氓之蚩蚩[1]　抱布贸丝[2]　　农家小伙笑嘻嘻　抱着布匹来换丝

匪来贸丝[3]　来即我谋[4]　　原来不是来换丝　找我商量婚姻事

送子涉淇　至于顿丘[5]　　我会送你渡淇水　直到顿丘才告辞

匪我愆期[6]　子无良媒　　并非我要拖日子　你无良媒来联系

qiāng
将子无怒[7]　秋以为期[8]　　请你不要生我气　重订秋天作婚期

guǐ yuán
乘彼垝垣[9]　以望复关[10]　　登上那边缺墙上　遥向复关盼情郎

不见复关[11]　泣涕涟涟[12]　　望穿秋水不见人　心中焦急泪汪汪

1　氓：农民。或云流亡之民。　蚩：音义同嗤。蚩蚩，笑嘻嘻的样子。《毛传》
　　训为敦厚之貌，《韩诗》训为意态和悦貌，均可通。

2　贸：交易，交换。

3　匪：非，不是。

4　即：就，接近。　谋：指商量婚事。

5　顿丘：地名，在今河南省清丰县。

6　愆期：过期。

7　将：请。

8　秋以为期：即以秋为期。

9　乘：登。　垝：毁。　垣：土墙。

10　复关：男子所住的地方。在今河南省清丰县西南。一说复关是关名，在近郊
　　地方设重门，以防异常，复关即重关。亦通。

11　此复关指氓。

12　涟涟：涕泪下流的样子。

既见复关	载笑载言[13]	既见郎从复关来	有笑有说心欢畅
尔卜尔筮[14] shì	体无咎言[15]	你快回去占个卦	卦没凶兆望神帮
以尔车来	以我贿迁[16]	拉着你的车子来	快用车子搬嫁妆

桑之未落	其叶沃若[17]	桑叶未落密又繁	又嫩又润真好看
于嗟鸠兮[18]	无食桑葚[19]	唉呀斑鸠小鸟儿	见了桑葚别嘴馋
于嗟女兮	无与士耽[20]	唉呀年青姑娘们	见了男人别胡缠
士之耽兮	犹可说也[21] tuō	男人要把女人缠	说甩就甩他不管
女之耽兮	不可说也 tuō	女人若是恋男人	撒手摆脱难上难

13 载：则，就。

14 尔：你，指氓。 卜：卜卦，用火灼龟甲，看甲上的裂纹来判断吉凶。 筮：用蓍草排比推算来占卦。

15 体：卦体，就是用龟蓍占卜所显示的现象。 咎言：不吉利的话。按古代男女结婚，事先必占卜，以问吉凶，这是当时迷信的一种习俗。

16 贿：财物，指嫁妆。

17 沃若：犹沃然，润泽柔嫩的样子。

18 于：同"吁"，《韩诗》作"吁"，叹词。 鸠：斑鸠，鸟名。

19 桑葚：桑树的果实。《毛传》："鸠，鹘鸠也。食桑葚过则醉，而伤其性。"这可能是古代的民间传说。

20 耽：通"酖"，指过分地沉溺于欢乐，这里当"迷恋"解。

21 说：音义同"脱"，摆脱或解脱的意思（用林义光《诗经通解》说）。

桑之落矣	其黄而陨²²	桑树萎谢叶落净	枯黄憔悴任飘零
自我徂尔²³	三岁食贫²⁴	自从我到你家来	多年吃苦受寒贫
淇水汤汤²⁵	渐车帷裳²⁶	淇水滔滔送我回	溅湿车帘冷冰冰
女也不爽²⁷	士贰其行²⁸	我做妻子没过错	是你男人太无情
士也罔极²⁹	二三其德³⁰	真真假假没定准	前后不一坏德行

桑之落矣 其黄而陨²²（注音 yǔn）
自我徂尔²³（注音 cú）三岁食贫²⁴
淇水汤汤²⁵（注音 shāngshāng）渐车帷裳²⁶（注音 jiān）
女也不爽²⁷ 士贰其行²⁸（注音 xíng）
士也罔极²⁹ 二三其德³⁰

三岁为妇	靡室劳矣³¹	结婚多年守妇道	我把家事一肩挑
夙兴夜寐³²	靡有朝矣³³	起早睡晚勤操作	累死累活非一朝

22 陨：落下。

23 徂：往，到。 徂尔：到你家以来。

24 三岁：多年。按"三"是虚数，言其多，不是实指三年。

25 汤汤：水盛大的样子。

26 渐：沾湿。 帷裳：车箱两旁的围布，形状像现在车两旁的帘子。

27 爽：差错。

28 贰：是貣的错字。貣同"忒"，偏差，和爽同义（据王引之、陈奂等考证）。
    行：行为。

29 罔：无。 极：准则。罔极即无常，没有定准。

30 二三其德：即变心，前后行为不一致的意思。

31 靡：无，没有。 室劳：家务劳动。此句谓男人无家务之劳，意为全由妻子
    承担。

32 夙兴夜寐：起早睡晚。

33 靡有朝矣：指不是某一天是这样，而是天天如此。

言既遂矣³⁴　至于暴矣³⁵　　家业有成已安定　面目渐改施残暴

兄弟不知　咥其笑矣³⁶　　兄弟不知我处境　见我回家哈哈笑
　　　　　(xì)

静言思之　躬自悼矣³⁷　　静思默想苦难言　只有独自暗伤悼

及尔偕老³⁸　老使我怨　　"与你偕老"当年话　如今老了我怨他

淇则有岸　隰则有泮³⁹　　淇水虽宽有堤岸　沼泽虽阔有边涯

总角之宴⁴⁰　言笑晏晏⁴¹　　回顾少年未嫁时　想你言笑多温雅

信誓旦旦⁴²　不思其反⁴³　　海誓山盟还在耳　谁料翻脸变冤家

反是不思⁴⁴　亦已焉哉⁴⁵　　违背誓言你不顾　那就从此算了吧

34　言：助词。　既：已经。　遂：安，指生活安定。

35　暴：暴虐。

36　咥：哈哈大笑的样子。

37　躬：自身，自己。　悼：伤心。

38　及：与，和。　偕老：夫妻共同生活到老。这句可能是从前氓对女的誓言。

39　隰：低湿的地。　泮：通"畔"，涯，岸。

40　总：扎。总角，古代男女未成年时把头发扎成两角的样子。这里用它代童年。　宴：安乐。

41　晏晏：和悦温柔的样子。

42　信誓：真挚的誓言，似即指"及尔偕老"句。　旦旦：即怛怛，诚恳的样子。

43　不思：想不到。　反：反复，违反，变心。

44　是：这，指誓言。

45　已：止。已焉哉，算了吧。

竹　竿

【题解】

　　这是一位卫国女子出嫁别国，思归不得的诗。何楷《毛诗世本古义》和魏源《诗古微》认为本诗和《泉水》都是《载驰》作者许穆夫人的作品。方玉润《诗经原始》则认为根据不足，很难断定作者是谁。

桧　　常绿乔木。茎直立，幼树的叶子像针，大树的叶子像鳞片，雌雄异株，春天开花。木材为桃红
　　　色，有香味，细致坚实。寿命可长达数百年。

籊籊竹竿[1]　以钓于淇　　　竹竿竹竿细又长　当年钓鱼淇水上

岂不尔思[2]　远莫致之[3]　　　难道旧游我不想　路途遥遥难还乡

泉源在左[4]　淇水在右[5]　　　左边呀，泉源头　右边呀，淇水流

女子有行　远兄弟父母　　　姑娘出嫁别故国　远离家人怎不愁

淇水在右　泉源在左　　　　右边呀，淇水流　左边呀，泉源头

巧笑之瑳[6]　佩玉之傩[7]　　　巧笑露齿少年游　行动佩玉有节奏

1　籊籊：长而细的样子。《毛传》："籊籊，长而杀也。"陈奂《毛诗传疏》："杀者，纤小之称。"

2　不尔思：即不思尔。尔，你，指故乡淇水。

3　致：达到。

4　泉源：水名，在朝歌城西北，东南流与淇水合。

5　陈奂《毛诗传疏》："水以北为左，南为右。泉源在朝歌北，故曰在左。淇水则屈转于朝歌之南，故曰在右。"

6　瑳：何楷《毛诗世本古义》说："瑳，《说文》云：'玉色鲜白也。'笑而见齿，其色似之。"

7　傩：女子身上挂着佩玉，走起路来，腰身婀娜而有节奏。《毛传》："傩，行有节度。"这四句系作者回忆过去。

淇水悠悠⁸　桧楫松舟⁹　　　　淇水悠悠照样流　桧桨松船也依旧

驾言出游　以写我忧¹⁰　　　　只好驾车且出游　聊除心里思乡愁

8　悠悠：《经典释文》作"浟"，《玉篇》作"攸"。悠是借字，水流的样子。

9　桧：木名，柏科。桧楫，桧木做的桨。　松舟：松木做的船。

10　写：通"泻"，宣泄，消除。

芄兰

【题解】

这是人民讽刺贵族童子的诗。这位童子，徒有佩觿、佩韘的外表装饰，惯于摆出贵族的架势，实际是一个幼稚无能的纨绔子弟。过去有人说此诗是讽刺卫惠公的，可备一说。

| 苇 | 即芦苇。多年水生或湿生的高大禾草，生长在灌溉沟渠旁、河堤沼泽等地方。 | 芄兰 | 即萝藦。多年生蔓草。茎叶长卵形而尖。夏开白花，有紫红色斑点。结子荚形如羊角，霜后枯裂，种子上端具白色丝状毛。茎、叶和种子皆可入药。 |

芄兰之支¹　童子佩觿²　　芄兰枝上尖荚垂　儿童挂着解结锥

虽则佩觿³　能不我知⁴　　虽然挂着解结锥　可他不解我是谁

容兮遂兮⁵　垂带悸兮⁶　　大摇大摆佩玉响　东晃西荡大带垂

芄兰之叶⁷　童子佩韘⁸　　芄兰枝上叶弯弯　儿童佩韘不像样

虽则佩韘　能不我甲⁹　　虽然佩带玉扳指　不愿亲我把话讲

容兮遂兮　垂带悸兮　　大摇大摆佩玉响　垂带晃荡真装腔

1　芄兰：蔓生植物，亦名萝藦。枝上结的荚子尖形，折断有白汁，可食。　支：通"枝"。

2　觿：用象骨制成的小锥。古代贵族成年人的佩饰，用它来解衣带的结，所以也叫做"解结锥"。

3　沈括《梦溪笔谈》："觿，解结锥。芄兰荚枝出于叶间，垂垂正如解结锥。疑古人为韘之制，亦当与芄兰之叶相似。"

4　能：乃，而。《郑笺》训为"才能"，恐非诗意。不我知，即不知我。

5　容：容仪可观，形容成年贵族走路摇摆的架势。　遂：同"遂遂"，形容走路摇摆使佩玉摇动的样子。《毛传》："佩玉遂遂然。"

6　悸：形容走路时大带下垂摇动有节度的样子。陈奂《毛诗传疏》："悸，犹悸悸也。悸悸然有节度。"

7　芄兰之叶：芄兰叶像长心脏形，下垂略向后弯，它的样子很像韘。

8　韘：古代射箭时套在右手大拇指上以钩弦的一种用具，用骨或玉制成，亦称"抉拾"，俗称"扳指"。佩韘是已经成年的表征。

9　甲：同"狎"，亲近。《韩诗》作"狎"。《毛传》："甲，狎也。"

河 广

【题解】

这是住在卫国的一位宋人思归不得的诗。卫国在戴公未迁漕以前，都城在朝歌，和宋国只隔一条黄河。诗里极言黄河不广，宋国不远，回去很为容易，却因某种限制而不能如愿。旧说此诗与宋桓夫人（卫戴公、文公、许穆夫人的姊妹，她嫁给宋桓公，生下襄公后，就被桓公离弃，回归卫国）有关，后人对这问题多有争论，未可遽信。

谁谓河广[1]	一苇杭之[2]	谁说黄河宽又广	一条苇筏就能航
谁谓宋远	跂予望之[3]	谁说宋国遥又远	跂起脚跟就在望
谁谓河广	曾不容刀[4]	谁说黄河广又宽	一条小船容纳难
谁谓宋远	曾不崇朝[5]	谁说宋国远又遥	不用一早到对岸

1 河：黄河。

2 苇：此指用芦苇编的筏子。 杭：通"航"。

3 跂：企的借字，跂起脚跟。《说文》："企，举踵也。""跂，足多指也。"是企和跂本义不同。 予：我。

4 曾：乃、而。 刀：通"舠"，小船。这句极言黄河之狭而易渡。

5 崇朝：终朝，一个早上。

伯 兮

【题解】

　　这是一位女子思念她远征的丈夫而作的诗。诗的艺术特点，是层层递进，集中写一个"思"字。

谖草　　即萱草。俗称金针菜、黄花菜、多年生宿根草本，其根肥大。叶丛生，狭长，背面有棱脊。花漏斗状，橘黄色或桔红色，无香气，可作蔬菜，或供观赏。根可入药。

伯兮朅兮¹　邦之桀兮²　　阿哥壮健又威风　保卫邦国是英雄

伯也执殳³　为王前驱⁴　　阿哥手执丈二殳　为着国王打先锋

自伯之东⁵　首如飞蓬⁶　　自从哥哥去征东　无心梳洗发蓬松

岂无膏沐⁷　谁适为容⁸　　难道没有润发油　讨谁欢心去美容

1　伯：女子称她的丈夫。　朅：偈的假借字，《玉篇》引作"偈"，威武壮健的样子。

2　邦：国。　桀：通"杰"，才智出众的人。

3　殳：古代兵器，形如竿，竹制，长一丈二尺。

4　前驱：先锋。马瑞辰《通释》："执殳先驱，为旅贲之职。"王先谦《诗三家义集疏》："其执殳前驱者，当为中士。"

5　之：往。

6　飞蓬：蓬草遇风四散，喻不常梳洗的乱发。

7　膏：润发的油。　沐：洗头。膏沐连用是偏义复词，主要指发油。

8　适：悦（从马瑞辰说）。　容：修饰容貌。

其雨其雨⁹　杲杲出日¹⁰　　好比久旱把雨盼　偏偏老是大晴天

愿言思伯¹¹　甘心首疾¹²　　一心思念阿哥回　想得头痛也心甘

焉得谖草¹³　言树之背¹⁴　　哪儿找到忘忧草　找来种到后院中

愿言思伯　　使我心痗¹⁵　　魂牵梦萦想哥回　心病难治意难通

9　其：语助词，这里表示一种祈求的语气。

10　杲杲：光明的样子。

11　愿言：念念不忘的样子。闻一多《风诗类钞》注"愿言"为"睠然"。即眷眷的
意思。

12　甘心：情愿。　首疾：头痛。

13　焉：何。这里指什么地方。　谖草：亦名萱草。古人以为此草可以忘忧，故
又名忘忧草。今名黄花菜、金针菜。

14　言：而，乃。　树：种植。　背：古通北，此指北房的阶下。姚际恒《诗经
通论》："背，堂背也。堂面向南，堂背向北，故背为北堂。"

15　痗：病。

有 狐

【题解】

这是一位女子忧念她流离失所的丈夫无衣无裳而作的诗。旧说诗的主题是写失时未嫁的女子爱上一个男子。细玩诗意，实在看不出失时相爱的意思。

狐　　哺乳动物类，通称狐狸。形似狼，面部较长，耳朵三角形，尾巴长，毛色一般呈赤黄色。性狡猾多疑，昼伏夜出，杂食虫类、小型鸟兽、野果等。

有狐绥绥[1]	在彼淇梁[2]	狐狸缓缓走	淇水石桥上
心之忧矣	之子无裳[3]	心里真忧愁	这人没衣裳
有狐绥绥	在彼淇厉[4]	狐狸缓缓走	淇水岸边濑
心之忧矣	之子无带[5]	心里真忧愁	这人没腰带
有狐绥绥	在彼淇侧	狐狸缓缓走	在那淇水边
心之忧矣	之子无服	心里真忧愁	这人没衣衫

1 绥绥：慢吞吞走的样子。

2 梁：桥。古代的桥，用石砌成。

3 裳：下衣，形如现在的裙；古代男女都穿裳。

4 厉：濑的借字，水边有沙石的浅滩。

5 带：指衣带。

木 瓜

【题解】

　　这是一首男女互相赠答的定情诗。当时贵族男女都在衣带上挂一装饰物，用好几种玉石组成，称为佩玉、玉佩或杂佩。风诗中，凡男女两性定情之后，男的多以佩玉赠女。如《女曰鸡鸣》："杂佩以赠之。"《丘中有麻》："贻我佩玖。"都是。旧说齐桓公救卫，卫人思报而作此诗，全系穿凿，毫无根据的。

木瓜　　落叶灌木或小乔木，叶长椭圆形，春末夏初开花，花红色或白色。果实长椭圆形，色黄而香，味酸涩，经蒸煮或蜜渍后供食用，可入药。

投我以木瓜¹　报之以琼琚²　　送我一只大木瓜　我拿佩玉报答她

匪报也³　永以为好也　　不是仅仅为报答　表示永远爱着她

投我以木桃⁴　报之以琼瑶⁵　　送我一只大木桃　我拿美玉来还报

匪报也　永以为好也　　不是仅仅为还报　表示和她永相好

投我以木李⁶　报之以琼玖⁷　　送我一只大木李　我拿宝石还报你

匪报也　永以为好也　　不是仅仅为还礼　表示爱你爱到底

1　投：赠送。

2　报：报答，回礼。　琼：本义为赤玉，后来引申为形容玉美。　琚：杂佩中的一种玉名。

3　匪：通"非"。

4　木桃：植物名，落叶灌木，又名楂（zhā）子。果实圆形或卵形，具芳香。

5　琼瑶：美玉。《说文》："瑶，玉之美者。"除本诗的琼琚、琼瑶、琼玖三词外，其他诗篇如琼华、琼莹、琼英、琼瑰都是形容玉美。

6　木李：植物名，落叶灌木，又名木梨，果实圆形或洋梨形。

7　玖：黑色次等的玉。《说文》："石之次玉，黑色。"琼玖，泛指宝石。

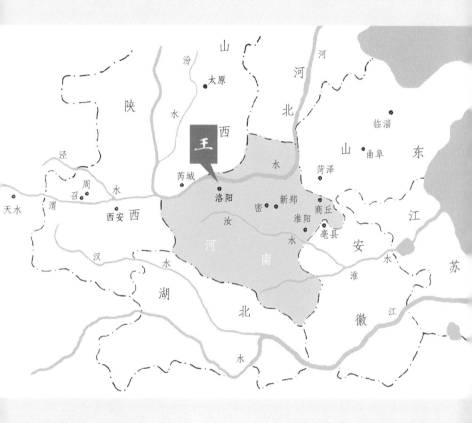

王风

"王"即王都的简称。平王东迁洛邑，周室衰微，无力驾驭诸侯，其地位等于列国，所以称为"王风"。《王风》共计十篇。

《王风》全部都是平王东迁以后的作品。它的产生地，在今河南省洛阳、孟县、沁阳、偃师、巩县、温县一带地方。

崔述说："幽王昏暴，戎狄侵陵；平王播迁，家室飘荡。"（《读风偶识》）这正是《王风》的历史背景。表现在诗中，如《黍离》、《扬之水》、《兔爰》、《葛藟》、《君子于役》等，多带有乱离悲凉的气氛。

王风

黍离

【题解】

这是诗人抒写自己在迁都时难舍家园的诗。《毛诗序》认为是周大夫慨叹西周沦亡之作，但诗中并无凭吊故国之意，似不可信。

| 黍 | 古代专指一种子实称黍子的一年生草本作物。喜温暖，不耐霜，抗旱力极强。子实淡黄色者，去皮后北方通称黄米，性黏，可酿酒。 | 稷 | 高粱。马瑞辰《通释》："按诸家说黍稷者不一。程瑶田《九谷考》谓黍今之黄米，稷今之高粱。其说是也。" |

彼黍离离[1]　　彼稷之苗　　　　看那小米满田畴　高粱抽苗绿油油

行迈靡靡[2]　　中心摇摇[3]　　　　远行在即难迈步　无尽愁思闷心头

知我者谓我心忧　　　　　　　　知心人说我心烦忧

不知我者谓我何求　　　　　　　局外人当我啥要求

悠悠苍天[4]　　此何人哉　　　　高高在上的老天爷　是谁害我离家走

彼黍离离　　　彼稷之穗　　　　看那小米满田畴　高粱穗儿垂下头

行迈靡靡　　　中心如醉　　　　远行在即难迈步　心中难受像醉酒

知我者谓我心忧　　　　　　　　知心人说我心烦忧

不知我者谓我何求　　　　　　　局外人当我啥要求

悠悠苍天　　　此何人哉　　　　高高在上的老天爷　是谁害我离家走

1　离离：茂盛的样子。

2　行迈：即远行的意思。　靡靡：迟迟。

3　摇摇：同"愮愮"。《尔雅》："愮愮，忧无告也。"犹言愁闷得难受。

4　悠悠：遥远的意思。

彼黍离离　　彼稷之实　　　　看那小米满田畴　高粱结实不胜收

行迈靡靡　　中心如噎[5]　　　远行在即难迈步　心如噎住真难受

知我者谓我心忧　　　　　　　知心人说我心烦忧

不知我者谓我何求　　　　　　局外人当我啥要求

悠悠苍天　　此何人哉　　　　高高在上的老天爷　是谁害我离家走

5　噎：食物塞住咽喉。

君子于役

【题解】

这是一位妇女思念她久役于外的丈夫的诗。这位农村妇女，在暮色苍茫之中，看到牛羊等禽畜回来休息，而自己的丈夫则归家无期，就更觉寂寞、孤独，不禁唱出了这首情景交融的动人诗篇。

鸡　　家禽之一种。嘴短，上喙稍弯曲，头部有鲜红色肉质的冠。翅膀短，不能高飞。也叫家鸡。

君子于役[1]	不知其期	丈夫服役在远方	没年没月心忧伤
曷至哉[2]	鸡栖于埘[3]	不知何时回家乡	鸡儿纷纷回窠来
日之夕矣	羊牛下来	西天暮霭遮夕阳	牛羊下坡进栏忙
君子于役	如之何勿思	丈夫服役在远方	叫我怎不把他想
君子于役	不日不月[4]	丈夫服役在远方	没日没月别离长
曷其有佸[5]	鸡栖于桀[6]	几时团圆聚一堂	鸡儿纷纷上木桩
日之夕矣	羊牛下括[7]	西天暮霭遮夕阳	牛羊下坡进栏忙
君子于役	苟无饥渴[8]	丈夫服役在远方	会否忍饥饿肚肠

（埘 shí）（佸 huó）

1　君子：古时妻对夫的敬称。　于：往。

2　曷：何，指何时。　至：至家。

3　埘：挖墙成洞的鸡窝。《毛传》："凿墙而栖曰埘。"

4　不日不月：指没有归期。

5　有：又。　佸：聚会。

6　桀：亦作橛、橜，系鸡的木桩。

7　括：通"佸"。《释文》："括，本亦作佸。"陈乔枞《三家诗遗说考》："佸、括，会。古声义并同。"

8　苟：且，或许。带有疑问口气的希望之词。

君子阳阳

【题解】

　　这是描写舞师和乐工共同歌舞的诗。东周王国衰微，苟安在洛阳周围五六百里的地方，但照样设有专职的乐工和歌舞伎，以供统治阶级的享乐。

君子阳阳¹　左执簧²　　　　舞师得意喜洋洋　左手握着大笙簧

右招我由房³　其乐只且^{jū 4}　　右手招我奏"由房"　快快乐乐舞一场

君子陶陶⁵　左执翿^{dào 6}　　　舞师得意乐陶陶　左手举起鸟羽摇

右招我由敖⁷　其乐只且　　　右手招我奏"由敖"　快快乐乐共舞蹈

1　君子：这里指舞师。　阳阳：扬扬的假借字，即洋洋，快乐得意的样子。

2　簧：指笙类乐器。

3　我：本诗的作者，从诗意看，似是一个乐工。　由房：可能是"由庚"、"由仪"一类的笙乐、房中之乐，即人君燕息时所奏之乐。

4　其乐只且：《韩诗》作"其乐旨且"。王先谦《诗三家义集疏》："乐旨，犹言乐之美者，意谓乐甚。""只且"亦可作语尾助词，义同"也哉"。

5　陶陶：和乐舒畅的样子。

6　翿：用五彩野鸡羽毛做的扇形舞具，亦名纛。

7　敖：舞曲名，即鹜夏。马瑞辰《通释》："敖，疑当读为鹜夏之鹜，《周官·钟师》：奏九夏，其九为鹜夏。"

扬之水

【题解】

这是一首戍卒思归的诗。平王东迁洛阳，南方楚国强大，有并吞小国的野心。申、吕、许三国距王畿甚近，齿唇相依，平王派兵戍守。可是，王都地小人稀，派去的兵士，没有一定期限调换；人民怨恨思归，就作了这首诗。

蒲　　　即蒲柳，又名水杨。落叶乔木，生长于水边，质性柔弱，树叶入秋就凋零。

扬之水[1]　　不流束薪[2]　　　　河水慢慢流过来　　水小难漂一捆柴

彼其_{jì}之子[3]　　不与我戍申[4]　　　　想起我那意中人　　我守申国她难来

怀哉怀哉　　曷月予还归哉[5]　　　日思夜想丢不开　　哪月回家没法猜

扬之水　　　不流束楚[6]　　　　小河浅水缓缓流　　一捆荆条漂不走

彼其_{jì}之子　　不与我戍甫[7]　　　　想起我那意中人　　不能同我把甫守

怀哉怀哉　　曷月予还归哉　　　日思夜想丢不开　　何时回家相聚首

扬之水　　　不流束蒲[8]　　　　河水缓缓流向东　　一束蒲柳漂不动

彼其_{jì}之子　　不与我戍许[9]　　　　想起我那意中人　　不能来许意难通

怀哉怀哉　　曷月予还归哉　　　日思夜想丢不开　　何时我能回家中

1　扬：悠扬，水缓流无力的样子（用朱熹《诗集传》说）。

2　束薪：一捆柴。古代用这个词代表新婚。魏源《诗古微》："《三百篇》言取妻
　者，皆以析薪取兴。盖古者嫁娶必以燎炬为烛。

3　其：语助词。"彼"和"之"都是第三人称的代名词，古语往往有这种重复。
　之子：指作者所怀念的人。

4　戍：守。　申：古国名，在今河南省唐河县南。

5　曷：何。　还：音义同"旋"。

6　楚：荆条。

7　甫：古国名，亦作吕。在今河南省南阳县西。

8　蒲：蒲柳。

9　许：古国名，在今河南省许昌市。

中谷有蓷

【题解】

　　这是描写一位弃妇悲伤无告的诗。这位弃妇于荒年中，被丈夫遗弃了。她在天灾人祸走投无路的处境中，毫无办法，只好慨叹、呼号、哭泣了。诗歌反映了东周时代下层妇女悲惨生活的断片。

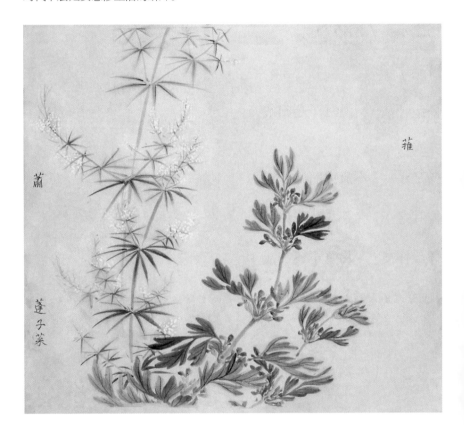

萧　　即艾草，又名艾萧、艾蒿。多年生草本或略成半灌木状，植株有浓烈香气。可入药。诗见《小雅·蓼萧》。

蓷　　即益母草，一年或二年生草本，通常长在湿润之处。全草或子实入药。

中谷有蓷[1]　暵其干矣[2]　　山谷长着益母草　天旱不雨草枯焦

有女仳离[3]　嘅其叹矣[4]　　有位女子被遗弃　抚胸长叹心苦恼

嘅其叹矣　遇人之艰难矣[5]　抚胸长叹心苦恼　嫁人嫁得太糟糕

中谷有蓷　暵其修矣[6]　　益母草长山谷间　天旱不雨草晒干

有女仳离　条其歗矣[7]　　有位女子被遗弃　唉声长叹心里酸

条其歗矣　遇人之不淑矣[8]　唉声长叹心里酸　不幸嫁个负心汉

中谷有蓷　暵其湿矣[9]　　益母草长山谷中　天旱草枯地裂缝

有女仳离　啜其泣矣[10]　　有位女子被遗弃　呜咽悲泣心伤痛

啜其泣矣　何嗟及矣[11]　　呜咽悲泣心伤痛　后悔莫及叹也空

1　中谷：即谷中。　蓷：益母草。植物名，即益母草，通常长在湿润之处。

2　暵：干燥的样子。　暵其：即暵暵。诗以蓷草生于谷中湿地而干枯比喻女子
　　被遗弃而憔悴。

3　仳离：分离，这里指被离弃。

4　嘅：同"慨"。嘅其，即嘅嘅，感叹的样子。

5　艰难：指所嫁之夫不好。

6　修：本义为干肉，引申为干枯。

7　条：长。　条其：即条条，形容长啸。陈奂："条条然者，歗声也。"　歗：同
　　"啸"，长嘘出声。这里也指长叹。

8　不淑：不善。

9　湿：曝的假借字，晒干。《广雅》："曝，曝也。"

10　啜：哭泣时的抽噎。

11　何嗟及矣：据胡承珙《毛诗后笺》考证，这句是后人传写误倒，应作"嗟何及矣"。

兔 爰

【题解】

　　这是一首反映没落贵族厌世思想的诗。这个没落贵族留恋西周宣王时代所谓盛世，那时虽有天灾，但无人祸，贵族的地位和利益尚未动摇。东迁以后，有些贵族失去了土地和人民，阶级地位起了变化，甚至还要服役。这就是诗人所谓"逢此百罹"的社会背景。他在前后生活对比之下，引起了厌世思想，作了这首诗。崔述《读风偶识》："其人当生于宣王之末年，王室未骚，是以谓之'无为'。既而幽王昏暴，戎狄侵陵；平王播迁，家室飘荡，是以谓之'逢此百罹'。"

有兔爰爰[1]	雉离于罗[2]	狡兔自由又自在	野鸡落进网里来
我生之初	尚无为[3]	当我初生那时候	没有战争没有灾
我生之后	逢此百罹[4]	偏偏在我出生后	倒霉事儿成了堆
尚寐无吪[5]		但愿长睡口不开	

1　爰爰：自由自在的样子。

2　离：遭。　罗：网。

3　尚：犹，还。　为：事，指军役之事。

4　罹：忧。

5　尚：庶几，带有希望的意思。　寐：睡。　无吪：不想说话。

有兔爰爰　　雉离于罦⁶　　狡兔自由又自在　野鸡落进网里来

我生之初　　尚无造⁷　　当我初生那时候　没有迁都没有灾

我生之后　　逢此百忧　　偏偏在我出生后　百般晦气连着来

尚寐无觉⁸　　　　　　但愿长睡眼不开

有兔爰爰　　雉离于罿⁹　　狡兔自由又自在　野鸡落进网里来

我生之初　　尚无庸¹⁰　　当我初生那时候　没有劳役没有灾

我生之后　　逢此百凶　　偏偏在我出生后　百样坏事上门来

尚寐无聪¹¹　　　　　　但愿长睡两耳塞

6　罦：一种装设机关的网，能自动掩捕鸟兽，亦名覆车网。

7　造：与上章"为"字同义。《尔雅·释言》："作，造，为也。"

8　觉：醒，指眼睁开。　无觉：即不想看见的意思。

9　罿，捕鸟网。

10　庸：用，指劳役。《郑笺》："庸，劳也。"

11　聪：朱熹："聪，闻也。"无聪，不想听见。

葛 藟

【题解】

这是流亡他乡者求助不得的怨诗，同《旄丘》描写的情况相似。春秋时代，战争频繁，统治者生活奢侈，人民无法生存，只得纷纷逃亡。这首诗的作者，可能是从洛阳附近逃亡到王都的。但到处都是一样，即使你称别人为父母兄弟，乞求一点同情和救济，也是无济于事。诗深刻地反映了富人们冷酷无情的嘴脸。

绵绵葛藟^{lěi} ¹	在河之浒²	野葡萄藤长又长	蔓延河边湿地上
终远兄弟³	谓他人父⁴	离别亲人到外地	喊人阿爸求帮忙
谓他人父	亦莫我顾⁵	阿爸喊得连声响	没人理睬独彷徨
绵绵葛藟^{lěi} ⁶	在河之涘^{sì} ⁶	野葡萄藤长又长	蔓延河滨湿地上

1 绵绵：连绵不断的样子。 葛藟：蔓生植物名，野葡萄。

2 浒：水边。

3 终：既。 远：弃。 兄弟：指家人。

4 谓：称，喊。

5 莫我顾：即"莫顾我"的倒文。 顾：理睬。有人解作"眷顾"或"照顾"，亦通。

6 涘：水边。

终远兄弟	谓他人母	离别亲人到外地	喊人阿妈求帮忙
谓他人母	亦莫我有[7]	阿妈喊得连声响	没人亲近独悲伤

绵绵葛藟(lěi)	在河之漘(chún)[8]	野葡萄藤长又长	蔓延河旁湿地上
终远兄弟	谓他人昆[9]	离别亲人到外地	喊人阿哥求帮忙
谓他人昆	亦莫我闻[10]	阿哥喊得连声响	没人救助独流亡

7　有：同“友”，亲近、亲爱之意。陈奂《诗毛氏传疏》：“有，犹友也。”《左传》杜注：“有，相亲有也。”是“有”古与“友”通。

8　漘：深水边。

9　昆：《毛传》：“昆，兄也。”

10　闻：同“问”，救助慰问的意思。王引之《经传述闻》说：“家大人（王念孙）曰：闻，犹问也，谓相恤问也。古字‘闻’与‘问’通。”

采 葛

【题解】

　　这是一首思念情人的诗。一个男子，对采葛织夏布、采蒿供祭祀、采艾治病的勤劳的姑娘无限爱慕，就唱出这首诗，表达了他的深情。

艾

艾　　一名冰台，又名艾蒿，多年生草本。茎、叶皆可以作中药，性温味苦，有祛寒除湿、止血、活血及养血的功效。叶片晒干制成艾绒，可用于灸疗。

彼采葛兮[1]　一日不见　　那位姑娘去采葛　只有一天没见着

如三月兮　　　　　　　　好像三月久相隔

彼采萧兮[2]　一日不见　　那位姑娘去采蒿　只有一天没见到

如三秋兮　　　　　　　　像隔三秋受煎熬

彼采艾兮[3]　一日不见　　姑娘采艾去田间　只有一天没会面

如三岁兮　　　　　　　　好像隔了整三年

1　葛：葛藤，其皮可制纤维织夏布。

2　萧：植物名，蒿类，有香气。古人祭祀时所用。《毛传》："萧所以供祭祀。"

3　艾：植物名，艾叶可供药用和针灸用。朱熹《诗集传》："艾，蒿属，干之可灸，故采之。"

大 车

【题解】

这是一首女子热恋情人的诗。她很想和情人同居，但不知情人心里究竟如何，所以不敢私奔。但是她对情人发出誓词，表示她的爱是始终不渝的。这比风诗中的其他恋歌，较为大胆而又矜持。

大车槛槛¹　毳衣如菼²　　大车驶过声坎坎　身穿毛衣青色淡

岂不尔思³　畏子不敢　　　难道是我不想你　怕你犹豫我不敢

大车啍啍⁴　毳衣如璊⁵　　大车驶过慢吞吞　身穿毛衣红殷殷

岂不尔思　畏子不奔⁶　　　难道是我不想你　怕你犹豫我不奔

1　大车：大夫坐的车子。陈奂《诗毛氏传疏》："大车，大夫之车。" 槛槛：车行声。

2　毳衣：用兽毛织的衣服。《毛传》："毳衣，大夫之服。" 菼：初生的芦荻，青白色。

3　尔：指坐在大车上穿着毛衣的男子，与下句的"子"是一个人，都是指她所恋的男子。

4　啍啍：走得又重又慢的样子。《毛传》："啍啍，重迟貌。"

5　璊：红色的玉。

6　奔：私奔。

"穀则异室[7]　死则同穴[8]　　　　"活着各住各的房　死后同埋一个圹

谓予不信　　有如皦日"[9]　　　　别说我话难凭信　天上见证是太阳"

7　穀：活着。和下句的"死"字对文。

8　穴：墓穴，也叫圹。

9　如：此，这（从裴学海《古书虚字集释》说）。　皦：同"皎"，光明。本章四
　　句是女子对情人的誓言。

丘中有麻

【题解】

这是一位女子叙述她和情人定情过程的诗。历来学者对这首诗的解释，很不相同。有说是思贤之作的，有说是写私奔的，也有说是招贤偕隐的。诸说均未尽妥。

麻

麻　　指大麻，又名火麻、黄麻，一年生草本。其茎皮纤维可织麻布及制绳、造纸。种子可榨油。中医以果实入药。

丘中有麻　　彼留子嗟[1]　　　　山坡上面种着麻　刘家小伙名子嗟

彼留子嗟　　将其来施[2]　　　　刘家小伙名子嗟　请他帮忙来我家

丘中有麦　　彼留子国[3]　　　　山坡上面种着麦　那位子国是他爸

彼留子国　　将其来食　　　　　那位子国是他爸　请他吃饭来我家

丘中有李　　彼留之子[4]　　　　山坡上面种着李　刘家小伙就是他

彼留之子　　贻我佩玖[5]　　　　刘家小伙就是他　送我佩玉想成家

1　留：古与"刘"通用。马瑞辰《通释》："留、刘古通用，薛尚功《钟鼎款识》有
　　刘公簠,《积古斋钟鼎款识》作留公簠。"

2　将：请。　施：帮助。

3　子国：《毛传》："子国，子嗟父。"

4　之子：指子嗟。

5　贻：赠送。　玖：似玉的浅黑色石，可以制成佩带的饰物。

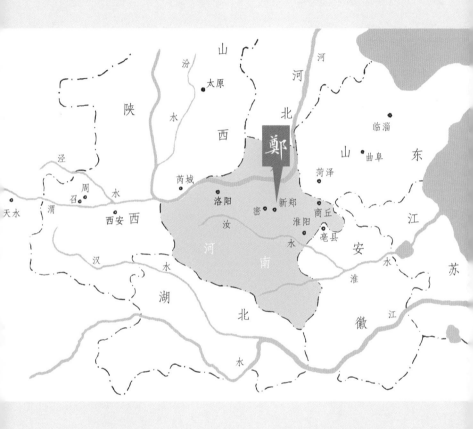

鄭風

周幽王的时候，郑桓公作周司徒的官。犬戎杀幽王和桓公，桓公的儿子武公继位，仍称郑。桓公的郑，在今陕西西安附近，和武公的新郑不同地。

郑风共二十一篇。其本事可考者仅《清人》一首。《左传》闵公二年："郑人恶高克，使帅师次于河上，久而弗召，师溃而归，高克奔陈。郑人为之赋《清人》。"此事约发生于公元前660年左右。郑桓公死后，武公继位，迁至新郑。可见《郑风》是东周至春秋之间的作品。

郑国的都城在新郑（今河南新郑），新郑是一个大都会，民间一直流行着男女在溱洧等地游春的习俗，故诗多言情之作。《论语》说："郑声淫。"这不仅指声调而言，其内容大多也是恋爱诗歌。这就是《郑风》的特点。

郑风

缁 衣

【题解】

这是一首赠衣的诗。缁衣是当时卿大夫私朝穿的衣服。《孔疏》："卿士旦朝于王，服皮弁，不服缁衣。退适治事之馆，释皮弁而服（缁衣），以听其所朝之政也。"诗中的改衣、授粲都是较亲密的家人口气。看来，诗里的"予"就是这个穿缁衣的人的妻妾。旧说附会它是赞美郑武公的诗，后人多不相信。

缁衣之宜兮[1]　敝，予又改为兮[2]　　黑色朝服多合样　破了，我再做衣裳

适子之馆兮[3]　还，予授子之粲兮[4]　　你去官署把事办　回来，给你试新装

缁衣之好兮　　敝，予又改造兮　　　黑色朝服多美好　破了，我再缝一套

适子之馆兮　　还，予授子之粲兮　　你去官署把公干　回来，给你穿新袍

1　缁衣：黑色的衣。古代卿大夫官吏到官署（古称私朝，即第三句的"馆"）所穿的衣服。　宜：称身，合身。

2　敝：破。　为：制。下二章的造、作，与此同义。

3　适：往。　馆：官舍。《郑笺》："卿士所之之馆，在天子之宫。"

4　还：音义同"旋"，回来。　授：给予。　粲：鲜明，指新衣。《小雅·大东》："粲粲衣服。"《毛传》："粲，鲜盛貌。"

缁衣之席兮[5]　敝,予又改作兮　　黑色朝服大又宽　破了,我再做一番

适子之馆兮　还,予授子之粲兮　　你到官署去办事　回来,给你新衣穿

5　席:宽大。

将仲子

【题解】

这是一首女子拒绝情人的诗。她拒绝情人的原因，是怕家庭反对、舆论指责，可是她内心是极爱他的。这种爱和礼教的矛盾，使她痛苦不安，不得不向情人叮嘱，请他不要再来。诗歌透露了当时婚姻不自由的社会现象。

杞

杞　　落叶乔木。枝条细长柔韧，可编织箱筐等器物。也称红皮柳。

qiāng
将仲子兮[1]　无逾我里[2]　　二哥请你听我讲　不要翻过我院墙

无折我树杞[3]　岂敢爱之[4]　　别把杞树来碰伤　不是珍惜这些树

畏我父母　仲可怀也　　是怕我的爹和娘　二哥二哥我记挂

父母之言　亦可畏也　　只是爹娘要责骂　想想心里有点怕

qiāng
将仲子兮　无逾我墙　　二哥请你听我讲　不要翻过我围墙

无折我树桑[5]　岂敢爱之　　别伤墙边种的桑　不是珍惜这些树

畏我诸兄　仲可怀也　　怕我兄长要张扬　二哥二哥我记挂

诸兄之言　亦可畏也　　只是兄长要责骂　想想心里有点怕

[1] 将：请。　仲子：男子的字，犹言"老二"。

[2] 逾：越，翻过。　里：古代二十五家为一里。

[3] 折：伤害，折断。

[4] 爱：吝惜，舍不得。　之：指树。

[5] 树桑：古代墙边种桑，园中种檀。马瑞辰《通释》："《孟子》'树墙下以桑'，
《鹤鸣》诗'乐彼之园，爰有树檀'是也。"

^{qiāng}

将仲子兮　　无逾我园　　　二哥请你听我讲　　不要翻我后园墙

无折我树檀⁶　　岂敢爱之　　　别让檀树受了伤　　不是珍惜这些树

畏人之多言　　仲可怀也　　　怕人多嘴舌头长　　二哥二哥我记挂

人之多言　　亦可畏也　　　只是别人要多话　　想想心里有点怕

6　檀：树名，皮青，质坚硬，可以造器具和车。

叔于田

【题解】

　　这是一首赞美猎人的诗。《诗经》中常用伯、仲、叔、季的表字；特别是女子，多半用它称其情人或丈夫。这是当时的习俗。这首诗，可能出自女子的口吻。诗中用了夸张的艺术手法，塑造了"叔"的美好形象。旧说此诗和《大叔于田》都是写郑庄公之弟太叔段，未必可信。

叔于田[1]　　巷无居人[2]	三哥打猎出了门　　巷里空空不见人
岂无居人　　不如叔也	并非真的没住人　　能比三哥有几人
洵美且仁[3]	他真漂亮又谦逊

叔于狩[4]　　巷无饮酒	三哥出去冬猎了　　巷里不见喝酒佬
岂无饮酒　　不如叔也	并非没有喝酒佬　　三哥样样比人高
洵美且好[5]	他真漂亮又和好

1　于：往。　田：打猎。

2　巷：犹今天的里弄。王先谦《诗三家义集疏》："古者居必同里，里门之内，家门之外，则巷道也。"

3　洵：确实。　仁：仁爱谦让。

4　狩：《毛传》："冬猎曰狩。"

5　好：和好团结。

叔适野⁶　　巷无服马⁷

岂无服马　　不如叔也

洵美且武⁸

三哥打猎到田野　　巷里不见人驾马

并非别人不会驾　　而是技术不如他

英俊威武人人夸

6　适：往。　野：郊外。

7　服马：驾马。《毛传》："服马，乘马也。"

8　武：勇敢英武。

大叔于田

【题解】

这是赞美一位青年猎手的诗。他是贵族，也是一位壮勇善于射御的猎手。诗描写打猎的生动场面，使人如见其人，如临其事。这种铺张手法，给汉赋的影响很大。本篇的诗题，据他篇的惯例，应该作《叔于田》。后人加一"大"字，大是"长"的意思，以区别于前面短篇的《叔于田》(从严粲《诗缉》和马瑞辰《毛诗传笺通释》说)。

虎　　哺乳动物类，通称老虎。毛黄褐色，有黑色横纹。性凶猛，力大。惯于捕食野兽。

叔于田　乘^{chéngshèng}乘马¹　　　三哥打猎登征途　驾着四马真英武

执辔^{pèi}如组²　两骖^{cān}如舞³　　手拿缰绳像丝组　骖马整齐像跳舞

叔在薮^{sǒu 4}　火烈具举⁵　　三哥驾车在林薮　猎火齐起截兽路

袒裼^{tǎn xī}暴虎⁶　献于公所　　　赤膊空拳打老虎　打来献到郑公府

"将叔无狃^{qiāng niǔ 7}　戒其伤女"⁸　"三哥请勿太大意　提防老虎伤肌肤"

叔于田　乘乘黄⁹　　　　　三哥出猎真雄壮　驾着四马毛色黄

两服上襄¹⁰　两骖^{cān}雁行　　两匹服马首高昂　骖马整齐像雁行

叔在薮^{sǒu}　火烈具扬¹¹　　三哥驾车草地上　猎火熊熊把兽挡

1　前"乘"：驾，作动词用。后"乘"：古时四马一车叫做一乘。

2　执辔如组：手执马缰整齐如丝带。

3　两骖：一车四马的两旁两匹。　如舞：像跳舞行列一样整齐。

4　薮：地低湿而多草木之处。

5　烈：借为"迾"，遮。打猎时放火烧草，断绝群兽逃走的路，叫火烈。　具：通"俱"。具举，齐起。

6　袒裼：脱衣露体，赤膊。　暴虎：空手打虎。

7　将：请。　狃：习，熟练。　无狃：不要因为熟练而麻痹大意。

8　戒：警惕。　女：通"汝"，指叔。

9　乘黄：四匹黄马。

10　两服：一车四马当中的两匹。《孔疏》："中央夹辕者名服马。"　襄：同"骧"，马头昂起。

11　扬：飞起。

叔善射忌 [12]	又良御忌	拉弓能穿百步杨	驾起车来最擅长
抑磬控忌 [13]	抑纵送忌 [14]	忽儿勒马急停车	忽儿纵马任遨翔

叔于田	乘乘鸨 [15]	三哥打猎郊外走	四匹花马跑不休
两服齐首 [16]	两骖如手 [17]	中央服马头并头	两旁骖马像双手
叔在薮	火烈具阜 [18]	草深林密风飕飕	猎火熊熊烧个够
叔马慢忌	叔发罕忌 [19]	马儿走得慢悠悠	箭儿少发无禽兽
抑释掤忌 [20]	抑鬯弓忌 [21]	解下箭筒揭开盖	弓儿装进袋里头

12 忌：语尾助词。

13 抑：发语词，含有"忽"意。　磬控：止马，控制马不让它前进。磬，状如曲尺的乐器，这里用"磬"形容御者止马的姿态。

14 纵送：纵马快跑。

15 鸨：通"駂"，黑白杂色的马。

16 齐首：两匹服马并驾齐驱。有人说，齐同"如"，与下文"如手"相对，都是用人体作比喻。亦通。

17 如手：两匹骖马在旁而稍后，像人的双手那样整齐。

18 阜：旺盛。

19 发：发箭。　罕：少。

20 掤：箭筒盖。释掤，打开箭筒的盖，准备将箭收起。

21 鬯：韔的假借字，弓袋。这里用如动词。鬯弓，将弓放进弓袋里。

清　人

【题解】

　　这是一首讽刺郑国高克的诗。清人指高克及其所带领的兵士。"清"在今河南中牟县西。郦道元《水经注》："清池水出清阳亭西南平地，东北流经清阳亭，东南流即清人城也。诗所谓'清人在彭'。"王先谦《诗三家义集疏》："据《易林》'清人高子'，知克亦清邑之人。故率其同邑之众，屯于卫邑彭地。"《春秋》闵公二年："冬，十有二月，狄入卫，郑弃其师。"《左传》："郑人恶高克，使帅师次于河上，久而弗召，师溃而归，高克奔陈。郑人为之赋《清人》。"这里所说赋《清人》的郑人，据《毛序》说是公子素。《清人》的主题和作者，史有确证，大概是不错的。诗极力渲染战马的强壮和武器的精美。每章的末句，都含着辛辣的讽刺味道。

清人在彭[1]　　驷介旁旁[2]　　　清邑军队守彭庄　　驷马披甲真强壮

二矛重英[3]　　河上乎翱翔[4]　　　两矛装饰重缨络　　河边闲游多欢畅

1　清人：清邑的人。　　彭：黄河边上郑国地名。《孔疏》："卫在河北，郑在河南，恐狄渡河侵郑，故使高克将兵于河上御之。"

2　驷：一车驾四马。　　介：甲。马身披甲以防受伤。　　旁旁：马强壮的样子。

3　英：毛制的缨络，装在矛头之下以为饰。重英，两层缨络。古代每辆战车上都树两支矛，一支用它攻打敌人，另一支备用。

4　翱翔：指驾着战车遨游。

清人在消⁵　　^{biāobiāo}驷介麃麃⁶　　　　清邑军队守在消　　驷马披甲威风骄

二矛重乔⁷　　河上乎逍遥　　　　　两矛装饰野鸡毛　　河边闲逛多逍遥

清人在轴⁸　　驷介陶陶⁹　　　　　清邑军队守在轴　　驷马披甲如风跑

左旋右抽¹⁰　中军作好¹¹　　　　身子左转右抽刀　　将军练武姿态好

5　消：黄河边上郑国地名。

6　麃麃：威武的样子。

7　重乔：乔亦作鷮，长尾野鸡。此指以鷮羽为矛缨。

8　轴：黄河边上郑国地名。

9　陶陶：即翿翿的假借。《说文》："翿，马行貌。"

10　左旋右抽：指身体向左边旋转用右手抽出刀剑，形容练习击刺的样子。《说文》："抽，拔兵刃以习击刺也。《诗》曰'左旋右抽'。"

11　中军：古代中军的将官是主帅，这里指高克。一说中军即军中的倒文。　作好：做好表面工作。说高克仅仅养马、练习武器，不是真在抗拒敌人。

羔裘

【题解】

这是赞美郑国一位正直官吏的诗。《左传》昭公十六年：“郑六卿饯韩宣子于郊，子产赋郑之《羔裘》。宣子曰：‘起不堪也。’”可见这首诗在当时已广泛地流行于郑国的朝野。它可能是赞美子产的前任子皮一类的人物的。

羔裘如濡¹	洵直且侯²	身穿柔滑羊皮袄	为人正直又美好
彼其之子	舍命不渝³	他是这样一个人	肯舍生命保节操
羔裘豹饰⁴	孔武有力⁵	羔裘袖口饰豹皮	为人威武有毅力
彼其之子	邦之司直⁶	他是这样一个人	国家司直有名气
羔裘晏兮⁷	三英粲兮⁸	羔羊皮袄光又鲜	三道豹皮色更妍
彼其之子	邦之彦兮⁹	他是这样一个人	国之模范正华年

1　如：同“而”。　濡：柔而有光泽。
2　洵：确实。　直：正直。　侯：美。
3　不渝：不变。
4　豹饰：用豹皮作羔裘袖子边缘的装饰。《管子·揆度》：“卿大夫豹饰。”
5　孔：甚，很。
6　司直：官名。掌管劝谏君主过失。马瑞辰《通释》：“司，主也。直，正也。正其过阙也。”
7　晏：鲜艳。
8　三英：即上章的豹饰，豹皮镶在袖口上，有三排装饰。　粲：鲜明。
9　彦：美士，模范。

遵大路

【题解】

　　这是一首弃妇的诗。这一对男女，可能不是正式的夫妻，但同居的时间比较长，而男子终于喜新厌旧，遗弃了女方。

遵大路兮[1]	掺执子之祛兮[2]	沿着大路跟你走	手儿拉住你衣袖
无我恶兮[3]	不寁故也[4]	求你不要讨厌我	多年相伴别分手

遵大路兮	掺执子之手兮	沿着大路跟你走	手儿拉住你的手
无我魗兮[5]	不寁好也[6]	求你不要嫌我丑	多年相好别弃丢

1　遵：循，沿。

2　掺：拉住。　祛：袖口。

3　恶：厌恶。　无我恶：无恶我的倒文。

4　寁：速离。　故：故人，老伴。

5　魗：即丑，古今字。

6　好：相好，爱人。

女曰鸡鸣

【题解】

这是一首新婚夫妇的联句诗。诗用对话、联句的形式，表现了一对新婚夫妇情投意合、欢乐和好的家庭生活。诗的对话和联句形式，给后世诗歌影响很大，可尊为联句诗之祖。

女曰："鸡鸣"	女说："雄鸡叫得欢"
士曰："昧旦"[1]	男说："黎明天还暗"
"子兴视夜[2]　明星有烂"[3]	"你快起来看夜色　启明星儿光闪闪"
"将翱将翔[4]　弋 yì fú 凫与雁"[5]	"我要出去走一转　射点野鸭和飞雁"
"弋言加之[6]　与子宜之"[7]	"射中鸭雁野味香　为你做菜给你尝
宜言饮酒　与子偕老	就菜下酒相对饮　白头到老百年长

1　昧：黑。　旦：亮。昧旦，天快亮未亮的时候。

2　兴：起。　视夜：观察夜色。

3　明星：指启明星，据后人考证，天将明时，只有启明星发亮。　有烂：即烂烂，明亮。

4　翱翔：本是形容鸟飞的样子，这里借作人出外游逛。

5　弋：射。古用生丝作绳，系在箭上来射鸟，叫做"弋"。　凫：野鸭。

6　言：助词，下同。　加：射中。

7　宜：烹调菜肴。

琴瑟在御⁸　莫不静好"⁹　　　　你弹琴来我鼓瑟　美满和好心欢畅"

"知子之来之¹⁰　杂佩以赠之¹¹　　"你的体贴我知道　送你杂佩志不忘

知子之顺之¹²　杂佩以问之¹³　　　你的温顺我知道　送你杂佩慰情长

知子之好之¹⁴　杂佩以报之"　　　　你的爱恋我知道　送你杂佩表衷肠"

8　御：用，弹奏的意思。古代常用琴瑟乐器的合奏，象征夫妇的同心和好，如
　　《小雅·常棣》："妻子好合，如鼓瑟琴。"

9　静好：美满和好。

10　子：指妻。　来：慰勉。

11　杂佩：古人身上佩带的珠玉等饰物。

12　顺：柔顺。

13　问：馈赠。《毛传》："问，遗也。"

14　好：爱。

有女同车

【题解】

这是一首贵族男女的恋歌。男方看中的姜家大姑娘，不但容貌美丽，更使他难忘的是品德好、内心美。

舜　　即木槿，落叶灌木或小乔木。叶卵形，互生；夏秋开花，花钟形，单生，有白、红、紫等色，
　　　朝开暮落。栽培供观赏兼作绿篱。树皮和花可入药，茎的纤维可造纸。

有女同车	颜如舜华[1]	姑娘和我同乘车	脸儿好像木槿花
将翱将翔	佩玉琼琚	我们在外同遨游	美玉佩环身上挂
彼美孟姜	洵美且都[2]	姜家美丽大姑娘	确实漂亮又文雅

有女同行[3]	颜如舜英[4]	姑娘和我同路行	脸像槿花红莹莹
将翱将翔	佩玉将将[5]	我们在外同游玩	身上佩玉响叮叮
彼美孟姜	德音不忘[6]	姜家美丽大姑娘	美好品德永光明

（"行"字注音：háng）

1 舜：木槿。 华：同"花"。

2 都：娴雅大方。

3 行：道路。

4 英：花。

5 将将：同"锵锵"，象声词。此指佩玉相击的声音。

6 德音：好声誉，即品德好的意思。 不忘：不尽。

山有扶苏

【题解】

　　这是写一位女子找不到如意对象而发牢骚的诗。也有人说，是女子对爱人的俏骂。

荷华　　即荷花。多年生水生宿根草本。夏天开花，色淡红或白，有清香，供观赏。

山有扶苏[1]　　隰^{xí}有荷华[2]　　　　山顶大树多枝丫　低洼地里开荷花

不见子都[3]　　乃见狂且^{jū}[4]　　　　不见子都美男子　遇见个疯癫大傻瓜

山有桥松[5]　　隰^{xí}有游龙[6]　　　　山顶松树高又大　低洼地里开荭花

不见子充[7]　　乃见狡童　　　　　不见子充好男儿　遇见个滑头小冤家

1　扶苏：亦作扶疏，大树枝叶茂盛分披的样子。

2　隰：低洼的湿地。　荷华：即荷花。

3　子都：古代著名的美男子。《孟子》："至于子都，天下莫不知其姣者也。"这里
　　用子都代表标准的美男子。

4　狂且：疯癫愚蠢(从马瑞辰《通释》说)。有人将"且"当作语助词。闻一多则
　　注为"者"，即"狂者"的意思。均可通。

5　桥：通"乔"，高。

6　游：枝叶舒展的样子。　龙：荭的假借字，即水荭。

7　子充：人名，不可考。《毛传》："子充，良人也。"这里用他代表好人。

龙　　水荭。一年生草本植物。茎高达三米，全株有毛，叶子阔卵形，夏秋开花，白色或淡红色。供
　　　观赏，果实可入药。

萚 兮

【题解】

　　这是一首民间集体歌舞诗，描写一群男女欢乐歌舞的场面，女子先带头唱起来，男子接着参加合唱。

<table>
<tr><td>萚兮萚兮¹</td><td>风其吹女²</td><td>枯叶枯叶往下掉</td><td>风儿吹你轻飘飘</td></tr>
<tr><td>叔兮伯兮</td><td>倡予和女³</td><td>叔呀伯呀大家来</td><td>我先唱来你和调</td></tr>
<tr><td>萚兮萚兮</td><td>风其漂女⁴</td><td>枯叶枯叶往下掉</td><td>风儿吹你舞飘飘</td></tr>
<tr><td>叔兮伯兮</td><td>倡予要女⁵</td><td>叔呀伯呀大家来</td><td>我唱你和约明朝</td></tr>
</table>

萚兮萚兮^{tuò tuò 1}　风其吹女²　　枯叶枯叶往下掉　风儿吹你轻飘飘

叔兮伯兮　倡予和女³　　叔呀伯呀大家来　我先唱来你和调

萚兮萚兮^{tuò tuò}　风其漂女⁴　　枯叶枯叶往下掉　风儿吹你舞飘飘

叔兮伯兮　倡予要女^{yāo 5}　　叔呀伯呀大家来　我唱你和约明朝

1　萚：草木脱落的皮叶。

2　女：汝，指萚。

3　倡：带头唱。　女：即汝，这里指男子。按这句是倒文，即"予倡汝和"。

4　漂：通"飘"。《释文》："漂，本亦作飘。"

5　要：相约。

狡 童

【题解】

　　这是一首女子失恋的诗歌。这首诗所写的女子和下一首《褰裳》所写的女子，性格很不相同，对失恋的态度也不相同。《狡童》比较缠绵，依恋旧情，竟至废寝忘餐。《褰裳》比较泼辣，想得开，不为失恋而苦恼。对比之下，两首诗的形象都非常鲜明。

彼狡童兮[1]	不与我言兮	小伙子啊太狡猾	不肯和我再说话
维子之故[2]	使我不能餐兮	为了你啊为了你	害我饭都吃不下

彼狡童兮	不与我食兮	小伙子啊耍手腕	不肯和我同吃饭
维子之故	使我不能息兮[3]	为了你啊为了你	害我觉都睡不安

1　狡童：犹小滑头。有人说狡与"姣"古通，即姣好的青少年，亦通。

2　维：为。

3　息：安息。

褰 裳

【题解】

这是一位女子责备情人变心的诗。这位女子的性格，爽朗而干脆，富于斗争性。朱熹认为这是淫女戏谑所私者的诗，把"褰裳涉溱"说成女子涉水去找男子（《诗集传》）。这种看法反映了封建士大夫轻视妇女的偏见。

子惠思我¹　　褰裳涉溱²　　　你若爱我想念我　提起衣裳过溱河

子不我思³　　岂无他人　　　　你若变心不想我　难道再没多情哥

狂童之狂也且⁴　　　　　　　看你那疯癫样儿傻呵呵

子惠思我　　褰裳涉洧⁵　　　你若爱我想念我　提起衣裳过洧河

子不我思　　岂无他士⁶　　　你若变心不想我　难道再没年少哥

狂童之狂也且　　　　　　　看你那疯癫样儿傻呵呵

1　惠：爱。

2　褰：提起。　裳：裙。　溱：郑国河名，在今河南新密。

3　不我思：是"不思我"的倒文。

4　童：愚昧无知。陈奂《诗毛氏传疏》："童即狂也，童昏即狂行之状。……单言狂，累言狂童，无二义也。"　也且：语气词。

5　洧：郑国河名，在今河南新密。

6　士：青年男子。朱熹《诗集传》："士，未娶者之称。"

丰

【题解】

　　这是一首女子后悔没有和未婚夫结婚的诗。她希望未婚夫能重申旧好再来接她。

子之丰兮[1]　　俟我乎巷兮　　　想你丰满美颜容　"亲迎"等我在巷中

悔予不送兮[2]　　　　　　　　　我真后悔没跟从

子之昌兮[3]　　俟我乎堂兮[4]　　想你身体多魁伟　"亲迎"等我在堂内

悔予不将兮　　　　　　　　　　我真后悔没相随

1　丰：指容颜丰满美好。

2　送：和第二章的将，都是"从行"的意思，即跟着夫婿同往夫家。

3　昌：身体壮盛的样子。

4　堂：客堂。按古代婚姻要经过六个程序：即纳采、问名、纳吉、纳征、请期、亲迎。这句诗即写男子亲迎的情况。

衣锦^{jiǒng}褧衣⁵　裳锦^{jiǒng}褧裳⁶　　　锦缎衣裳身上穿　外披绉纱白罩衫

叔兮伯兮⁷　驾予与行　　　　叔呀伯呀来迎人　驾车接我把路赶

裳锦^{jiǒng}褧裳　衣锦^{jiǒng}褧衣　　　身披罩衫白绉纱　锦缎衣裳灿如霞

叔兮伯兮　驾予与归　　　　叔呀伯呀来迎人　驾车接我到你家

5　衣：穿。　锦：古代女子出嫁时，内穿锦缎制的衣裳。　褧衣：用绢或麻纱
　制的单罩衫，以避尘土。

6　妇女穿的衣和裳是连起来的，诗为了押韵，把它分开为衣和裳。

7　叔、伯：这里是新妇呼随婿迎接她的人。《毛传》："叔、伯，迎己者。"陈奂
　《诗毛氏传疏》："谓婿之从者也。"

东门之墠

【题解】

　　这是一首男女相唱和的民间恋歌。诗共两章，上章男唱，下章女唱。这是民间对歌的一种形式。旧说刺女子淫奔，并不符合诗意。

茹藘	即茜草，又称茹蔗、地血，多年生草质攀援藤木。其根可作绛红色染料，故其所染之绛红色也称茹藘。	萠	兰草。见《郑风·溱洧》图注。

东门之墠¹　茹藘在阪²　　东门郊外广场大　土坡长着红茜花

其室则迩³　其人甚远　　　你家离我这么近　人儿仿佛在天涯

东门之栗　有践家室⁴　　东门郊外栗树下　那里有个好人家

岂不尔思　子不我即⁵　　难道我不想念你　你不找我为了啥

1　墠：平坦的广场。

2　茹藘：茜草。　阪：土坡。

3　迩：近。

4　践：善。　有践，即践践，好好。王先谦《诗三家义集疏》："践作靖，善也……有靖家室，犹今谚云'好好人家'也。"

5　即：往就，接近。

风 雨

【题解】

这是一首写妻子和丈夫久别重逢的诗歌。《毛诗序》说此诗写"乱世则思君子不改其度焉",虽属臆测,却使后来很多气节之士虽处"风雨如晦"之境,仍以"鸡鸣不已"自励。

风雨凄凄　鸡鸣喈喈¹　　风雨天气阴又冷　雄鸡喔喔报五更

既见君子²　云胡不夷³　　丈夫已经回家来　我心哪会不安宁

风雨潇潇⁴　鸡鸣胶胶⁵　　急风骤雨沙沙声　雄鸡喔喔报天明

既见君子　云胡不瘳⁶　　丈夫已经回家来　哪会害啥相思病

1　喈喈:鸡鸣声。

2　君子:指丈夫。

3　云:语首助词。　胡:为什么。　夷:平。指心境平静。

4　潇潇:形容风雨急骤。

5　胶胶:三家诗作"嘐",鸡鸣声。

6　瘳:病愈。

风雨如晦⁷　鸡鸣不已　　　风雨交加天地昏　雄鸡报晓仍不停

既见君子　云胡不喜　　　丈夫已经回家来　哪里还会不高兴

7　如：而。陈奂《诗毛氏传疏》："如犹而也。"　晦：昏暗。《说文》："晦，月尽也。"此句意为因风雨而天色昏暗。

子 衿

【题解】

这是一位女子思念情人的诗。《毛诗序》说此诗刺乱世学校废。我们在诗里看不出什么学校废的迹象。

青青子衿¹	悠悠我心²	你的衣领色青青	我心惦记总不停
纵我不往	子宁不嗣音³	纵然我没去找你	怎么不给我音讯
青青子佩⁴	悠悠我思	你的佩带色青青	我心思念总不停
纵我不往	子宁不来	纵然我没去找你	怎么不来真扫兴
挑兮达兮⁵	在城阙兮⁶	独自徘徊影随形	城门楼上久久等
一日不见	如三月兮	只有一天没见面	好像隔了三月整

1 衿：今作"襟"，衣领。《颜氏家训》："古有斜领，下连于襟，故谓领为衿也。"

2 悠悠：忧思不断的样子。

3 嗣音：即诒音，寄音讯。 嗣：古与遗、诒通，《韩诗》作"诒"，寄也。

4 佩：指佩玉的带。

5 挑、达：亦作"佻"、"㑷"，独自来回地走着的样子。

6 城阙：城门两边的观楼，今名城门楼。

扬之水

【题解】

　　这是夫将别妻，临行对她嘱咐的诗。"扬之水"，是当时民歌流行的开头语。

扬之水[1]　　不流束楚[2]　　　　河水悠悠没有劲　哪能漂散一捆荆

终鲜兄弟[3]　　维予与女　　　　我家兄弟本很少　只有你我结同心

无信人之言[4]　人实迋女[5]　　　不要轻听别人话　人家骗你你别信

扬之水　　　　不流束薪　　　　河水悠悠流过来　哪能漂散一捆柴

终鲜兄弟　　　维予二人　　　　我家兄弟本很少　你我两人最关怀

无信人之言　　人实不信[6]　　　不要轻信别人话　人家挑拨你别睬

1　扬：悠扬。

2　束楚：一捆荆条。按束楚、束薪都是象征男女结婚的词。

3　终：既，已。　鲜：少。

4　言：指挑拨离间的话。

5　迋：通"诳"，欺骗。

6　不信：不可靠的意思。

出其东门

【题解】

这是一位男子表示对妻忠贞不二的诗。

出其东门¹	有女如云²	出了东城门	女子多如云
虽则如云	匪我思存³	虽则多如云	不是心上人
缟衣綦巾⁴	聊乐我员⁵	白衣绿裙妻	喜欢又相亲

缟衣綦巾 — qí
聊乐我员 — yún

出其闉阇⁶	有女如荼⁷	出了外城郭	如花女子多
虽则如荼	匪我思且⁸	虽则如花多	不如我老婆
缟衣茹藘⁹	聊可与娱	白衣红腰围	家庭很快活

出其闉阇 — yīn dū
有女如荼 — tú
匪我思且 — cú
缟衣茹藘 — lú

1　东门：是郑国游人云集的地方。王先谦《诗三家义集疏》："郑城西南门为溱洧二水所经，故以东门为游人所集。"

2　如云：比喻女子众多。

3　匪：通"非"。　存：想念。

4　缟：白色。　綦：淡绿色。　巾：佩巾，亦称大巾。似今之围裙。缟衣綦巾是当时妇女较俭朴的服饰。

5　聊：且。　员：友、亲爱（从马瑞辰《毛诗传笺通释》说）。有人说，员是语气词。《韩诗》作"聊乐我魂"，魂，神也。二说均可通。

6　闉阇：古代城门外层的曲城，又称城曲重门。

7　荼：白茅花。有人把"如荼"解作妇女像荼那样众多，亦通。

8　且：往，徂的假借。有人训为语助词，亦通。

9　茹藘：茜草，可作红色染料。这里用它代"佩巾"。

野有蔓草

【题解】

这是一首恋歌。春秋时候，战争频繁，人口稀少。统治者为了蕃育人口，规定超龄的男女还未结婚的，可以在仲春时候自由相会，自由同居。这首诗就是写一对男女邂逅于田野间自由结合的情景。

野有蔓草¹ 　零露漙兮² ^{tuán}　　　野草蔓生绿成片　露珠落上亮又圆

有美一人 　清扬婉兮³　　　　　有位美女独徘徊　眉清目秀真鲜艳

邂逅相遇⁴ 　适我愿兮⁵　　　　偶于路上巧相遇　情意相投合我愿

野有蔓草 　零露瀼瀼⁶ ^{ránɡránɡ}　　　野草蔓生绿成片　露水浓密不易干

有美一人 　婉如清扬⁷　　　　　有位美女独徘徊　眉目清秀媚千般

邂逅相遇 　与子偕臧⁸　　　　　不期而会巧相遇　情投意合两心欢

1　蔓：蔓延。

2　零：降落。　漙：露多的样子。一说是形容露珠圆圆的状态。

3　清扬：眉目清秀。　婉：妩媚的样子。

4　邂逅：碰巧相遇，不期而会。

5　适：适合。

6　瀼瀼：露浓的样子。

7　如：与"而"同。

8　臧：善。偕臧，都满意。朱熹《诗集传》："偕臧，言各得其所欲也。"

溱 洧

【题解】

这是描写郑国三月上巳节青年男女在溱河洧河岸旁游春的诗。上巳是指三月上旬的巳日。按当时习俗，这一天，官民都要在东流水中洗掉宿垢，被除不祥，名为修禊（xì）。三国以后，改用三月三日为修禊的节日。这实际上是古代的一个春季卫生活动。这首诗，就是描写郑国这一节日的盛况，传神地再现了一群青年男女相聚、趁此机会表达爱情的热烈场面。

蘭　　兰草之一种。《毛传》：“蘭，兰也。”朱熹《诗集传》：“其茎叶似泽兰，广而长节，节中赤，高四五尺。”陆玑《毛诗草木鸟兽虫鱼疏》：“蘭即兰，香草也。”

溱与洧¹　　方涣涣兮²　　　　溱水流，洧水淌　三月冰融水流畅

士与女³　　方秉蕳兮⁴　　　　男男女女来游春　手拿兰草驱不祥

女曰："观乎"⁵　　　　　　　妹说："咱们去看看"

士曰："既且"⁶　　　　　　　哥说："我已去一趟"

"且往观乎"⁷　　洧之外　　　"陪我再去又何妨"　洧水外，河岸旁

洵讦且乐⁸　　维士与女⁹　　确实好玩又宽敞　男男女女喜洋洋

伊其相谑¹⁰　　赠之以勺药¹¹　相互调笑心花放　送支勺药表情长

1　溱、洧：郑国两条河名。

2　涣涣：水流盛大的样子。

3　士与女：指去春游的男男女女。和下文的"维士与女"，都是泛指一般游客。

4　方：正。　秉：执，拿。有人解作佩，亦通。　蕳：菊科，香草名，亦名兰（不是现在的属兰科的兰花）。古人采兰于山谷中，以被除不祥。

5　"女曰"和下句"士曰"的"女"和"士"，是专指某一个女子和男子。

6　既：已经。　且：徂的假借，去，往。

7　且：再。

8　讦：宽大。

9　维：语助词。

10　伊：维，是。　相谑：互相调笑。

11　勺药：指草勺药，亦名江蓠，古代情人在"将离"时互赠此草。又古代勺与约同声，情人借此表恩情、结良约。

勺药   此图所绘为木芍药，多年生草本植物。五月开花，花大而美丽，有紫红、粉红、白等多种颜色，供观赏。根可入药。后因《诗经·郑风·溱洧》："维士与女，伊其相谑，赠之以勺药。"遂以"芍药"表示男女爱慕之情，或以指文学中言情之作。

溱与洧　浏其清矣 [12]　　溱水流，洧水淌　三月冰融清又凉

士与女　殷其盈矣 [13]　　男男女女来游春　人山人海闹嚷嚷

女曰："观乎"　　妹说："咱们去看看"

士曰："既且"　　哥说："我已去一趟"

"且往观乎"　洧之外　　"陪我再去又何妨"　洧水外，河岸旁

洵讦且乐　维士与女　　确实好玩又宽敞　男男女女喜洋洋

伊其将谑 [14]　赠之以勺药　　相互调笑心花放　送支勺药表情长

---

12 浏其：即浏浏，水清的样子。

13 殷：众多。殷其，即殷殷。　盈：满。

14 将谑：即相谑（从马瑞辰《通释》说）。

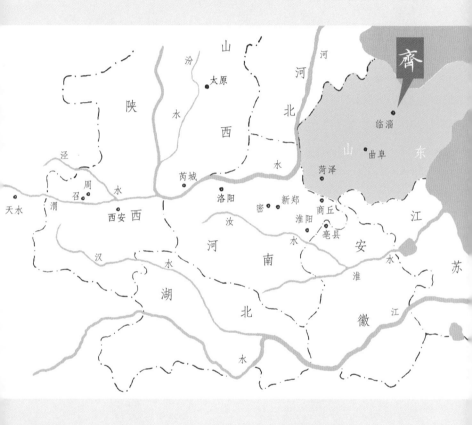

齊風

　　《齐风》是齐国的诗歌。齐国国土在今山东省北部和中部，首都临淄，在春秋时是一个人口众多、工商发达的大都市。朱熹《诗集传》："太公……既封于齐，通工商之业，便鱼盐之利，民多归之，故为大国。"

　　《齐风》共十一篇，其中《南山》、《敝笱》二篇，是揭露讥刺齐襄公和他的胞妹文姜私通的，《猗嗟》写齐国外甥鲁庄公的射艺，《载驱》写齐女归鲁事，都是春秋时的作品；《还》、《卢令》写田猎之事，还有一些反映恋爱婚姻、士大夫家庭生活等的诗。《齐风》产生的年代，可能在东周初年到春秋这一段时期内。

齐风

鸡 鸣

【题解】

　　这是一首妻催夫早起的诗，丈夫要上朝，是个士大夫。全诗和《女曰鸡鸣》一样，都用问答联句体。

"鸡既鸣矣　　朝既盈矣"^{cháo} ¹　　　"你听公鸡喔喔叫　大家都已去早朝"

"匪鸡则鸣²　　苍蝇之声"　　　　　"不是什么公鸡叫　那是苍蝇在喧闹"

"东方明矣　　朝既昌矣"^{cháo} ³　　　"你瞧东方已经亮　朝会已经挤满堂"

"匪东方则明　　月出之光"　　　　　"不是什么东方亮　那是一片明月光"

"虫飞薨薨^{hōnghōng} ⁴　　甘与子同梦"⁵　　"虫声嗡嗡催人睡　不如一起入梦乡"

"会且归矣⁶　　无庶予子憎"⁷　　"朝会人们快回啦　别招人厌说短长"

1　朝：朝廷。　盈：满，指上朝的人到齐了。古代群臣每天清晨上朝朝见国君。

2　则：之，的。下章"匪东方则明"句中的"则"，亦作"之"解。

3　昌：盛多样子。

4　薨薨：虫儿群飞声。

5　甘：乐，喜欢。　同梦：同睡。

6　会：朝会。

7　庶：庶几，带有希望的意思。无庶，即"庶无"的倒文。　予：与，给。
　　子：你。　憎：憎恶，讨厌。

还

【题解】

这是一首猎人互相赞美的诗。

子之还兮[1]　　遭我乎猫之间兮[2]　　猎技敏捷数你优　　与我相遇猫山头

并驱从两肩兮[3]　　揖我谓我儇兮[4]　　并马追赶两大猪　　作揖夸我好身手

子之茂兮[5]　　遭我乎猫之道兮　　你的猎技多漂亮　　遇我猫山小道上

并驱从两牡兮[6]　　揖我谓我好兮　　并马追赶两雄兽　　作揖夸我手段强

子之昌兮[7]　　遭我乎猫之阳兮[8]　　看你膀大腰又粗　　遇我猫山向阳坡

并驱从两狼兮　　揖我谓我臧兮[9]　　并驱两狼劲头足　　作揖夸我打得多

1　还：通"旋"，轻捷。

2　猫：齐国山名，在今山东临淄南。

3　从：追逐。　肩：亦作豣、豜，大猪。《广雅》："兽一岁为豵，二岁为豝，三岁为肩，四岁为特。"

4　儇：轻利便捷。

5　茂：美，夸赞猎手技术完美。

6　牡：雄兽。

7　昌：壮盛。《郑笺》："昌，佼好貌。"亦通。

8　阳：山南。

9　臧：善。

著

【题解】

这是一位女子写她的夫婿来"亲迎"的诗。

俟我于著乎而¹　充耳以素乎而²　　新郎等我屏风前　帽边"充耳"白丝线

尚之以琼华乎而³　　　　　　　　美玉闪闪光照面

俟我于庭乎而⁴　充耳以青乎而　　新郎等我院中央　帽边"充耳"青丝长

尚之以琼莹乎而　　　　　　　　　　美玉闪闪真漂亮

俟我于堂乎而⁵　充耳以黄乎而　　新郎等我在厅堂　帽边"充耳"丝线黄

尚之以琼英乎而　　　　　　　　　　美玉闪闪增容光

1　俟：等待。　著：通"宁"，大门和屏风之间的地方。《尔雅·释宫》："门、屏之间谓之宁。"　乎而：语尾助词。

2　充耳：挂在古代男子冠的两旁，正好垂在耳边。充耳包含着紞、纩、瑱三部分。充耳挂在冠上的丝线，叫做"紞"，是杂色的。丝线上挂着一个绵球，叫做"纩"，绵球下挂着玉，叫做"瑱"。这里指的是紞，即丝线。　素：白。

3　尚：加。　琼华：和下面的琼莹、琼英，都是玉瑱。琼是红玉，华、莹、英是玉的光采。《毛传》都训为宝石，亦通。

4　庭：中庭，院中。

5　堂：堂前。

东方之日

【题解】

这是诗人写一个女子追求他的诗，可能是反映了齐国统治者的恋爱生活。

东方之日兮	太阳升起在东方
彼姝者子[1]　在我室兮	有位漂亮好姑娘　来到我家进我房
在我室兮　履我即兮[2]	来到我家进我房　踩我膝头诉衷肠

东方之月兮	月亮升起在东方
彼姝者子　在我闼兮[3]	有位漂亮好姑娘　来到门内进我房
在我闼兮　履我发兮[4]	来到门内进我房　踩我脚儿表情长

1　姝：美。　子：指女子。

2　履：踩。　即：膝的借字。古人没有椅子，都跪坐在席上，所以能踩到膝。
　　朱熹认为"言此女蹑我之迹而相就也"，意亦可通。

3　闼：门内。王先谦《诗三家义集疏》："切言之，则闼为小门。浑言之，则门以
　　内皆为闼。故《毛传》但云，'闼，门内也'。"

4　发：指脚（从杨树达《积微居小学述林》说）。

东方未明

【题解】

　　这首诗，以一个妇女的口吻，写她当小官吏的丈夫忙于公事，早晚不得休息，对自己的妻子还不放心，引起了女主人的怨意。

柳　　落叶乔木或灌木。枝条柔韧，叶子狭长，种子有毛。种类很多，有垂柳、旱柳等。

东方未明　　颠倒衣裳　　　东方没露一线光　丈夫颠倒穿衣裳

颠之倒之[1]　自公召之[2]　　为啥颠倒穿衣裳　因为公家召唤忙

东方未晞[3]　颠倒裳衣　　　东方未明天还黑　丈夫颠倒穿裳衣

倒之颠之　　自公令之　　　为啥颠倒穿裳衣　因为公家命令急

折柳樊圃[4]　狂夫瞿瞿[5]　　折柳编篱将我防　临走还要瞪眼望

不能辰夜[6]　不夙则莫[7]　　夜里不能陪伴我　早出晚归太无常

1　之：指衣裳。

2　自：从。　召：召唤。

3　晞：昕的假借字，太阳将出。《说文》："昕，且明，日将出也。"

4　樊：篱笆，这里当动词用。　圃：菜园。

5　狂夫：疯汉，女子骂她的丈夫。　瞿瞿：瞪着双眼看的样子。《荀子·非十二子》"瞿瞿然"，杨倞注："瞿瞿，瞪视之貌。"

6　辰：同"时"，这里当动词"守"用。辰夜：伺夜，守夜。

7　夙：早。　莫：同"暮"。

南 山

【题解】

这是一首讽刺齐襄公淫乱无耻的诗。据《左传》桓公十八年记载，鲁桓公和夫人文姜（齐襄公的同父异母妹）一同到齐国去，齐襄公和文姜私通。桓公责备了她，她把桓公的话告诉了襄公。襄公就请桓公宴会，在他回去的时候，让大力士彭生驾车，把他害死在车里。这件丑事引起了人民极端的憎恨，作了这首诗。由于这是讽刺斥责本国的最高统治者，不免有所顾忌，因此诗写得比较隐蔽。诗的第三、四章，是借责问鲁桓公来表现主题的。

南山崔崔¹	雄狐绥绥²	巍巍南山高又大	雄狐步子慢慢跨
鲁道有荡³	齐子由归⁴	鲁国大道平坦坦	文姜由这去出嫁
既曰归止⁵	曷又怀止⁶	既然她已嫁鲁侯	为啥你还想着她

葛屦五两^{jù} ⁷　冠绥双止^{ruí} ⁸　　葛鞋两只双双放　帽带一对垂颈下

1　南山：齐国山名，亦名牛山。　崔崔：高大的样子。
2　绥绥：追求匹偶相随的样子。《玉篇》："绥，行迟貌。"陈奂《诗毛氏传疏》："绥绥然相随之貌，以喻襄公之随文姜。"
3　有荡：即荡荡，平坦。
4　齐子：指文姜。与《卫风·硕人》"齐侯之子"例同。　由归：从这条大道出嫁。
5　止：语尾助词。
6　怀：想念。
7　葛屦：麻布做的鞋，是古代劳动人民穿的。《毛传》："葛屦，服之贱者。"　五：与"伍"通，同列。说两只麻鞋必定并排地摆着。
8　绥：帽带的下垂部分，是古代贵族的服饰。《毛传》："冠绥，服之尊者。"诗人用葛屦、冠绥比喻不论人民或贵族都各有一定的配偶。

鲁道有荡　　齐子庸止[9]　　　鲁国大道平坦坦　　文姜从这去出嫁

既曰庸止　　曷又从止[10]　　　既然她已嫁鲁侯　　为啥你又盯上她

艺麻如之何[11]　　衡从其亩[12]　　农家怎么种大麻　　田垄横直有定法

取妻如之何[13]　　必告父母　　　青年怎么娶妻子　　必定先要告爹妈

既曰告止　　曷又鞠止[14]　　　告了爹妈娶妻子　　为啥还要放纵她

析薪如之何[15]　　匪斧不克[16]　　想劈木柴靠什么　　不用斧头没办法

取妻如之何　　匪媒不得　　　　想娶妻子靠什么　　没有媒人别想她

既曰得止　　曷又极止[17]　　　既然妻子娶到手　　为啥让她到娘家

9　庸：用。《郑笺》："此言文姜既用此道嫁于鲁侯，襄公何复送而从之，为淫佚
　　之行。"

10　从：跟从。

11　艺麻：种麻。

12　衡从：即横纵。东西为横，南北为纵。

13　取：通"娶"。

14　鞠：穷，穷欲纵容的意思。

15　析薪：劈柴。古多以"薪"喻婚姻。

16　克：能，成功。

17　极：到。《毛传》："极，至也。"

甫 田

【题解】

这是一首思念远人的诗。后人对这首诗的主题，多不得其解。从诗中所写的看，大概是一个流亡的农民，想起以前种领主大田的辛苦，现在虽然离开了它，却不免思念那里的一个可爱的孩子。多时不见，他该长大了吧？

莠　　一年生草本。田间常见杂草，生禾粟下，似禾非禾，秀而不实。因其穗形像狗尾，故俗名狗尾草。

无田甫田¹	维莠骄骄²	主子大田别去种	野草茂盛一丛丛
无思远人	劳心忉忉³	远方人儿别想他	见不到他心伤痛
无田甫田	维莠桀桀⁴	主子大田别去种	野草长得那么旺
无思远人	劳心怛怛⁵	远方人儿别想他	见不到他徒忧伤
婉兮娈兮⁶	总角丱兮⁷	少小年纪多娇好	两束头发像羊角
未几见兮⁸	突而弁兮⁹	不久倘能见到他	突然戴上成人帽

（拼音注：²骄骄 yǒu；⁴桀桀 yǒu；⁵怛怛 dá dá；⁷丱 guàn；⁹弁 biàn）

1　前"田"字：音义同佃，种田。　甫田：大田。大田在当时是领主所有，《小雅》的《甫田》与《大田》，即反映农民在那里耕种的情况。

2　维：助词，含有"其"意。　莠：害苗的野草。　骄骄：《韩诗》作乔乔，挺立而高的样子。

3　忉忉：因思念而忧伤的样子。

4　桀桀：高高的样子。

5　怛怛：忧伤不安。

6　婉、娈：年少而美好的样子。

7　总角：儿童头发左右分开扎成两把如同羊角。　丱：像羊两角的象形字，形容总角的样子。

8　未几：不久。　见兮：陆德明《经典释文》："见兮，一本作见之。"

9　突而：突然。　弁：冠；这里用作动词，戴冠。古代男子年二十而冠，标志他已成年。

卢 令

【题解】

这是一首赞美猎人的诗。春秋时代，人们爱好田猎，反映在风诗里，有《驺虞》、《叔于田》、《大叔于田》、《还》及这篇《卢令》等。这首诗最短，可能是顺口溜一类的民歌。

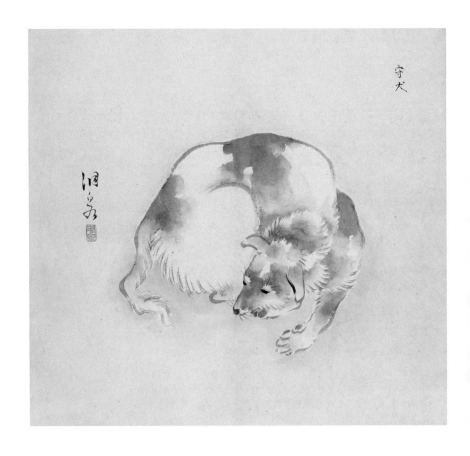

守犬

卢　　猎犬。《礼记》孔颖达疏："犬有三种：一曰守犬，守御宅舍者也；二曰田犬，田猎所用也；三曰食犬，充君子·庖厨庶羞用也。"

卢令令¹　其人美且仁²　　　黑狗儿颈环铃铃响　那人儿和气又漂亮

卢重环³　其人美且鬈⁴　　　黑狗儿颈上环套环　那人儿漂亮又勇敢

卢重鋂⁵　其人美且偲⁶　　　黑狗儿颈上套两环　那人儿漂亮有才干

1　卢：黑色猎狗。　令令：象声词，狗颈下套环的声响。

2　其人：指猎人。　仁：和蔼友好。

3　重环：大环套上一个小环。

4　鬈：勇壮。《郑笺》："鬈，当读为权，权，勇壮也。"

5　重鋂：一个大环，套上两个小环。

6　偲：多才。《毛传》："偲，才也。"《郑笺》："才，多才也。"

敝 笱

【题解】

　　这是齐人讽刺鲁庄公不能制止母亲文姜，让她回齐和襄公相会的诗。按《春秋》庄公二年："夫人姜氏会齐侯于禚（zhuó）。""四年，夫人姜氏享齐侯于祝丘。""五年，夫人姜氏如齐师。""七年，夫人姜氏会齐侯于防，又会齐侯于穀。"庄公的父亲桓公，被齐襄公暗杀。桓公死后，庄公仍让母亲继续回齐和襄公来往。在文姜回齐的时候，还明目张胆、大张旗鼓地派很多随从跟着她，这更引起了人民的不满，所以作了这首讽刺诗。

鱮　　鲢鱼。体侧扁，鳞细，背部青黑色，腹部白色。为我国主要的淡水养殖鱼类之一。

敝笱在梁¹　其鱼鲂鳏²　　破笼摺在鱼梁上　鳊鱼鲲鱼心不慌

齐子归止³　其从如云⁴　　文姜回齐没人管　随从多得云一样

敝笱在梁　其鱼鲂鱮⁵　　破笼摺在鱼梁上　鳊鱼鲢鱼心不慌

齐子归止　其从如雨　　文姜回齐没人管　随从多得雨一样

敝笱在梁　其鱼唯唯⁶　　破笼摺在鱼梁上　鱼儿游来又游往

齐子归止　其从如水　　文姜回齐没人管　随从多得水一样

1　敝：破。　笱：竹制的捕鱼笼。　梁：鱼梁。在河中筑成堤坝，中留空缺，把笱嵌在空处，鱼游进去，就出不来。

2　鲂鳏：鳊鱼和鲲鱼。

3　齐子：指文姜。　归：回娘家。

4　如云：形容随从文姜的人非常多。下文如雨、如水同此。

5　鱮：鲢鱼。

6　唯唯：遗遗的假借，亦作"遗遗"，形容鱼自由地游来游去。陆德明："唯唯，《韩诗》作遗遗，言不能制也。"

载 驱

【题解】

这是一首写齐女嫁鲁的诗。齐襄公的小女儿哀姜嫁给鲁庄公，哀姜在途中迟迟不入鲁境，一定要鲁庄公答应她"远媵妾"的条件才去。这首诗写的就是这件事。《毛序》认为诗的主旨是刺襄公与文姜淫乱，据有关历史记载，并非诗的原意。

载驱薄薄[1] 簟茀朱鞹[2]　　大车奔驰轧轧响　竹帘红盖好气象

鲁道有荡　齐子发夕[3]　　鲁道宽阔又平坦　哀姜从早拖到晚

四骊济济[4] 垂辔沵沵[5]　　四匹黑马多美壮　柔软缰绳垂两旁

鲁道有荡　齐子岂弟[6]　　鲁道平坦接新娘　哀姜动身天已亮

1　薄薄：象声词，车轮转动声。

2　簟茀：竹席制的车帘。　朱鞹：红漆兽皮制的车盖。按这样的车子，是当时诸侯坐的，名为"路车"。

3　齐子：指哀姜。她是齐襄公最小的女儿，嫁给鲁庄公。　发：旦，早。王先谦《诗三家义集疏》："齐子旦夕，犹言朝见暮见，即久处之义。"

4　骊：黑色的马。　济济：美好的样子。

5　沵沵：柔软的样子。

6　岂弟：开明，天亮。王先谦《诗三家义集疏》："谓齐子留连久处之后，至开明乃发行（出发）耳。"

汶水汤汤^{shāng shāng}⁷　行人彭彭⁸　　汶水浩浩又荡荡　路人如潮争观望

鲁道有荡　齐子翱翔⁹　　鲁道平坦又宽广　哀姜迟嫁在游逛

汶水滔滔　行人儦儦^{biāobiāo}¹⁰　汶水哗哗翻大浪　路人来来又往往

鲁道有荡　齐子游敖¹¹　　鲁道平坦接新娘　哀姜迟嫁在游荡

7　汶水：水名，流经齐鲁二国。　汤汤：水盛大貌。

8　彭彭：行人盛多的样子。

9　翱翔：游逛，指不进鲁国。

10　儦儦：行人来回走的样子。《说文》："儦儦，行貌。"

11　游敖：即遨游，与翱翔同义。

猗 嗟

【题解】

这是赞美一位健美艺高的射手的诗。历来都相信《猗嗟》诗中所描写的主人公是鲁庄公。这时，他大约是一位十七岁的青年，已经当了四年的鲁侯。诗人用赞叹、夸张的词句，塑造了一位健美、熟练的射手形象。有人说，诗人用"展我甥兮"及"以御乱兮"二句微词讽刺，讽刺他样样都好，只是忘记报父之仇，不能制止母亲与襄公私通，那么，诗就以美为刺了。

猗嗟昌兮[1]	颀而长兮[2]	生来多美貌啊	身材高又高啊
抑若扬兮[3]	美目扬兮[4]	漂亮宽额角啊	美目向人瞟啊
巧趋跄兮[5]	射则臧兮[6]	舞步多巧妙啊	射艺真正好啊

1 猗嗟：犹吁嗟，叹美之词。 昌：壮盛美好貌。

2 颀而：即颀然，身长的样子。古人以男女身材高大为美。

3 抑：懿的假借字，美也。抑若：即抑然。 扬：《韩诗》作"阳"，眉上曰阳。今俗呼额角之侧亦谓"太阳"，即同此义。

4 扬：张开眼睛的样子。《礼记》："扬其目而视之。"

5 趋：快步。 跄：舞姿（从陆德明说）。这句赞美射手舞姿巧妙。

6 则：法则。（下章的"舞则"同。） 臧：善，好，熟练。

猗嗟名兮[7]	美目清兮	长得多精神啊	美目如水清啊
仪既成兮[8]	终日射侯[9]	准备已完成啊	打靶一天整啊
不出正兮	展我甥兮[10]	箭箭射得准啊	不愧我外甥啊

猗嗟娈兮[11]	清扬婉兮[12]	美貌令人赞啊	秀眉扬俊眼啊
舞则选兮[13]	射则贯兮[14]	舞有节奏感啊	箭箭都射穿啊
四矢反兮[15]	以御乱兮[16]	连中一个点啊	有力抗外患啊

7 名：借为明，昌盛。马瑞辰《通释》："名、明古通用，名当读明，明亦昌盛之义。……三章首句皆赞美其容貌之盛大。"

8 仪：射仪，射手在射箭前先表演射法的各种姿势。 成：完备。

9 侯：射布，箭靶。当中放一小的圆形白布，叫做"的"，亦名"鹄"或"正"。

10 展：诚，确实。 甥：外甥。《郑笺》："容貌技艺如此，诚我齐之甥。"朱熹："言称其为齐之甥，而又以明非齐侯之子，此诗人之微辞也。"

11 娈：壮美（从《毛传》说）。

12 清扬婉兮：眉清目秀。参见《郑风·野有蔓草》。

13 选：整齐。按古代射箭前必跳舞，名为"兴舞"。马瑞辰："则此诗'舞则选兮'，即兴舞耳。"

14 贯：穿透。

15 反：复，反复地射中一个地方。

16 御：抵抗。

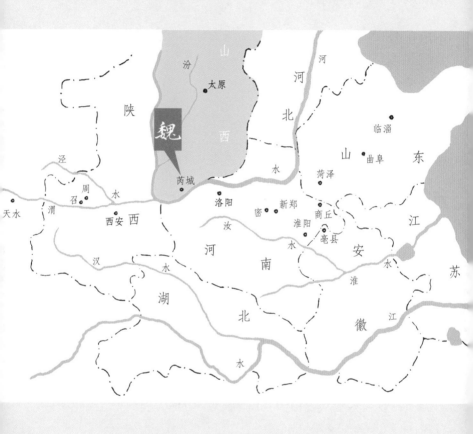

魏風

　　《魏风》共七篇。周初封同姓于魏，到周惠王十六年，即公元前661年，被晋献公所灭。全部魏诗都是魏亡以前，即春秋初期的作品。

　　魏在今山西芮城东北。土地干，生产少，君主俭啬，人民生活比别的地区更苦；正如朱熹所说，"其地陋隘而民贫俗俭"。魏诗在《国风》中风格最一致，多半是讽刺、揭露统治阶级的诗歌。《葛屦》中已经提到诗歌的战斗作用。《硕鼠》的作者，已经幻想着无剥削的"乐土"。《伐檀》的作者，已经了解剥削与被剥削的生产关系。在两千五百年前，人们有这种深刻的觉醒，确实是不容易的。《鲁诗》说："履亩税（除农民要种公田，取劳役地租税外，又税农民私田十分之一）而《硕鼠》作。"《魏风》之富于战斗性，可能是和魏地较早向人民征收双重税有关。

魏风

葛屦

【题解】

这是一位缝衣女奴讽刺所谓"好人"的诗。诗仅两章，塑造了两个阶级对立的形象：一个是受冻、挨饿、疲弱的缝衣女形象，一个是衣饰华贵、态度傲慢、心胸狭窄的贵族妇女形象。反映了当时两个阶级地位与生活的悬殊。

纠纠葛屦¹	可以履霜²	破旧凉鞋麻绳缠	穿着怎能踏寒霜
掺掺女手³	可以缝裳	缝衣女手纤纤细	瘦弱怎能缝衣裳
要之襋之⁴	好人服之⁵	提着衣带和衣领	请那美人试新装
好人提提⁶	宛然左辟⁷	美人不睬偏装腔	扭转身子闪一旁
佩其象揥⁸	维是褊心⁹	拿起簪子自梳妆	这个女子狭心肠
是以为刺		作诗刺她理应当	

1 纠纠：纠缠交错的样子。 葛屦：夏布做的鞋，夏天穿的。
2 可：何的假借字。
3 掺掺：音义同"纤纤"，形容女子手的柔弱纤细。
4 要：同"褄"，系衣的衣带。古时无纽扣，在襟上缀短带以系衣。 襋：衣领。
  要、襋这里作动词用，即提带、提领的意思。
5 好人：美人，带有讽刺意。姚际恒《诗经通论》："好人犹美人，指夫人也。"
6 提提：即媞媞，安详的样子。《尔雅·释训》："媞媞，安也。"郭注："好人安详之容。"
7 宛然：形容回转身子的样子。 辟：通"避"。左辟，向左闪开。
8 象揥：象牙制的簪子。
9 维：因。 是：代词，指诗中的"好人"。 褊心：心胸狭窄。

汾沮洳

【题解】

这是一首赞美劳动人民才德的诗。春秋时代,劳动人民地位极低,有的仍旧当农奴。诗人用"公路"等大官和他相比,这是不寻常的。只有劳动人民的口头歌唱,才会有这样热爱本阶级的诗句。它和《硕鼠》、《伐檀》、《葛屦》四首诗,不仅是《魏风》中的好诗,也是《诗经》中富于形象性、斗争性的杰作。

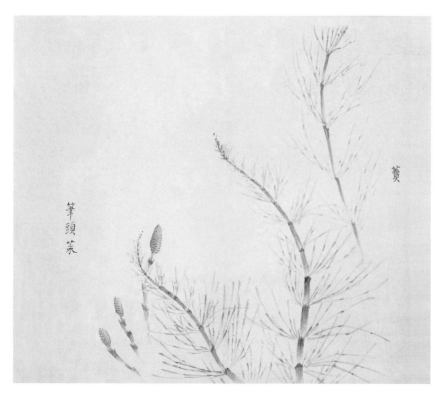

莫　即图中的"笔头菜",现名酸模,俗名野菠菜,多年生草本。因为含有丰富的维生素 A、维生素 C 及草酸,所以有酸溜口感,常用于料理调味。

藚　泽泻,多年生草本。生浅水中。中医入药,亦可食用。

彼汾沮洳¹　言采其莫²　　　汾水岸边湿地上　采来莫菜水汪汪

彼其之子³　美无度⁴　　　就是那位采菜人　美得简直没法讲

美无度　殊异乎公路⁵　　　美得简直没法讲　他和"公路"大两样

彼汾一方　言采其桑　　　汾水岸边斜坡上　桑叶青青采撷忙

彼其之子³　美如英⁶　　　就是那位采桑人　美得好像花一样

美如英　殊异乎公行⁷　　　美得好像花一样　他和"公行"不相像

1　汾：水名，在今山西中部，西南流入黄河。　沮洳：水旁低湿的地方。

2　莫：野菜名。《孔疏》引陆玑曰："莫，茎大如箸，赤节，节一叶，似柳叶，厚而长，有毛刺……始生，可以为羹，又可生食。"

3　彼、之：都是第三人称代词，重复以加重语气。这里指采菜的人。王先谦《诗三家义集疏》："之子，指采菜之贤者。"　其：语助词。

4　无度：犹无比。

5　殊：非常。　公路：官名。管魏君路车的官。

6　英：花。俞樾《群经平议》："英，读如'颜如舜英'之英。"

7　公行：管兵车的官。

彼汾一曲⁸　言采其藚⁹　　　汾水河边曲岸旁　采那泽泻浅水上

彼其之子　美如玉　　　　　就是那位采药人　美如冠玉真漂亮

美如玉　殊异乎公族¹⁰　　　美如冠玉真漂亮　他和"公族"不一样

8　曲：水流曲处。

9　藚：泽泻。

10　公族：管宗族的官。公路、公行、公族，都由贵族子弟充任。他们职位、俸
　　禄是世袭的，是一群坐食的剥削者。

园有桃

【题解】

　　这是一首没落贵族忧贫畏饥的诗。人家称他为"士"，可能是一位知识分子。他没落了，穷得没饭吃，只好摘园中的桃、枣充饥。他讥刺时政，不满现实。人家批评他骄傲反常，自以为是。他反说人家不了解他。他精神上痛苦异常，只有用丢开一切，什么都不想的办法来安慰自己。诗反映了当时魏国"士"的经济地位和思想情况。

园有桃　　其实之殽[1]		园里有株桃　采食桃子也能饱
心之忧矣　　我歌且谣[2]		穷愁潦倒心忧伤　聊除烦闷唱歌谣
不知我者　　谓我"士也骄"[3]		不了解我人笑我　说我"先生太骄傲"
彼人是哉[4]　　子曰何其"[5]		朝廷政策可没错　你又为啥多唠叨
心之忧矣　　其谁知之		穷愁潦倒心忧伤　谁能了解我苦恼
其谁知之　　盖亦勿思[6]		既然无人了解我　何不把它全抛掉

1　之：是。　殽：烧好的菜。这里当动词"吃"用。朱熹《诗集传》："殽，食也。"

2　歌、谣：有乐调配唱的叫作歌，没有乐调配唱的叫作谣。《毛传》："曲合乐曰歌，徒歌曰谣。"这里只是泛称，作"歌唱"解。

3　士：古代下层官僚或知识分子的通称。　也：语中助词。

4　彼人：指执政者。　是：对，正确。

5　子：你，指作者。　其：语助词。何其，什么缘故。

6　盖：通"盍"，"何不"的合音。　亦：语助词。

园有棘[7]　其实之食　　　　　园里有株枣　采食枣子也能饱

心之忧矣　聊以行国[8]　　　　穷愁潦倒心忧伤　聊除烦闷去游遨

不知我者　谓我"士也罔极[9]　不了解我人笑我　说我"先生违常道

彼人是哉　子曰何其"　　　　朝廷政策可没错　你又为啥多唠叨"

心之忧矣　其谁知之　　　　　穷愁潦倒心忧伤　谁能了解我苦恼

其谁知之　盖亦勿思　　　　　既然无人了解我　何不把它全忘掉

7　棘：酸枣树。

8　行国：行游国中。朱熹《诗集传》："聊，且略之辞。歌谣之不足，则出游于国
中而写忧也。"

9　罔极：无常。

陟 岵

【题解】

　　这是一位征人思家的诗。诗人不直接写征人思家，却写征人想象家人对他挂念叮嘱，比直述法更为动人。它表现了劳动人民对当时统治者搞强迫服役的极端憎恨。

陟彼岵兮[1]　　瞻望父兮　　　　　　登上青山岗　远远把爹望
zhì hù

父曰　"嗟予子[2]　　　　　　　　　好像听见爹嘱咐　"孩子啊

行役夙夜无已[3]　　上慎旃哉[4]　　　早晚不停你真忙　可要小心保安康
zhān

犹来无止"[5]　　　　　　　　　　　回来吧，不要滞留在他方"

陟彼屺兮[6]　　瞻望母兮　　　　　　登上秃山顶　遥望我母亲
zhì qǐ

母曰　"嗟予季[7]　　　　　　　　　好像听见娘叮咛　"孩子啊

1　岵：多草木的山。

2　这句是诗人想象他父亲说的话。下章的"母曰"、"兄曰"，与此同。

3　已：停止。

4　上：即"尚"，《鲁诗》作"尚"，希望。　慎：谨慎，带有保重的意思。　旃：之、焉的合声，语助词。

5　犹来：还是回来的好。　无：同"毋"，不要。　止：停留。

6　屺：没有草木的山。

7　季：小儿子。

行役夙夜无寐 ⁸　上慎旃哉

犹来无弃"

early不睡真苦辛　身体千万要当心

回来吧，不要忘记你娘亲"

陟彼冈兮　瞻望兄兮

兄曰　"嗟予弟

行役夙夜必偕 ⁹　上慎旃哉

犹来无死"

登上高山岗　遥望我兄长

好像听见我哥讲　"兄弟啊

早晚服役神太伤　当心身体保安康

回来吧，不要尸骨埋他乡"

8　无寐：没有睡觉的时间。

9　偕：俱，一样。

十亩之间

【题解】

　　一群采桑女子，在辛勤紧张的劳动后，轻松悠闲，三五成群，结伴同归途中所唱的歌。

十亩之间兮[1]　　桑者闲闲兮[2]　　宅间十亩绿桑园　采桑姑娘已空闲

行与子还兮[3]　　　　　　　　　　走吧咱们一道回家转

十亩之外兮　　桑者泄泄兮[4]　　宅外十亩绿桑林　采桑姑娘一群群

行与子逝兮[5]　　　　　　　　　　走吧咱们一道回家门

1　十亩：是举成数，不是确数。　之间：古代种桑多在房舍的墙边或空地上。《孟子》："五亩之宅，树墙下以桑。"

2　桑者：采桑的人。按《诗经》中写采桑的劳动，多由妇女担任，桑者，当是采桑女。　闲闲：宽闲，从容不迫的样子。

3　行：走。王引之训为"且"，亦可通。

4　泄泄：人多的样子。《毛传》："泄泄，多人之貌。"

5　逝：往，回去。

伐 檀

【题解】

这是一首魏国劳动人民讽刺剥削阶级不劳而获的诗。一群工匠，在河边伐木，给剥削者造车。这时，唱起了这首劳动即兴诗歌。他们尖锐地揭露剥削制度的不合理现象：一些人服劳役；一些人不劳而获。表达了对剥削、寄生的奴隶主的憎恨和反抗的精神。由于表达激昂感情的需要，诗打破了四言的形式，形成了杂言的体裁。这是《诗经》中斗争性最强烈的一首现实主义作品。

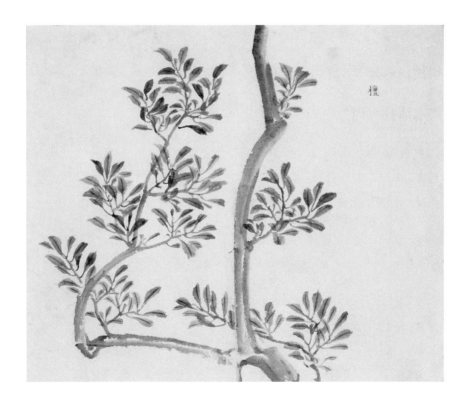

檀　　大乔木。心材红褐色至紫红褐色，常具黑褐色同心圆状条纹。木材质地紧密坚硬，强度较高，色彩绚丽多变，香气芬芳永恒，耐腐，因此是十分珍稀的木材之一。

坎坎伐檀兮[1]　寘之河之干兮[2]　　砍伐檀树响叮当　放在河边两岸上

河水清且涟猗[3]　　　　　　　　　　河水清清起波浪

不稼不穑[4]　胡取禾三百廛兮[5]　　不种田又不拿镰　为啥粮仓三百间

不狩不猎[6]　胡瞻尔庭有县貆兮[7]　不出狩又不打猎　为啥猪獾挂你院

彼君子兮[8]　不素餐兮[9]　　　　　那些大人老爷们　不是白白吃闲饭

坎坎伐辐兮[10]　寘之河之侧兮　　叮叮当当砍檀树　放在河边做车辐

河水清且直猗[11]　　　　　　　　河水清清波浪舒

1　坎坎：伐木声，摹声词。

2　干：岸。

3　涟：同"澜"，大波。《尔雅》引《诗》作"澜"。　猗：同"兮"，语气词。猗、
　　兮古通用，《书》："断断猗。"《大学》引作"兮"。

4　稼：耕种。　穑：收割。

5　胡：何，为什么。　廛：农民住的房。《周官·地官·遂人》："夫一廛，田百
　　亩。"此三百廛言其多，不一定是确数。

6　狩、猎：冬天打猎叫狩，夜里打猎叫猎。这里是泛指打猎。

7　庭：院子。　县：同"悬"。　貆：小貉。

8　君子：指剥削者，即上文的"尔"。

9　素餐：白吃饭。君子本来都是白吃饭不干活的，这里说他不白吃饭，是诗人
　　故意用反话讥刺。

10　辐：车轮中凑集于中心毂上的直木。

11　直：《毛传》："直，直波也。"

不稼不穑	胡取禾三百亿兮[12]	不种田又不拿镰	为啥聚谷百亿万
不狩不猎	胡瞻尔庭有县特兮[13]	不出狩又不打猎	为啥大兽挂你院
彼君子兮	不素食兮[14]	那些大人老爷们	不是白白吃闲饭

坎坎伐轮兮[15]	寘^{zhì}之河之漘^{chún}兮[16]	砍伐檀树响声震	放在河边做车轮
河水清且沦猗[17]		河水清清起波纹	
不稼不穑	胡取禾三百囷^{qūn}兮[18]	不种田又不拿镰	为啥粮仓间间满
不狩不猎	胡瞻尔庭有县鹑^{chún}兮[19]	不出狩又不打猎	为啥鹌鹑挂你院
彼君子兮	不素飧^{sūn}兮[20]	那些大人老爷们	不是白白吃闲饭

12 亿：周代以十万为亿。指禾把的数目。《郑笺》："禾秉之数。"

13 特：四岁的兽，指大兽。

14 素食：与素餐同义。

15 轮：车轮。

16 漘：水边。

17 沦：微波。

18 囷：圆形的粮仓；亦名囤。此"三百囷"与上文"三百廛"、"三百亿"皆非确数。

19 鹑：鸟名，今名鹌鹑。

20 飧：熟食。素飧，与上"素餐"、"素食"同义。

硕 鼠

【题解】

　　这首诗写农民不堪统治者的残酷剥削，幻想美好的社会。王先谦《诗三家义集疏》："鲁说曰：'履亩税而《硕鼠》作。'（王符《潜夫论·班禄篇》）齐说曰：'周之末涂，德惠塞而耆欲众，君奢侈而上求多，民困于下，怠于公事，是以有履亩之税，《硕鼠》之诗是也。'（桓宽《盐铁论·取下篇》）"他的考证说明了诗的社会背景。所谓履亩税，是指原来农民每年要出劳役为公田耕种，私田百亩可不纳税；现在除了服役公田，私田还要纳实物的十分之一为税。《硕鼠》一诗就是在这种双重剥削的制度下产生的。农民负担太重，实在难以忍受，就幻想到美好的理想国去。

硕鼠硕鼠[1]	无食我黍	大老鼠呀大老鼠	不要吃我种的黍
三岁贯女[2]	莫我肯顾[3]	多年辛苦养活你	我的生活你不顾
逝将去女[4]	适彼乐土[5]	发誓从此离开你	到那理想新乐土
乐土乐土	爰得我所[6]	新乐土呀新乐土	才是安居好去处

1　硕鼠：大老鼠。有人说硕鼠即鼫鼠，是专吃谷物的大田鼠。亦通。

2　三岁：不是确指，多年之意。　贯：宦的假借字，《鲁诗》作"宦"，侍奉，即养活之意。　女：通"汝"，指统治者。

3　莫：不。这句是"莫肯顾我"的倒文。下文的"莫我肯德"、"莫我肯劳"亦同。

4　逝：通"誓"。《郑笺》："逝，往也。往矣将去女，与之诀别之辞。"说亦可通。去女：离开你。

5　适：往。　乐土：是诗人想象中的无剥削无压迫的理想国。下章的"乐国"、"乐郊"与此同。

6　爰：乃、就。

硕鼠硕鼠	无食我麦	大老鼠呀大老鼠	不要吃我大麦粒
三岁贯女	莫我肯德[7]	多年辛苦养活你	拼死拼活谁感激
逝将去女	适彼乐国	发誓从此离开你	到那理想新乐邑
乐国乐国	爰得我直[8]	新乐邑呀新乐邑	劳动价值归自己

硕鼠硕鼠	无食我苗	大老鼠呀大老鼠	不要吃我种的苗
三岁贯女	莫我肯劳[9]	多年辛苦养活你	流血流汗谁慰劳
逝将去女	适彼乐郊	发誓从此离开你	到那理想新乐郊
乐郊乐郊	谁之永号[10]	新乐郊呀新乐郊	有谁去过徒长号

7　德：感激之意。

8　直：通"值"。

9　劳：慰劳。

10　之：往。　永号：长叹。

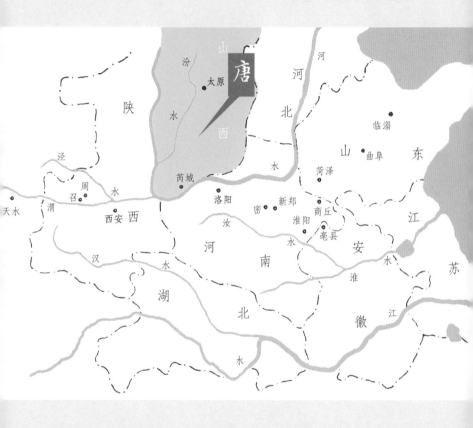

唐風

周成王封他的季弟姬叔虞于唐，唐地有晋水，所以后来国号改称晋。唐风就是晋风。

《唐风》共十篇。其中《扬之水》是写晋昭侯封他叔父成师于曲沃（今山西闻喜县），后来曲沃势力大过了晋侯，就想搞政变。《左传》桓公二年："晋始乱，故封桓叔于曲沃。"这样看起来，《唐风》可能产生于东周和春秋时候。

唐在今山西中部太原一带地方，即翼城、曲沃、绛县、闻喜等地区。朱熹说："其地土瘠民贫，勤俭质朴，忧深思远。"（《诗集传》）他确说出了《唐风》的特点。晋自从分封曲沃后，晋君和成师系统的斗争，足足乱了六七十年。人民过着动荡不安的生活，加上地瘠民贫，在诗歌上就表现为消极颓废、失望求助的情绪。

唐风

蟋蟀

【题解】

这是一首岁暮述怀的诗。作者可能是一位"士",带有光阴易逝、及时行乐的思想。但他并不是一味沉湎、堕落的贵族,还想到自己的职责,关心国家大事,表示要虚心向"好乐无荒"的"良士"学习。这一点还是可取的。但诗的艺术性不如民歌那样生动。

蟋蟀　　昆虫类,也叫促织。黑褐色,触角很长,后腿粗大,善于跳跃。雄的善鸣,好斗。

蟋蟀在堂¹　　岁聿其莫²　　　蟋蟀进房天气寒　岁月匆匆近年关

今我不乐　　日月其除³　　　今不及时去寻乐　光阴一去再不还

无已大康⁴　　职思其居⁵　　　过度安乐也不好　还是要把工作干

"好乐无荒"⁶　　良士瞿瞿⁷　　　"不荒正业又娱乐"　贤士警语记心间

蟋蟀在堂　　岁聿其逝⁸　　　蟋蟀进房天气寒　一年匆匆将过完

今我不乐　　日月其迈⁹　　　今不及时去寻乐　光阴一去再不还

1　在堂：蟋蟀本在野外，进入堂屋说明天寒岁暮，即《豳风·七月》"九月在户"。按周代建子，以农历十月为岁暮，农历十一月即为次年的正月。

2　聿：含有"遂"（就）意，语助词。　莫：即暮，古今字。其莫，犹言"将尽"。

3　日月：指光阴。　除：去。

4　已：甚，过度。　大：同"泰"，泰康，安乐。

5　职：尚，还要。马瑞辰《通释》："《尔雅·释诂》：'职，常也。'常从尚声，故职又通作尚。"　居：担任的职位。

6　好：爱好。　荒：荒废。

7　瞿瞿：惊顾的样子，含有警惕的意思。

8　逝：去。

9　迈：逝去。

无已大康　　职思其外[10]　　　　过度安乐也不好　份外事儿也要干

"好乐无荒"　良士蹶蹶[11]　　　　"不荒正业又娱乐"　贤士勤快是模范

（guì guì）

蟋蟀在堂　　役车其休[12]　　　　蟋蟀进房天气寒　出差车儿将回转

今我不乐　　日月其慆[13]　　　　今不及时去寻乐　光阴一去再不还

（tāo）

无已大康　　职思其忧[14]　　　　过度安乐也不好　战争可忧莫小看

"好乐无荒"　良士休休[15]　　　　"不荒正业又娱乐"　贤士爱国真好汉

10　外：自己职务以外的事。苏辙《诗经传》："既思其职，又思其职之外。"

11　蹶蹶：动作敏捷的样子。《毛传》："蹶蹶，动而敏于事。"

12　役车：服役的车子。　其休：将要休息，指行役的人当还。这是岁暮的象征。

13　慆：逝去。

14　忧：可忧的事。春秋时候，最可忧的事，是诸侯国之间的战争。所以《郑笺》
　　说："忧者，谓邻国侵伐之忧。"

15　休休：希望和平的心情。

山有枢

【题解】

这是一首讥刺嘲笑守财奴的诗。唐地的剥削者剥削了许多东西，他们吃的、穿的、住的、用的、玩的，样样都有，却舍不得享用。人民极端厌恶这些守财奴，嘲笑说：等你死了，什么东西都要供别人享用了。

枢　　即刺榆，落叶小乔木。树皮深灰色或褐灰色，叶椭圆形或椭圆状矩圆形，结黄绿色小坚果，斜卵圆形。适应性强，萌蘖能力强，生长速度较慢，为干旱瘠薄地带的重要绿化树种。

榆　　　落叶乔木。叶卵形，花有短梗，翅果倒卵形，称榆荚、榆钱。木材坚实，可制器物或供建筑用。果实、树皮和叶可入药，可食。

山有枢¹　隰有榆²　　　　山上刺榆长　低地白榆香

子有衣裳　弗曳弗娄³　　　你有衣来又有裳　不穿不著放在箱

子有车马　弗驰弗驱⁴　　　你有车来又有马　不乘不骑闲置放

宛其死矣⁵　他人是愉⁶　　　有朝眼闭腿一伸　别人享受喜洋洋

山有栲⁷　隰有杻⁸　　　　山上栲树长　低地檍树香

子有廷内⁹　弗洒弗埽¹⁰　　　你有院来又有房　不去打扫随它脏

1　枢：《鲁诗》作"苨"，都是椒的借字，有刺的榆树，亦名刺榆。

2　隰：低洼的地。

3　曳：拖。　娄：《鲁诗》、《韩诗》都作"搂"，牵。按拖、牵都是穿衣的动作，
　　这里是泛指"穿"。

4　驰、驱：车马急走。

5　宛：苑字的假借，枯萎。《淮南子·俶真训》："形苑而神壮。"高诱注："苑，枯
　　病也。"

6　愉：乐，享受。

7　栲：树名，常绿高大乔木，木质坚密，皮可制栲胶或染鱼网。

8　杻：亦名檍，梓一类的树。胡承珙："檍，《说文》作櫄，梓属。大者可为棺
　　椁，小者可为弓材。"

9　廷：通"庭"，院子。　内：指堂室。

10　埽：同"扫"。

杻　　即檍树。又名木橿、万年木。朱熹集传谓："叶似杏而尖，白色，皮正赤，其理多曲少直，材可为弓弩干者也。"

子有钟鼓	弗鼓弗考 [11]	你有钟来又有鼓	不敲不打没音响
宛其死矣	他人是保 [12]	有朝眼闭腿一伸	空为别人省一场

山有漆 [13]	隰有栗 (xí)	山上漆树长	低地栗树香
子有酒食	何不日鼓瑟	你有美酒和好菜	何不奏乐又宴享
且以喜乐 [14]	且以永日 [15]	姑且用它来寻乐	姑且用它度时光
宛其死矣	他人入室	有朝眼闭腿一伸	别人就要进你房

11 考：敲击。

12 保：占有。

13 漆：漆树。

14 且：姑且。

15 永日：延长岁月。朱熹《诗集传》："人多忧，则觉日短，饮食作乐，可以永长此日也。"

扬之水

【题解】

这是一首揭发、告密晋大夫潘父和曲沃桓叔勾结搞政变阴谋的诗。据《史记·晋世家》记载，晋昭侯元年（前745年），昭侯封他的叔父成师于曲沃，号为桓叔，后势力强大。昭侯七年（前738年），晋大夫潘父和桓叔密谋，杀昭侯而纳桓叔。桓叔欲入晋，晋人发兵攻桓叔。桓叔败归曲沃。这首诗可能是在潘父和桓叔策划政变的时候写的。诗的作者看来是个知情者，但他忠于昭公，巧妙地进行了告密。

扬之水[1]　白石凿凿[2]	河水悠悠缓慢行	水底白石多鲜明
素衣朱襮[3]　从子于沃[4]	身穿白衫红衣领	跟他一道到沃城
既见君子[5]　云何不乐	一同拜见曲沃君	怎不高兴笑盈盈

（bó）

1　扬之水：悠缓而流的水。

2　凿凿：鲜明貌。

3　素衣朱襮：白缯的内衣，红边的衣领。素衣、襮是诸侯的服饰，潘父是大夫，他也穿起诸侯的衣服。暗示他是这次政变的内应者。

4　子：你，指潘父。　于：往，到。　沃：曲沃，在今山西省闻喜县东，是桓叔的封地。这位诗人可能是潘父随从者之一。

5　君子：指桓叔。

扬之水	白石皓皓[6]	河水悠悠缓慢行	水底白石多洁净
素衣朱绣[7]	从子于鹄[8]	身穿白衫绣衣领	跟他一道到鹄城
既见君子	云何其忧	一同拜见曲沃君	还有什么不高兴

扬之水	白石粼粼[9]	河水悠悠缓慢行	水底白石多晶莹
我闻有命	不敢以告人[10]	听说将有政变令	严守机密不告人

6　皓皓：洁白貌。

7　绣：红边领上绣上五彩花纹。

8　鹄：同"皋"，即曲沃。马瑞辰《毛诗传笺通释》："鹄，古通作皋，泽也，皋也，沃也，盖析言则异，散言则通。"

9　粼粼：清澈的样子。

10　不敢以告人是门面话，实际上已经借诗向昭公告密了。严粲《诗缉》："言不敢告人者，乃所以告昭公。"

椒 聊

【题解】

这是一首赞美妇女多子的诗。椒多子，所以，汉朝人用椒房这名词称皇后住的房屋，取其多子吉祥之意。古代以多子为福，这首诗也是用椒起兴，贺妇女多子。

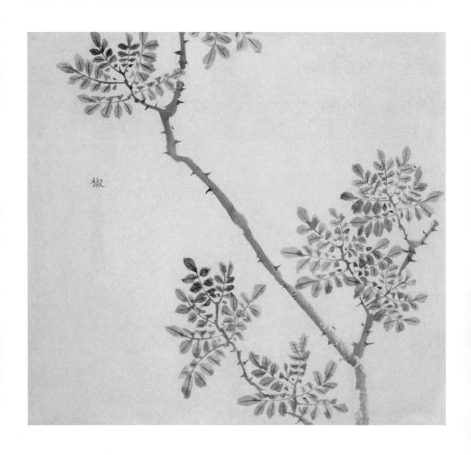

椒　　　花椒。落叶灌木或小乔木，具有香气。单数羽状复叶。果实可做调味的香料，也可供药用。其
　　　　种子亦用以和泥涂壁。

椒聊之实[1]　　蕃衍盈升[2]　　　　花椒串串挂树上　结子繁盛满升量

彼其之子　　硕大无朋[3]　　　　这位妇人子孙多　身材高大称无双

椒聊且[4]　　远条且[5]　　　　　花椒一囊囊　远闻扑鼻香

椒聊之实　　蕃衍盈匊[6]　　　　花椒串串已成熟　结子繁盛捧不够

彼其之子　　硕大且笃[7]　　　　这位妇人子孙多　身材高大又肥厚

椒聊且　　远条且　　　　　　　花椒一兜兜　远远暗香透

1　椒：花椒。　聊：同"莍"，亦作朻、梂，草木结成一串串果实（从阮元《揅经室集》、胡承珙《毛诗后笺》说）。

2　蕃衍：繁盛众多。　盈：满。　升：量器名。

3　硕：大。　无朋：无比。

4　且：语助词，用于句末。

5　远条：条古与修通用，古本《诗经》作"远修且"。修，长，指香气传得远（从马瑞辰说）。

6　匊：古掬字，两手合捧。

7　笃：厚，厚实；这里用于形容妇人的肥胖。

绸 缪

【题解】

这是一首祝贺新婚的诗。它和一般贺婚诗有些不同，带有戏谑、开玩笑的味道；大约是民间闹新房的口头歌唱。

绸缪束薪¹ 三星在天²	把把柴草紧紧缠 三星高高天上闪
今夕何夕³ 见此良人⁴	今天夜里啥日子 见这丈夫欢不欢
子兮子兮⁵ 如此良人何⁶	叫新娘，问新娘 你把丈夫怎么办
绸缪束刍⁷ 三星在隅⁸	把把野草密密缠 三星遥遥天边闪

1　绸缪：紧密缠缚的意思。　束薪：一捆捆的柴草。束薪、束刍、束楚，都象征结婚。

2　三星：三是虚数，不是实指。有人说，三与"参"古通，指参星，亦通。三星在天，是描写结婚之夜。

3　今夕何夕：是闹新房的人故意戏问新娘的话。

4　良人：古代妇女称夫为良人。《仪礼》郑注："妇女称夫曰良。"《孟子·离娄》："良人者，所仰望而终身也。"

5　子兮：你呀。这是闹新房者呼新娘之词。有人将"子"解为"嗟嗞"的叹词，说亦可通。

6　如……何：把……怎么样。《孔疏》："如何，犹奈何。"

7　刍：是结婚时用它喂亲迎马的草料。束刍，一捆捆的草。

8　隅：指天的东南边。朱熹："昏现之星至此，则夜久矣。"

今夕何夕　　见此邂逅[9]　　　今天夜里啥日子　两口心里甜不甜

子兮子兮　　如此邂逅何　　　叫新娘，问新郎　你把爱人怎么办

绸缪束楚[10]　三星在户[11]　　把把荆条细细缠　三星低低门上闪

今夕何夕　　见此粲者[12]　　　今天夜里啥日子　见这美人恋不恋

子兮子兮　　如此粲者何　　　叫新郎，问新郎　你把美人怎么办

9　邂逅：本义是会合，引申为"悦"，这里用它作名词，指可爱的人，可简称为
　　"爱人"。

10　楚：荆条。

11　户：朱熹："户，室户也。户必南出，昏现之星至此，则夜分矣。"

12　粲者：美人。粲，古字作奻，《说文》："三女为奻，奻，美也。"

杕 杜

【题解】

　　这是一个孤独的流浪者求助不得的感伤诗。他自伤失去了兄弟，路上虽有很多和他同走的人，但谁也不愿亲近他、援助他。有人认为这是一篇乞食者之歌，说亦可通。

有杕之杜¹　其叶湑湑²　　　　一株杜梨虽孤零　还有叶子密密生

独行踽踽³　岂无他人　　　　独自行走冷清清　难道没人同路行

不如我同父⁴　　　　　　　　不如同胞骨肉亲

嗟行之人⁵　胡不比焉⁶　　　可叹处处陌路人　为何不来近我身

人无兄弟　胡不佽焉⁷　　　有人生来没兄弟　为何不肯怜我贫

1　杕：孤生独特的样子。　杜：杜梨，棠梨。蔷薇科落叶乔木，枝有刺，果实小而酸。

2　湑湑：树叶茂盛的样子。

3　踽踽：无亲独行的样子。

4　同父：朱熹《诗集传》释为："兄弟也。"

5　行：道路。

6　比：亲。有人解作辅助，亦通。

7　佽：资助。

有杕之杜　其叶菁菁[8]　　　一株杜梨虽孤零　还有叶子青又青

独行睘睘[9]　　岂无他人　　　独自行走苦伶仃　难道没人同路行

不如我同姓[10]　　　　　　　　不如同胞骨肉亲

嗟行之人　胡不比焉　　　　可叹处处陌路人　为何不来近我身

人无兄弟　胡不佽焉　　　　有人生来没兄弟　为何不肯怜我贫

8　菁菁：树叶茂盛的样子。

9　睘睘：同"茕茕"，孤独无所依靠的样子。

10　同姓：同母兄弟。马瑞辰《毛诗传笺通释》："女生曰姓，此诗同姓，对前章同
　　父而言，又据下文人无兄弟而言。同姓，盖谓同母生者。"

羔 裘

【题解】

这大约是一个贵族婢妾反抗主人的诗。

羔裘豹袪¹　自我人居居²　　羔袍袖口镶豹毛　对我傲慢气焰高

岂无他人　维子之故³　　难道没有别的人　非要同你才相好

羔裘豹褎⁴　自我人究究⁵　　羔袍豹袖显贵人　态度恶劣气焰盛

岂无他人　维子之好　　难道没有别人爱　非同你好就不成

1　豹袪：镶着豹皮的袖口。这是古代卿大夫的服饰。

2　自：对于。　我人：我们。　居居：借为倨倨，态度傲慢。

3　维：同"惟"，只。　子：你，指这个大夫。　之：是。　故：借作姻，爱。
有人说，"故"指故旧，亦通。

4　褎：同"袖"。

5　究究：心怀恶意不可亲近的样子，也是傲慢的意思。

鸨 羽

【题解】

　　这是一首农民反抗无休止的徭役制度的诗。农民不能在家从事生产，父母生活无保障，诗人怨极呼天。这不仅反映了"王事"给人民带来的负担和灾难，也表现了劳动人民向往安居乐业、全家团聚的生活。

鸨　　鸟类。似雁而略大，头小，颈长，背部平，翅膀阔，尾巴短。羽色颈部为淡灰色，背部有黄褐和黑色斑纹，腹面近白色。常群栖草原地带，飞止有行列，善奔跑，能涉水。羽毛可作装饰品。

肃肃鸨羽¹ 集于苞栩²　　大雁沙沙展翅膀　　落在丛丛柞树上

王事靡盬³ 不能艺稷黍⁴　　国王差事做不完　　不能在家种黍粱

父母何怙⁵　　　　　　　　　爹娘生活靠谁养

悠悠苍天 曷其有所⁶　　　　抬头遥问老天爷　　啥时才能回家乡

肃肃鸨翼 集于苞棘⁷　　　大雁沙沙拍翅膀　　落在丛丛棘树上

王事靡盬 不能艺黍稷　　　　国王差事做不完　　不能在家种黍粱

父母何食　　　　　　　　　　　爹娘吃饭哪来粮

悠悠苍天 曷其有极⁸　　　　抬头遥问老天爷　　劳役期限有多长

1　肃肃:鸟摇动翅膀的声音。　鸨:似雁而大,脚上没有后趾,所以不能在树上稳定地栖息。陆玑:"鸨连蹄,性不树止。"

2　集:栖息。　苞:草木丛生。　栩:柞树。

3　靡:没有。　盬:止息。

4　艺:种植。

5　怙:恃,依靠。

6　曷:何。　所:处所。此句言何时才能安居。

7　棘:酸枣树。

8　极:尽头。

肃肃鸨行⁹　集于苞桑　　　大雁沙沙飞成行　落在密密桑树上

王事靡盬　不能艺稻粱　　　国王差事做不完　不能在家种稻粱

父母何尝　　　　　　　　哪来粮食养爹娘

悠悠苍天　曷其有常¹⁰　抬头遥问老天爷　啥时生活能正常

9　鸨行：鸨鸟飞的行列。马瑞辰《通释》："鸨行，犹雁行也。雁之飞有行列，而鸨似之。"

10　常：正常。

无 衣

【题解】

这是一首览衣感旧或伤逝的诗。这位被称为"子"的制衣者，当是一位女性。细玩诗的内容和风格，似属于民间口头创作。旧说是晋武公篡位后，他的大夫写给周厘王的官吏或使者的诗，恐皆附会。

岂曰无衣七兮¹　　　　　　难道说我今天缺衣少穿

不如子之衣²　　　　　　叹只叹都不是你的针线

安且吉兮³　　　　　　怎比得你做的舒坦美观

岂曰无衣六兮　　　　　　难道说我今天缺衣少穿

不如子之衣　　　　　　叹只叹都不是旧日衣冠

安且燠兮⁴　　　　　　怎比得你做的舒服温暖

1　七：虚数，指衣之多。下章的六同此。

2　子：您。指这位制衣者。

3　安：安舒，舒适。　吉：善，美。

4　燠：暖和。

有杕之杜

【题解】

　　这是一首恋歌，一个女子看中了对象，希望他来到身旁，招待他吃喝。旧说刺晋武公，当非诗意。

有杕之杜¹（dì）　生于道左²　　　一株杜梨独自开　长在左边道路外

彼君子兮　　噬肯适我³（shì）　不知我那心中人　可肯到我这里来

中心好之　　曷饮食之⁴　　　心里既然爱着他　何不请他喝一杯

有杕之杜^{（dì）}　生于道周⁵　　　一株杜梨独自开　长在右边道路外

彼君子兮　　噬肯来游⁶（shì）　不知我那心中人　可肯出门看我来

中心好之　　曷饮食之　　　心里既然爱着他　何不请他喝一杯

1　有杕之杜：孤生独特的杜梨。

2　道左：道路的左边，古人以东为左。

3　噬：通"逝"，语首助词。　适：之，到。

4　曷：同"盍"，何不。

5　周：右的假借。《韩诗》云："周，右也。"

6　来游：来观，来看我。《毛传》："游，观也。"

葛 生

【题解】

这是一位妇人悼念丈夫的诗。诗句悱恻伤痛，感人至深，不愧为悼亡诗之祖。

薇　　多年生蔓生草本，叶子多而细，五月开花，七月结球形浆果，根入药。

葛生蒙楚¹　蔹蔓于野²　　葛藤爬满荆树上　蔹草蔓延野外长

予美亡此³　谁与独处⁴　　我爱已离人间去　谁人伴我守空房

葛生蒙棘　蔹蔓于域⁵　　葛藤爬满枣树上　蔹草蔓延墓地旁

予美亡此　谁与独息　　我爱已离人间去　谁人伴我睡空房

角枕粲兮⁶　锦衾烂兮⁷　　角枕晶莹作陪葬　敛尸锦被闪闪光

予美亡此　谁与独旦⁸　　我爱已离人间去　谁人伴我到天亮

1　蒙：覆盖。　楚：荆树。

2　蔹：草名，它和葛藤都是蔓生植物，必须依附在大树上才能生存。　蔓：蔓延。

3　予美：犹今言"我爱"，妇人称她的丈夫。　亡：不在。

4　谁与：谁和我同居。有人说，这句是说"谁伴死者孤独地长眠地下呢？"可备一说。

5　域：墓地。

6　角枕：用兽骨做装饰的枕头，死者所用。　粲：同"灿"，华美鲜明的样子。

7　锦衾：用锦做的被子，敛尸用的。

8　独旦：独睡到天亮。

夏之日　　冬之夜　　　　　夏嫌白昼长　冬季夜漫漫

百岁之后⁹　归于其居¹⁰　　　但愿百年我死后　到你坟里再相见

冬之夜　　夏之日　　　　　冬季夜漫漫　夏嫌白昼长

百岁之后　　归于其室¹¹　　但愿百年我死后　到你墓里共相傍

9　百岁之后：指死后。

10　居：指死者住的地方，即坟墓。

11　其室：指死者的坟墓。

采 苓

【题解】

这是劝人不要听信谗言的诗。旧说刺晋献公，从诗的本身看不出一定是刺晋献公的。

苓　　甘草。多年生草本，根有甜味，是一种补益中草药。亦可作烟草、酱油等的香料。

采苓采苓[1]	首阳之颠[2]	采甘草呀采甘草	在那首阳山顶找
人之为言[3]	苟亦无信[4]	有人专爱造谣言	千万别信那一套
舍旃舍旃[5] zhān	苟亦无然[6]	别理他呀别睬他	那些全都不可靠
人之为言	胡得焉[7]	有人专爱造谣言	啥也捞不到
采苦采苦[8]	首阳之下	采苦菜呀到处跑	在那首阳山下找
人之为言	苟亦无与[9]	有人喜欢说谎话	千万别跟他一道

1　苓：甘草。《毛传》："采苓，细事也。首阳，幽辟也。细事喻小行也，幽辟喻无征也。"

2　首阳：山名，在今山西永济南；亦名雷首山，与伯夷、叔齐的饿隐处同名而异地。

3　为：通"伪"。为言，谎话。陈奂："古为、伪、讹三字同。《毛诗》本作'为'，读作'伪'也。为言，即谗言，所谓小行无征之言也。"

4　苟：诚，确实。陈奂："苟亦无信，诚无信也。" 亦：为语助词。 无：同"勿"，不要。

5　舍：抛弃。 旃：犹"之"。

6　无然：无是，不正确。

7　胡：何。

8　苦：菜名，亦名荼。《毛传》："苦，苦荼也。"

9　无与：犹"毋以"，不要赞同。《毛传》："勿用也。"

舍旃舍旃	苟亦无然	别理他呀别睬他	那些全都不可靠
人之为言	胡得焉	有人喜欢说谎话	啥也得不到

采葑采葑[10]	首阳之东	采芜菁呀路迢迢	首阳山东仔细瞧
人之为言	苟亦无从	有人爱说欺诳话	千万不要跟他跑
舍旃舍旃	苟亦无然	别理他呀别睬他	那些全都不可靠
人之为言	胡得焉	有人爱说欺诳话	啥也骗不到

10 葑：菜名，芜菁。

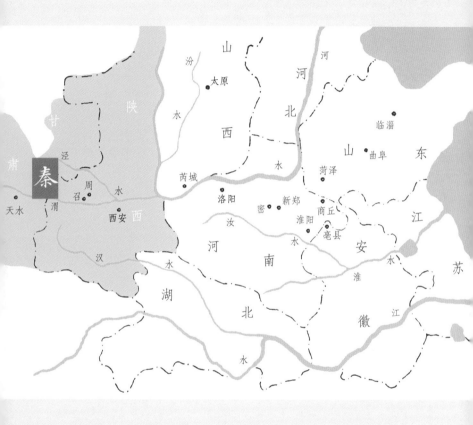

秦風

秦本来是周的附庸。周宣王时，秦仲为大夫，诛西戎，不克，为西戎所杀。平王东迁，秦仲之孙襄公派兵护送他到洛阳，平王封襄公为诸侯，秦才成为一个诸侯国。

《秦风》共十篇。其中《小戎》诗说"其在板屋"，板屋为西戎之地。朱熹说："西戎者，秦之臣子所与不共戴天之仇也。襄公上承天子之命，率其国人往而征之。"是《小戎》一诗，写秦襄公伐戎的事，约在公元前800年左右。又《黄鸟》是秦人揭露斥责秦穆公用人殉葬的诗。《左传》文公六年："秦伯任好卒，以子车氏之三子奄息、仲行、鍼虎为殉，皆秦之良也。国人哀之，为之赋《黄鸟》。"这是公元前621年左右的事。可见《秦风》也是东周末至春秋时的作品。

秦原来占据着甘肃天水一带地方。西周末年，平王东迁，封秦襄公为诸侯，于是秦地就扩大到西周王畿和豳地，即今陕西地区及甘肃东部。《汉书·地理志》说："安定北地，上郡西河，皆迫近戎狄，修习战备，高尚气力，以射猎为先。故秦诗曰：'其在板屋。'又曰：'王于兴师，修我甲兵，与子俱行。'及《车邻》、《驷骥》、《小戎》之篇，皆车马田猎之事。"可见尚武精神，就是《秦风》的特点。

秦风

车 邻

【题解】

这是一首反映秦君腐朽的生活和思想的诗。诗是用一个女性的口吻写的，她可能是秦君宫中的一位婢妾。从她的嘴里，反映了秦君生活、思想的一个片断。

栗

栗　　　落叶乔木。果实为坚果，包在多刺的球状壳斗内。果实可以吃，亦可入药。木材坚实，可供建筑与制器具用。

有车邻邻¹　有马白颠²　　车儿驶过响辚辚　驾车马儿白额顶

未见君子³　寺人之令⁴　　为啥不见君王面　只因寺人没传令

^{bǎn}　　^{xí}
阪有漆⁵　隰有栗⁶　　山坡上面漆树种　低洼地里栗成丛

既见君子　并坐鼓瑟⁷　　总算见到君王面　并坐弹瑟喜相逢

"今者不乐　逝者其耋^{dié}"⁸　　"现在及时不行乐　将来转眼成老翁"

^{bǎn}　　^{xí}
阪有桑　隰有杨　　山坡上面有绿桑　低洼地里长水杨

既见君子　并坐鼓簧⁹　　总算见到君王面　并排坐着吹笙簧

"今者不乐　逝者其亡"¹⁰　　"现在及时不行乐　将来转眼见阎王"

1　邻邻：亦作"辚辚"，车行声。摹声词。《毛传》："邻邻，众车声也。"

2　白颠：白颠马，马额正中有块白毛。

3　君子：这里指秦君。

4　寺人：古代宫中供使令的小臣。《毛传》："寺人，内小臣也。"宫中女没有得到寺人传令，是不能见国君的。

5　阪：山坡。

6　隰：低湿的地。以上两句，是《诗经》中常用的起兴习语，多用它表示爱情。

7　鼓：弹。　瑟：古代弦乐器，有二十五弦。

8　逝者：将来。　耋：八十岁，也有说是六十或七十的。这里是泛指老。

9　簧：笙类乐器中的簧片。

10　俞樾《群经平议》："逝者对今者言，今者谓此日，逝者谓他日也。逝，往也，谓过此以往也。"

驷 驖

【题解】

这是一首描写秦君打猎的诗，大致是秦襄公时（约在公元前777年以后）的作品。诗中的公，当即秦襄公。他当时助平王迁都洛阳，被封为诸侯，遂有周西都畿内岐、丰八百里之地。秦风尚武，逐渐强大。这是诗的社会背景。

驷驖孔阜¹（tiě）	六辔在手²（pèi）	四匹黑马壮又肥　六根缰绳手里垂
公之媚子³	从公于狩⁴	公爷宠爱赶车人　跟他一起去打围
奉时辰牡⁵	辰牡孔硕⁶	兽官放出应时兽　应时野兽个个肥
公曰左之⁷	舍拔则获⁸	公爷喊声"朝左射"　箭发野兽应声坠

1　驷：四马曰驷。　驖：毛黑色、毛尖略带红色的马。　孔：甚，很。　阜：肥大。

2　辔：马缰绳。六辔，《孔疏》："每马有二辔，四马当八辔矣。言六辔者，以骖马内辔纳之于觼，故在手者，惟六辔耳。"

3　公：指秦君。　媚子：所宠爱的人，指驾车者。

4　于：往，去。　狩：冬猎。

5　奉：供给。　时：是，这个。　辰：时，应时。　牡：公兽。此句言兽官"虞人"驱出应时野兽以供秦君打猎。

6　硕：肥大。

7　左之：使之左，指向左边射箭。

8　舍：今作"捨"，放，发。　拔：亦作"栝"，箭的尾部。舍拔，即放开箭的尾部，箭即被弦弹出。

游于北园[9]　　四马既闲[10]　　　　猎罢再去游北园　驾轻就熟马悠闲

<small>yóu</small>　　<small>biāo</small>　　<small>xiǎn</small>
辀车鸾镳[11]　　载猃歇骄[12]　　　　车儿轻快銮铃响　猎狗息在车中间

9　北园：秦国的动物园。陈奂认为古"游"和"田"同义，都是打猎的意思。说
　　亦可通。

10　闲：熟练。《毛传》："闲，习也。"

11　辀车：指战车或田猎的副车。　鸾：通銮，车铃。　镳：马口旁的勒具。《说
　　文》："人君乘车，四马镳，八銮铃。象鸾鸟之声和则敬也。"

12　猃：长嘴巴的猎狗。　歇骄：亦作"猲骄"，短嘴巴的猎狗。朱熹《诗集传》：
　　"以车载犬，盖以休其足力也。"

小 戎

【题解】

这是一位妇女思念她丈夫远征西戎的诗。诗当产生于秦襄公十二年（前766年）襄公伐戎之时。

小戎俴收[1]	五楘梁辀[2]	战车轻小车厢浅	五根皮条缠车辕
游环胁驱[3]	阴靷鋈续[4]	环儿扣儿马具全	拉车皮带穿铜圈
文茵畅毂[5]	驾我骐馵[6]	虎皮垫座车毂长	花马驾车他执鞭
言念君子[7]	温其如玉	想起夫君好人儿	人品温和玉一般

小戎俴收[1]（jiàn）
五楘梁辀[2]（mù zhōu）
阴靷鋈续[4]（yǐn wù）
文茵畅毂[5]（gǔ）
驾我骐馵[6]（zhù）

1 戎：兵车。 俴：浅。 收：轸，车后横木。兵车的车后横木较低，因此，车厢也较浅。

2 楘：有花纹的皮条。 梁辀：车辕。古时马车一根辕，形状弯曲像船，所以叫做梁辀。因为太长，怕它折裂，所以五处用有花纹的皮条箍牢。

3 游环：活动的皮环，结在服马颈套上，贯串两旁骖马的外辔，控制马不乱跑。 胁驱：驾具名，装在马胁两旁的皮扣连在拉车的皮带上。

4 阴：车轼前的横板。 靷：引车前进的皮带，将横板的两根皮条前系于衡，后经过车下，系在车轴上，引车前进。 鋈续：白铜制的环。

5 文茵：用有花纹的虎皮制的车褥子。 畅：长。 毂：车轴伸在两轮之外的部分。

6 骐：青黑色相杂有花纹的马。 馵：白脚的马。

7 君子：指从军的丈夫。

在其板屋⁸　乱我心曲⁹　　如今从军去西戎　　搅得我心烦又乱

四牡孔阜　六辔^{pèi}在手　　四匹马儿肥又大　　六根缰绳手里拿

骐骝^{liú}是中¹⁰　騧骊^{guā}是骖¹¹　　青马红马在中间　　黄马黑马两边驾

龙盾之合¹²　鋈以觼軜^{jué nà 13}　　画龙盾牌双双合　　白铜绳环对对拉

言念君子　温其在邑¹⁴　　想念夫君好人儿　　从军戎地性和洽

方何为期¹⁵　胡然我念之¹⁶　　何日才能凯旋归　　叫我怎么不想他

8　板屋：西戎民俗用木板盖房屋。此处代指西戎，其地在今甘肃一带。《汉书·地理志》："天水郡陇西，山多林木，民以板为室屋。"

9　心曲：心窝。

10　骝：亦作駵，红黑色的马。　中：指驾车四马当中的两匹服马。

11　騧：黑嘴的黄马。　骊：黑色的马，亦称骥。　骖：驾车四马两旁的两匹马。

12　龙盾：画龙的盾牌。　合：两只盾合在一处放在车上。

13　觼：有舌的环。　軜：骖马靠里边的辔。

14　在邑：在西戎的县里。《毛传》："在敌邑也。"

15　方：将。

16　胡然：为什么。

俴驷孔群¹⁷ 厹矛鋈镎¹⁸　　四马协调铁甲轻　酋矛杆柄套铜镦

蒙伐有苑¹⁹ 虎韔镂膺²⁰　　新漆盾牌画毛羽　虎皮弓袋刻花纹

交韔二弓²¹ 竹闭绲縢²²　　两弓交叉袋中放　正弓竹柲绳捆紧

言念君子　载寝载兴²³　　想念夫君好人儿　忽睡忽起不安心

厌厌良人²⁴ 秩秩德音²⁵　　夫君温和又安静　彬彬有礼好名声

17 俴驷：穿薄的青铜甲的四匹马。　孔群：很协调。

18 厹矛：一种有三棱锋刃的长矛。亦作仇矛或酋矛。《释名》："仇矛，头有三叉，言可讨仇敌之矛也。"　镎：亦名镦，矛柄下端的金属套。

19 蒙：覆盖，遮蔽。　伐：通"瞂"，中等大小的盾。　苑：花纹。

20 虎韔：虎皮制的弓袋。　膺：弓袋的正面。严粲："镂膺，镂饰弓室之膺。弓以后为背，则以前为膺。故弓室之前亦为膺耳。"

21 交韔二弓：交叉顺倒两只弓放在弓袋里。

22 闭：通"柲"。竹柲，用竹制成纠正弓弩的工具。　绲：绳。　縢：捆绑。

23 载：通"再"。

24 厌厌：同"恹恹"，安静的样子。　良人：指丈夫。

25 秩秩：有次序的样子。即进退有礼节。　德音：好声誉。

蒹 葭

【题解】

这是一首描写追求意中人而不得的诗。

葭　　初生的芦苇。芦苇，多年生草本植物。生于湿地或浅水，叶子披针形，茎中空，光滑，花紫色。
　　　茎可造纸、葺屋、编席等。根茎叫芦根，可供药用。

蒹葭苍苍¹　白露为霜　　河边芦苇青苍苍　秋深露水结成霜

所谓伊人²　在水一方³　意中人儿在何处　就在河水那一方

溯洄从之⁴　道阻且长⁵　逆着流水去找她　道路险阻又太长

溯游从之⁶　宛在水中央⁷　顺着流水去找她　仿佛在那水中央

蒹葭凄凄⁸　白露未晞^{xī}⁹　河边芦苇密又繁　清晨露水未曾干

所谓伊人　在水之湄¹⁰　意中人儿在何处　就在河岸那一边

1　蒹葭：蒹，没有长穗的芦苇。葭，初生的芦苇。　苍苍：茂盛鲜明的样子。

2　伊人：这人。

3　方：旁。一方，犹云一边。马瑞辰《通释》："方、旁古通用，一方即一旁也。"

4　溯洄：逆着河流向上游走。　从：追，寻求的意思。

5　阻：险阻，障碍。

6　溯游：顺着河流向下走。

7　宛：仿佛，好像。

8　凄凄：同"萋萋"，茂盛的样子。

9　晞：干。

10　湄：水和草交接的地方，也就是岸边。

溯洄从之　　道阻且跻¹¹　　　　逆着流水去找她　道路险阻攀登难

溯游从之　　宛在水中坻¹²　　　　顺着流水去找她　仿佛就在水中滩

蒹葭采采¹³　　白露未已¹⁴　　　　河边芦苇密稠稠　早晨露水未全收

所谓伊人　　在水之涘¹⁵　　　　意中人儿在何处　就在水边那一头

溯洄从之　　道阻且右¹⁶　　　　逆着流水去找她　道路险阻曲难求

溯游从之　　宛在水中沚¹⁷　　　　顺着流水去找她　仿佛就在水中洲

11　跻：升，高起。

12　坻：水中小沙洲。

13　采采：众多的样子。

14　已：止。

15　涘：水边。

16　右：向右转弯，即道路弯曲的意思。

17　沚：水中小沙滩，比坻稍大。

终 南

【题解】

这是一首周地人民劝戒秦君的诗。《国语·郑语》:"平王之末,秦取周土。"《史记·秦本纪》:"平王封襄公为诸侯,赐之岐以西之地。其子文公,遂收周遗民有之。"这首诗可能就是周的遗民写的。诗用含蓄的语句向统治者问道:你将是我们的君主吗?你永远不要忘记这是周的土地和人民呀。

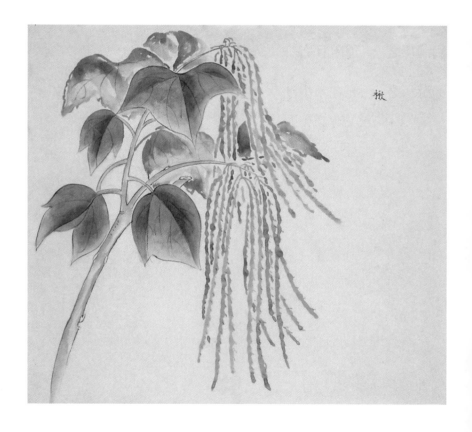

楸　　即诗中的"条",落叶乔木,叶子三角状卵形或长椭圆形,花冠白色,有紫色斑点,木材质地细密。可供建筑、造船等用。

终南何有[1]　有条有梅[2]　　终南山有什么来　又有山楸又有梅

君子至止　锦衣狐裘[3]　　公爷封爵到此地　锦衣狐裘好气派

颜如渥丹[4]　其君也哉[5]　　脸色红润像涂丹　他做君主好是坏

终南何有　有纪有堂[6]　　终南山有什么来　丛丛杞树棠梨开

君子至止　黻衣绣裳[7]　　公爷封爵到此地　绣花衣裙闪五彩
　　　　　　fú

佩玉将将[8]　寿考不忘[9]　　身上佩玉锵锵响　永记我们别忘怀

1　终南：山名，亦名南山。它的主峰在陕西西安城南。

2　条：即楸树。　梅：旧注为楠木。按下章有棠，指棠梨树，这章可能指梅树。

3　锦衣狐裘：当时诸侯的礼服。

4　渥：涂。　丹：赤石制的红料。

5　其君也哉：严粲《诗缉》："'其'者，将然之辞。'哉'者，疑而未定之意。"

6　纪：杞的假借字，杞柳。　堂：棠的假借字，棠梨。三家诗作杞、棠。

7　黻：衣，黑色和青色花纹相间的上衣。　绣裳：用五彩绣成的下裳。都是古
　　代贵族穿的衣服。《毛传》："黑与青谓之黻，五色备谓之绣。"

8　将将：同"锵锵"，佩玉相击的声音。

9　寿考不忘：意指秦君到老不可忘记他的一切是从哪里来的。

黄 鸟

【题解】

这是一首秦国人民挽"三良"的诗。《左传》鲁文公六年："秦伯任好卒（公元前621年），以子车氏之三子奄息、仲行、𫔡虎为殉，皆秦之良也。国人哀之，为之赋《黄鸟》。"《史记·秦本纪》："武公卒……初以人从死，从死者六十六人。……缪（通"穆"）公卒……从死者百七十七人，秦之良臣子舆氏三人名曰奄息、仲行、𫔡虎，亦在从死之中。秦人哀之，为作歌《黄鸟》之诗。"据此记载，可以了解诗的产生年代与背景。全诗在悲惨无告的气氛中，反映了人民对统治者暴虐行为的强烈憎恨，对被害者高度的同情。它是古代挽歌之祖。

黄鸟　　黄雀。雀科金翅雀属。雄鸟上体浅黄带绿，腹部白色而腰部稍黄；雌鸟上体微黄有暗褐条纹。鸣声清脆，可以饲养为观赏鸟。清郝懿行《尔雅义疏》："按此即今之黄雀，其形如雀而黄，故名黄鸟，又名搏黍，非黄离留也。"

交交黄鸟¹	止于棘²	黄雀咬咬声凄凉	飞来落在枣树上

交交黄鸟¹　止于棘²　　　黄雀咬咬声凄凉　飞来落在枣树上

谁从穆公³　子车奄息⁴　　　谁从穆公去殉葬　子车奄息有名望

维此奄息　百夫之特⁵　　　说起这位奄息郎　才德百人比不上

临其穴⁶　惴惴其栗⁷　　　走近墓穴要活埋　浑身战栗心发慌
　　　　　zhuìzhuì

彼苍者天　歼我良人⁸　　　叫声苍天睁眼看　杀我好人不应当

如可赎兮　人百其身⁹　　　如果可以赎他命　愿死百次来抵偿

1　交交：通作"咬咬"，鸟叫声。　黄鸟：黄雀。

2　棘：酸枣树。黄雀落在棘、桑、楚等小木上，是不得其所。一说棘指紧急，桑指悲伤，楚指痛楚，都是双关词，是当时言论不自由的反映。

3　从：从死，即殉葬。　穆公：春秋秦国的君主，姓嬴，名任好，当时五霸之一。

4　子车奄息：人名，子车是姓。

5　特：匹敌。马瑞辰《通释》："《柏舟》诗：'实维我特。'《传》：'特，匹也。'匹之言敌也，当也。"

6　穴：墓穴。

7　惴惴：害怕的样子。　栗：战栗，发抖。朱熹《诗集传》说："临穴而喘栗，盖生纳之圹中也。"即今所谓活埋。

8　良人：善人。

9　人百其身：意思等于说死一百次。一说，用一百人赎他一人。

交交黄鸟	止于桑	黄雀咬咬声凄凉	飞来落在桑树上
谁从穆公	子车仲行	谁从穆公去殉葬	子车仲行有名望
维此仲行	百夫之防[10]	说起这位仲行郎	百人才德难比量
临其穴	惴惴其栗	走到墓穴要活埋	浑身哆嗦魂魄丧
彼苍者天	歼我良人	叫声苍天睁眼看	杀我好人你不响
如可赎兮	人百其身	如果可以赎他命	愿死百次来抵偿

交交黄鸟	止于楚	黄鸟咬咬声凄凉	飞来落在荆树上
谁从穆公	子车鍼虎	谁从穆公去殉葬	子车鍼虎有名望
维此鍼虎	百夫之御[11]	说起这位鍼虎郎	百人才德没他强
临其穴	惴惴其栗	走到墓穴要活埋	浑身发抖心惊惶
彼苍者天	歼我良人	叫声苍天睁眼看	杀我好人你不帮
如可赎兮	人百其身	如果可以赎他命	愿死百次来抵偿

10 防：比。马瑞辰《通释》："按此读防如比方之方。"

11 御：抵挡。

晨　风

【题解】

这是一位妇女疑心丈夫遗弃她的诗。

晨风　　鹯鸟，一种猛禽。似鹞，羽色青黄，以鸠鸽燕雀为食。

驳　　　树木名。指驳马。即梓榆。《诗·秦风·晨风》："山有苞栎，隰有六驳。"马瑞辰《毛氏传
　　　笺通释》："释文引《草木疏》曰：'驳马，木名，梓榆也。'《毛诗正义》引陆玑《毛诗草
　　　木鸟兽虫鱼疏》曰：'驳马，梓榆也。其树皮青白驳荦，遥视似驳马，故谓之驳马。下
　　　章云："山有苞棣，隰有树檖。"皆山隰之木相配，不宜云兽。'其说是也。驳与驳古
　　　通用。"

䳅^{yù}彼晨风¹　　郁彼北林²　　　　鹍鸟展翅疾如梭　　北林茂密有鸟窝

未见君子　　　　忧心钦钦³　　　　许久没见我夫君　　心里思念真难过

如何如何⁴　　忘我实多　　　　怎么办啊怎么办　　他怎还会想到我

山有苞栎⁵　　隰^{xí}有六驳⁶　　丛丛栎树长山坡　　低湿地里红李多

未见君子　　　　忧心靡乐　　　　　许久没见我夫君　　愁闷不乐受折磨

如何如何　　　　忘我实多　　　　　怎么办啊怎么办　　他怎还会想到我

山有苞棣⁷　　隰^{xí}有树檖^{suì 8}　　成丛棣树满山坡　　低湿地里山梨多

未见君子　　　　忧心如醉　　　　　许久没见我夫君　　心如醉酒失魂魄

如何如何　　　　忘我实多　　　　　怎么办啊怎么办　　他怎还会想到我

1　䳅：鸟疾飞的样子。　　晨风：《说文》作"鹍风"，即鹍鸟。

2　郁：茂密的样子。

3　钦钦：忧愁而不能忘记的样子（从朱熹《诗集传》说）。

4　如何：陈奂《诗毛氏传疏》："如，犹奈也。"如何，即奈何、"怎么办"的意思。

5　苞：丛生的样子。　　栎：树名。

6　六：蓼的借字，长长的样子（从闻一多说）。　　驳：梓榆。

7　棣：亦名唐棣、郁李，结果色红如李。

8　树：直立的样子，形容檖。　　檖：山梨。

苞棣　　即唐棣，又名郁李。陆玑《毛诗草木鸟兽虫鱼疏》："（唐棣）奥李也。一名雀梅，亦曰车下李，所
　　　　在山皆有。其华或白或赤；六月中熟，大如李子，可食。"奥李即郁李。本图所绘即为郁李。一
　　　　指白杨类树木，又作"棠棣"，参见《召南·何彼秾矣》"唐棣"图。

梨

檖　　　山梨。古代的一种野生梨，多生于山中，实大如杏，可食。

无 衣

【题解】

　　这是一首秦地的军中战歌，可能是秦国帮助周王抵抗外族侵略的军歌。全诗充满了慷慨激昂、热情互助的气氛，表现了战士们英勇抗敌的精神。

岂曰无衣	与子同袍[1]	谁说没衣穿　你我合穿一件袍
王于兴师[2]	修我戈矛[3]	国王要起兵　赶快修理戈和矛
与子同仇[4]		共同对敌在一道

岂曰无衣	与子同泽[5]	谁说没衣穿　你我合穿一件衫
王于兴师	修我矛戟	国王要起兵　修好矛戟亮闪闪
与子偕作[6]		咱们两个一道干

1　袍：长衣。形状像斗篷，行军时白天当衣穿，夜里当被盖。同袍，表示友爱互助的意思。

2　王：秦国人称秦君为王。　于：语助词，其作用和曰、聿同。　兴师：起兵。

3　修：修理，整治。　戈、矛：都是古代长柄的武器。

4　同仇：共同对付敌人。

5　泽：通"襗"，贴身的内衣。

6　偕作：共同干。

岂曰无衣　　与子同裳[7]　　　　谁说没衣穿　你我合着穿衣裳

王于兴师　　修我甲兵[8]　　　　国王要起兵　修好铠甲和刀枪

与子偕行　　　　　　　　　　　咱们一道上战场

7　裳：下衣，战裙。

8　甲：铠甲。　兵：兵器的总名。

渭　阳

【题解】

这是写外甥送舅父的送别诗。诗中写外甥送舅的礼物，有"路车、乘黄"，这是当时诸侯所用的车马。因此有人说，这是秦穆公的儿子康公送晋文公重耳回国时所作（康公的母亲，是重耳的姊姊，她嫁给秦穆公，时人称她为秦穆夫人）。未知确否。

我送舅氏[1]	曰至渭阳[2]	我送舅舅回舅家	送到渭水北边涯
何以赠之	路车乘黄[3]	用啥礼物送给他	一辆路车四黄马
我送舅氏	悠悠我思[4]	我送舅舅回舅家	忧思悠悠想起妈
何以赠之	琼瑰玉佩[5]	用啥礼物送给他	宝石佩玉一大挂

1　舅氏：舅父。因为舅和甥的姓氏不同，所以称作舅氏。

2　渭阳：渭，渭水，流经陕西西安。阳，河流的北面。陈奂《诗毛氏传疏》："水北曰阳，渭阳，在渭水北，送舅氏至渭阳，不渡渭也。"

3　路车：古代诸侯乘的车子。　乘黄：四匹黄马。

4　悠悠我思：据《孔疏》，是指因为送舅而思念死去的母亲。

5　琼瑰：美玉。

权　舆

【题解】

　　这是一首没落贵族回想当年生活而自伤的诗。春秋时代，地主的私田渐多，各国纷纷实行按亩税田。领主没落，生活下降。这首诗就是当时社会变革的一种反映。过去领主住得好，吃得好，都是靠世袭的禄位，祖先传下来的土地、人民，供他们剥削享受；如今一切都丧失了，所以他说"不承权舆"。

於，我乎[1]　　夏屋渠渠[2]　　　　　唉，我呀　从前住的大厦高楼

今也每食无余　　　　　　　　　　　　如今每餐勉强吃够

于嗟乎　　不承权舆[3]　　　　　　　唉呀呀　当初排场哪能讲究

於，我乎　　每食四簋[4]　　　　　　唉，我呀　从前每餐四碗打底

今也每食不饱　　　　　　　　　　　　如今每餐饿着肚皮

于嗟乎　　不承权舆　　　　　　　　　唉呀呀　再也没有当初福气

1　於：叹词。

2　夏屋：大屋，夏即厦。《毛传》："夏，大也。"　渠渠：屋深广的样子。

3　承：继承。　权舆：始初。

4　簋：古代食器。

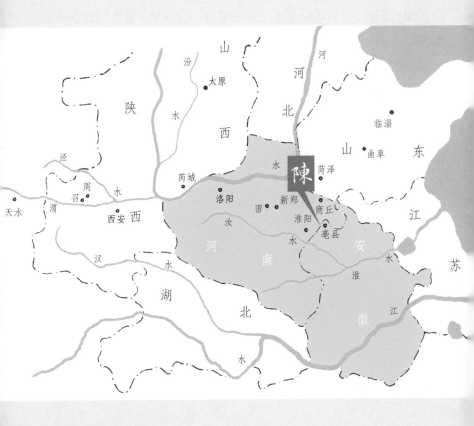

陳風

  《陈风》共十篇。它的产生年代，有事实可考者仅《株林》一篇。据
《左传》鲁宣公九年和十年的记载，得知诗中的"夏南"，就是夏姬的儿
子。夏姬本是郑国的女子，嫁给陈国大夫夏御叔，生子夏微舒，字南。
夏姬貌美，陈灵公和她私通，被夏南所杀。所以诗人讥刺他们。宣公十
年，即公元前599年，当春秋中叶。除此之外，其余的诗都不可考，可
能多是东周以后的作品。

  陈地在今河南省淮阳、柘城及安徽省亳县一带。土地广平，无名山
大川。《陈风》多半是关于恋爱婚姻的诗，这和该地人民崇信巫鬼的风俗
有密切关系。《汉书·地理志》说："太姬（周武王的长女，嫁给陈国第一
代君主胡公满）妇人尊贵，好祭祀用巫。故俗好巫鬼，击鼓于宛丘之上，
婆娑于枌树之下。有太姬歌舞遗风。"《宛丘》和《东门之枌》等诗，正可
说明陈地的诗风。

陈风

宛 丘

【题解】

这首诗，写一个男子爱上一个以巫为职业的舞女。陈国民间风俗爱好跳舞，巫风盛行。《说文》："巫，祝也。女能事无形，以舞降神者也。"诗中的"子"，就是以舞降神为职业的女子，所以她不论天冷天热都在街上为人们祝祷跳舞。这首诗，反映了当时陈国巫风盛行与民间舞蹈的一些情况。

鹭　　　鸟类。嘴直而尖，颈长，飞翔时缩着颈。白鹭、苍鹭较为常见。

子之汤^{dàng}兮¹　宛丘之上兮²　　姑娘跳舞摇又晃　在那宛丘高地上

洵有情兮³　而无望兮　　　心里实在爱慕她　可惜没有啥希望

坎其击鼓⁴　宛丘之下　　　敲起鼓来咚咚响　跳舞宛丘低坡上

无冬无夏　值其鹭羽⁵　　　不管寒冬和炎夏　洁白鹭羽手中扬

坎其击缶^{fǒu}⁶　宛丘之道　　敲起瓦盆当当响　跳舞宛丘大路上

无冬无夏　值其鹭翿^{dào}⁷　　不管寒冬和炎夏　头戴鹭羽鸟一样

1　子：指跳舞的女巫。　汤：音义同"荡"，《楚辞·离骚》注引《诗》作"荡"。形容舞姿摇摆的样子。

2　宛丘：陈国丘名，在陈国都城（今河南淮阳）东南。

3　洵：信，确实。

4　坎其：即坎坎，象击鼓声和击缶声。

5　值：与"植"通，作持或戴解。　鹭羽：用鹭鸶鸟的羽毛制成扇形或伞形的舞具，舞者有时持在手中，有时戴在头上。

6　缶：瓦质的打击乐器。

7　翿：用五彩野鸡羽毛做的扇形舞具。

东门之枌

【题解】

这是一首描写男女相爱，聚会歌舞的民间情歌，表现了当时青年的爱情生活，也反映了陈国男女聚会、歌舞相乐、巫风盛行的特殊风俗。

枌　　即锦葵。二年生草本。初夏开花，生于叶腋；花冠淡紫色，可供观赏。

东门之枌¹　宛丘之栩²　　　东门白榆长路边　宛丘柞树连成片

子仲之子³　婆娑其下⁴　　　子仲家里好姑娘　大树底下舞翩跹

榖旦于差⁵　南方之原⁶　　　挑选一个好时光　同到南边平原上

不绩其麻⁷　市也婆娑　　　撂下手中纺的麻　闹市当中舞一场

榖旦于逝⁸　越以鬷迈⁹　　　趁着良辰同前往　多次相会共寻芳

视尔如荍¹⁰　贻我握椒¹¹　　　看您像朵锦葵花　送我花椒一把香

1　东门：陈的城门，地近宛丘。　枌：白榆树。

2　栩：柞树。

3　子仲：当时的一个姓氏。子，女儿。《诗三家义集疏》引黄山云："诗'婆娑其下'，与'市也婆娑'，即是一人。"

4　婆娑：舞蹈。

5　榖：善。榖旦，吉日，好日子。　于：语助词，无义。　差：选择。

6　原：高而平坦之地。

7　《诗三家义集疏》引黄山云："言'不绩其麻'，则'子仲之子'，亦犹'齐侯之子'、'蹶父之子'，明是女子。"

8　逝：往。

9　越以：发语词，即"于以"。　鬷：屡次。　迈：往，去。

10　荍：锦葵。

11　贻：送。　握：一把。　椒：花椒。这位子仲家的姑娘，可能兼作巫女，她跳舞时带着花椒降神，顺便就用这当作赠送情人的礼物。

衡　门

【题解】

　　这是一位没落贵族以安于贫贱自慰的诗。郭沫若《中国古代社会研究》说："这首诗也是一位饿饭的破落贵族作的。他食鱼本来有吃河鲂河鲤的资格……但是贫穷了，吃不起了。他娶妻本来有娶齐姜、宋子的资格，但是贫穷了，娶不起了。娶不起，吃不起，偏偏要说两句漂亮话，这正是破落贵族的根性。"他分析这首诗的主题非常透彻，录下供读者参考。

鲤

鲤　　　鱼类。身体侧扁，背部苍黑色，腹部黄白色，嘴边有长短须各一对。肉味鲜美。生活在淡水中。

衡门之下[1]　可以栖迟[2]　　支起横木做门框　房子虽差也无妨

泌之洋洋[3]　可以乐饥[4]　　泌丘泉水淌啊淌　清水也能充饥肠
（bì）

岂其食鱼　必河之鲂[5]　　难道我们吃鱼汤　非要鲂鱼才算香

岂其取妻[6]　必齐之姜[7]　　难道我们娶妻子　不娶齐姜不风光

岂其食鱼　必河之鲤　　难道我们吃鱼汤　非要鲤鱼才算香

岂其取妻　必宋之子[8]　　难道我们娶妻子　不娶宋子不排场

1　衡：通"横"。王引之《经义述闻》："门之为象，纵而不横……窃疑衡门、墓门亦是城门之名。"闻一多从王说，认为衡门是陈国城门名。

2　栖迟：游息。

3　泌：本义是泉水流得很快的样子，后来作为陈国泌邱地方的泉水名。　洋洋：水流盛大的样子。

4　乐饥：乐和瘵、疗古通用，读音与"疗"同，治疗的意思。《韩诗》作"可以疗饥"。

5　鲂：鱼名。亦名平胸鳊、三角鳊。它和鲤鱼，当时人认为是最好的鱼。

6　取：通"娶"。

7　姜：齐国贵族的姓。齐姜，齐国姓姜的贵族女子。

8　子：宋国贵族的姓。宋子，宋国姓子的贵族女子。

东门之池

【题解】

　　这是一首男女相会的情歌。诗以男性的口吻写他追求一位在东门城池浸麻织布的女子。

紵

紵　　　紵麻，多年生草本植物，茎皮纤维洁白有光泽，是纺织重要原料。

东门之池[1]	可以沤麻[2]	东城门外护城池	可以泡麻织衣裳
彼美叔姬[3]	可与晤歌[4]	美丽姬家三姑娘	可以和她相对唱
东门之池	可以沤纻[5] (zhù)	东城门外护城池	可以泡苎织新装
彼美叔姬	可与晤语[6]	美丽姬家三姑娘	有商有量情意长
东门之池	可以沤菅[7] (jiān)	东城门外护城池	可以浸茅做鞋帮
彼美叔姬	可与晤言[8]	美丽姬家三姑娘	可以向她诉衷肠

1 池：城池，护城河。马瑞辰《通释》："按古者有城必有池，《孟子》'凿斯池也，筑斯城也'是也。池皆设于城外，所以护城。"

2 沤：浸泡。

3 叔姬：《毛诗》作"淑姬"。叔，排行第三。姬，姓。这句的"叔姬"，是美女的代称，不一定是诗人所追求的女子真名。

4 晤歌：即对唱。

5 纻：麻的一种，亦名苎麻。

6 晤语：对话，相对讨论。古代"言"和"语"是有区别的。《毛传》："直言曰言，论难曰语。"这句的"语"，指"论难"而言，讨论的意思。

7 菅：茅一类的草，可以搓绳，用它编草鞋。

8 晤言：这句的言，指"直言"而言，谈天的意思。

东门之杨

【题解】

这是写男女约会久候不至的诗。

杨

杨 　杨柳科，杨属植物的泛称。落叶乔木，叶互生，卵形或卵状披针形，花雌雄异株，柔荑花序。种子有毛。常见的有银白杨、毛白杨等。

东门之杨　　其叶牂牂¹　　　　　东门之外有白杨　叶子茂密好乘凉

昏以为期²　　明星煌煌³　　　　　约定黄昏来相会　等到启明星儿亮

东门之杨　　其叶肺肺⁴　　　　　白杨长在城门东　叶子密密青葱葱

昏以为期　　明星晢晢⁵　　　　　约定相会在黄昏　等到天亮一场空

1　牂牂：茂盛的样子。

2　昏：黄昏。　期：约定。

3　明星：指启明星，在天快亮时出现于东方天空。　煌煌：明亮的样子。

4　肺肺：同"芾芾"，茂盛的样子。

5　晢晢：明亮。

墓 门

【题解】

这是一首人民讽刺、反抗不良统治者的诗，据说是刺陈佗的。《左传》桓公五年，叙述陈桓公生病时，陈佗杀太子免。桓公死后，他自立为君。陈国大乱，国人离散。后来蔡国为陈平乱，杀了陈佗。这首诗在当时民间颇为流行。

墓门有棘[1]	斧以斯之[2]	墓门有棵酸枣树	拿起斧头砍掉它
夫也不良[3]	国人知之	那人不是好东西	大家都很知道他
知而不已[4]	谁昔然矣[5]	恶行暴露他不改	向来生个坏脑瓜

1　墓门：陈国城门名。马瑞辰《通释》："《天问》王逸注曰：'晋大夫解居父聘吴，过陈之墓门。'墓门，盖陈之城门。" 棘：酸枣树。

2　斯：劈开。

3　夫：彼，指作者所讽刺的人。

4　不已：不止，不改。

5　谁昔：畴昔，从前。王先谦《诗三家义集疏》："《释诂》云：'畴，谁也。'故谁昔犹言畴昔也。" 然：就是这样。

墓门有梅⁶　有鸮^{xiāo}萃止⁷　　墓门有棵酸枣树　猫头鹰啊它安家

夫也不良　歌以讯止⁸　　那人不是好东西　唱个歌儿讥刺他

讯予不顾⁹　颠倒思予¹⁰　　讥刺告诫他不听　灾难临头才想咱

6　梅：《楚辞》王逸注引作"棘"。马瑞辰《通释》："棘、梅二木，美恶大小不类，非诗取兴之旨。梅，古文作楳，楳、棘形似，棘盖讹作楳。"

7　鸮：猫头鹰。　萃：集，停息。　止：语尾助词。

8　讯：借作"谇"，警告，责骂。毛诗原作"讯之"，古书引《诗》都作"止"，"止"和上句"有鸮萃止"相应，和上章句尾用两个"之"字相应。

9　讯予：即予讯。

10　颠倒：指国家纷乱。陈奂《诗毛氏传笺》："颠倒，乱也。"

防有鹊巢

【题解】

这是一位诗人担忧有人离间他情人的诗。旧说附会为讽陈宣公信谗，不可从。

旨鹝　又名绶草，多年生矮小草本。夏季开花，花小，白而带紫红色，可供观赏。根茎可入药，能滋阴益气、凉血解毒。

旨苕　苕饶，豆类植物。孔颖达疏引陆玑《毛诗草木鸟兽虫鱼疏》曰："苕，苕饶也，幽州人谓之翘饶，蔓生，茎如劳豆而细，叶似蒺藜而青，其茎叶绿色，可生食，如小豆藿也。"

防有鹊巢¹　邛有旨苕²　　　　哪有堤上筑鹊巢　哪有山上长苕草

谁侜予美³　心焉忉忉⁴　　　　谁在离间我情人　心里又愁又烦恼

中唐有甓⁵　邛有旨鹝⁶　　　　哪有庭院瓦铺道　哪有山上长绶草

谁侜予美　心焉惕惕⁷　　　　谁在离间我情人　心里担忧又烦躁

1　防：堤坝。

2　邛：土丘。　旨：味美。　苕：苕饶。

3　侜：欺诳。　予美：我爱，指作者的情人。

4　忉忉：忧愁的样子。

5　唐：古时朝堂前或宗庙门内的大路。中唐，即中庭的道路。　甓：砖瓦。

6　鹝：绶草。

7　惕惕：担心害怕的样子。

月　出

【题解】

　　这是一首月下怀人的诗。这首诗的特点是反复咏叹，通篇句句押韵。由于用词变化，所以句法虽复叠而不显单调。诗大约是用陈国方言写的，故所用词语在《诗经》中多不经见。全诗只有"月"、"人"、"心"三个名词和"出"一个动词，其余除"兮"外都是形容词。隐约地描绘出月下美人的风姿和诗人劳心幽思的形象。诗重视声韵效果，读起来动人悦耳。被后人推为三百篇中情诗的杰作。

月出皎兮[1]	佼人僚兮[2]	月儿出来亮皎皎	月下美人更俊俏
舒窈纠兮[3] yǎo jiǎo	劳心悄兮[4]	体态苗条姗姗来	惹人相思我心焦
月出皓兮[5]	佼人懰兮[6] liú	月儿出来多光耀	月下美人更姣好
舒慢受兮[7] yōu	劳心慅兮[8] cǎo	婀娜多姿姗姗来	惹人相思心烦恼

1　皎：洁白光明。

2　佼：亦作姣，美好。　僚：通"嫽"，美好。

3　舒：迟，缓慢。有人解作发声字，作用同"吁"，亦通。　窈纠：形容女子体态苗条的样子。《毛传》："舒，迟也。窈纠，舒之姿也。"

4　劳心：忧心，形容思念之苦。　悄：深忧的样子。

5　皓：光明。

6　懰：妖媚。

7　慢受：形容女子走路徐舒婀娜的样子。《玉篇》："慢受，舒迟之貌。"

8　慅：忧愁不安的样子。

月出照兮[9]　佼人燎兮[10]　　月儿出来光普照　月下美人更美好

舒夭绍兮[11]　劳心惨兮[12]　　体态轻盈姗姗来　惹人相思心烦躁

9　照：这里当形容词用，指光明。

10　燎：漂亮的意思。朱熹《诗集传》："燎，明也。"

11　夭绍：形容女子体态轻盈。《文选·西京赋》"要绍修态"注："要绍，谓婵娟，作姿容也。"

12　惨：《诗经》中它和"懆"通用，现代汉语作"躁"。忧愁烦躁不安的样子。《说文》："懆，愁不安也。"（从戴震《毛郑诗考正》说）

株 林

【题解】

这是陈国人民讽刺陈灵公和夏姬淫乱的诗。据《左传》宣公九年、十年记载：夏姬是郑穆公的女儿，嫁给陈国大夫夏御叔，生子夏徵舒，字南。夏姬貌美，陈灵公和他的大夫孔宁、仪行父都和她私通。后来陈灵公被夏徵舒杀死，陈国亦被楚所灭。楚国把夏姬送给连尹襄老。襄老死，夏姬回郑，楚国的申公巫臣娶她，同奔晋国。这首诗应作于陈灵公未被杀的时候，灵公被杀事发生在鲁宣公十年，诗当作于公元前599年以前。

胡为乎株林¹	从夏南²	他到株林去干啥	是跟夏南去游玩
匪适株林³	从夏南	原来他到株林去	不是为了找夏南
驾我乘马⁴	说^{shuì}于株野⁵	驾着我的四匹马	到了郊外卸下鞍
乘我乘驹⁶	朝食于株⁷	再换我的四匹驹	赶到夏家吃早饭

1　株：陈国邑名，在今河南省西华县西南，夏亭镇北。它是夏姬儿子夏徵舒的封邑。　林：郊外。
2　从：跟。　夏南：夏徵舒的字。马瑞辰《毛诗传笺通释》："上二句诗人故设为问辞，若不知其淫于夏姬者，以为从夏南游耳。"
3　匪：非，不是。　适：往，去。马瑞辰《通释》："下二句当连读，谓其非适株林从夏南也，言外见其实淫于夏姬，此诗人立言之妙。"
4　我：诗人代用陈灵公的口吻。　乘：古代一车四马为一乘。
5　说：停息。　株野：与上章"株林"对文。古代林和野有区别，林较野离邑更远些。这里都是泛指郊外。
6　前一乘字：动词，驾。　驹：陈奂《诗毛氏传疏》引《释文》作"骄"，高五尺以上的马。
7　朝食：吃早饭。

泽 陂

【题解】

这是一位女子怀人的诗。

蒲　　又名香蒲，多年生草本。生池沼中，高近两米。根茎长在泥里，可食。叶长而尖，可编席、制
　　　扇，夏季开黄色花。

彼泽之陂^{bēi}¹　有蒲与荷²　　池塘边上围堤坝　塘中蒲草伴荷花

有美一人　　伤如之何³　　看见一个美男子　我心爱他没办法

寤寐无为⁴　　涕泗滂沱⁵　　日夜相思睡不着　眼泪鼻涕一把把

彼泽之陂^{bēi}　有蒲与蕳^{jiān}⁶　池塘边上堤岸高　塘中莲蓬伴蒲草

有美一人　　硕大且卷⁷　　看见一个美男子　身材高大品德好

寤寐无为　　中心悁悁^{yuānyuān}⁸　日夜相思睡不着　心里忧郁愁难熬

1　泽：池塘。　陂：堤岸。

2　蒲、荷：《郑笺》以为蒲喻男，荷喻女，可备一说。

3　伤：阳的借字，《鲁诗》《韩诗》都作"阳"。《尔雅》："阳，予也。"阳和"姎"、
　　"卬"通用，都是女性第一人称代词。　如之何：奈他何。

4　寤寐：醒着和睡着。

5　涕：眼泪。　泗：鼻液。　滂沱：本义是形容多雨，这里借作形容涕泗一时
　　俱下的样子。

6　蕳：《鲁诗》作"莲"，莲子。《郑笺》："蕳，当作莲。莲，芙蕖实也。"

7　卷：婘的假借，品德美好。

8　悁悁：忧闷的样子。

彼泽之陂^{bēi}　有蒲菡萏^{hàn dàn}⁹　　池塘边上堤岸高　塘中荷花伴蒲草

有美一人　硕大且俨¹⁰　　看见一个美男子　身材高大风度好

寤寐无为　辗转伏枕　　　日夜相思睡不着　翻来覆去空烦恼

9　菡萏：荷花。

10　俨：端庄。《毛传》："俨，矜庄貌。"

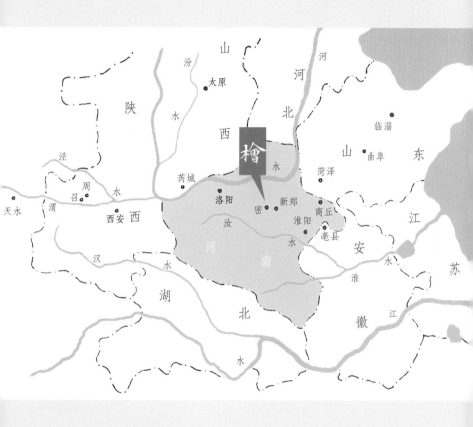

桧，《左传》、《国语》作"郐"，《汉书·地理志》作"会"。《桧风》只四篇。

桧地在今河南省新密东北，东周初年（前769）为郑桓公所灭，见于《史记》；《韩非子》和刘向《说苑》都有记述郑桓公伐桧的事。可见《桧风》全为西周时作品。

桧风

羔 裘

【题解】

一个女子欲奔男子，可是又有所顾忌而不敢，所以内心很忧伤。

| 羔裘逍遥[1] | 狐裘以朝 | 游逛你穿羊皮袄 | 上朝你披狐皮袍 |
| 岂不尔思 | 劳心忉忉[2] | 难道我不思念你 | 心有顾虑愁难消 |

| 羔裘翱翔 | 狐裘在堂[3] | 你穿羊裘去游逛 | 你披狐裘上公堂 |
| 岂不尔思 | 我心忧伤 | 难道我不思念你 | 心有顾虑暗忧伤 |

| 羔裘如膏[4] | 日出有曜[5] | 羊皮袍子油光光 | 太阳出来衣发亮 |
| 岂不尔思 | 中心是悼[6] | 难道我不思念你 | 心中恐惧又发慌 |

1　羔裘：和下句的狐裘，都是大夫的服装。平时穿羔裘，进朝穿狐裘。　逍遥：和下章的"翱翔"，都是游逛的意思。

2　忉忉：形容忧劳的样子。

3　堂：公堂。大夫朝见人君的地方。

4　膏：油。

5　有曜：即耀耀，形容羔裘。

6　悼：惧，害怕。《说文》："悼，惧也。"

素 冠

【题解】

这是一首悼亡的诗。一位妇女，丈夫死了，将入殓时，她抚尸痛哭，伤心地表示愿意和丈夫同死。

庶见素冠兮[1]　棘人栾栾兮[2]　见到您戴着白帽　瘦棱棱变了容貌

劳心慱慱兮[3]　　心忧伤不安难熬

庶见素衣兮　　我心伤悲兮　见到您素白衣衫　我心里悲伤难言

聊与子同归兮[4]　愿和您一同归天

庶见素韠兮[5]　我心蕴结兮[6]　见到您围裙素淡　心忧郁难以排遣

聊与子如一兮[7]　愿和您同赴黄泉

1　庶：幸。　素冠：白帽。死者的服饰。下"素衣"、"素韠"同。

2　棘：古"瘠"字，瘦。　栾栾：癵癵的假借字，形容体枯肌瘦的样子。《说文》："癵，腂（瘦的意思）也。"引《诗》作"棘人癵癵"。

3　慱慱：忧苦不安的样子。

4　聊：愿。　子：你，指丈夫。　同归：即同死的意思。

5　韠：亦名蔽膝，用皮制成，似今之围裙。

6　蕴结：忧郁不解的意思。朱熹《诗集传》："蕴结，思之不解也。"

7　如一：即同归之意。朱熹《诗集传》："与子如一，甚于'同归'也。"

隰有苌楚

【题解】

这是一位没落贵族悲观厌世的诗。桧国在东周初年就被郑国所灭，这首诗大约是桧将亡时的作品。诗人在乱离之际，竟羡慕起草木的欣欣向荣、无知无觉、无室家之累来了。郭沫若说："这种极端的厌世思想在当时非贵族不能有，所以这诗也是破落贵族的大作。"（《中国古代社会研究》）

苌楚　　即猕猴桃。落叶藤本植物，叶互生，圆形或卵形，花黄色。其果实如梨，故亦称猕猴梨，可吃，也可入药。茎皮纤维可做纸，花可提制香料。

隰有苌楚[1]　猗傩其枝[2]　　　　低湿地上长羊桃　枝儿婀娜又娇娆

夭之沃沃[3]　乐子之无知[4]　　　　细细嫩嫩光泽好　羡你无知无烦恼

隰有苌楚　猗傩其华　　　　低湿地上长羊桃　繁花一片多俊俏

夭之沃沃　乐子之无家[5]　　　　柔嫩浓密光泽好　羡你无家真逍遥

隰有苌楚　猗傩其实　　　　低湿地上长羊桃　果儿累累挂枝条

夭之沃沃　乐子之无室　　　　又肥又大光泽好　羡你无妻无家小

1　苌楚：即羊桃，今称猕猴桃，实可食。

2　猗傩：音义同"婀娜"，音转又作"旖旎"。柔美的样子。

3　夭：少好，嫩美。　之：语气词，作用同"兮"。　沃沃：形容羊桃光泽壮美的样子。

4　乐：喜，动词，含有"羡慕"的意思。　子：此处指羊桃。　无知：没有知觉。有人解作"没有情欲"或"没有知识"，亦通。

5　无家：和下章的无室，都是没有妻、子牵累的意思。

匪 风

【题解】

这是一位旅客思乡的诗。有人说，诗是从西方流落到东方桧国的人写的，有的说是离开桧国到东方去的人写的。现在无从考证，只得存疑。余冠英《诗经选》说："唐人诗云：'故园东望路漫漫，双袖龙钟泪不干。马上相逢无纸笔，凭君传语报平安。'意境相似。"

匪风发兮[1]	匪车偈兮[2] jié	风儿刮得发发响	车儿跑得飞一样
顾瞻周道[3]	中心怛兮[4] dá	回头向着大路望	心里想家真忧伤

匪风飘兮[5]	匪车嘌兮[6] piāo	风儿刮得打旋转	车儿轻快急忙忙
顾瞻周道	中心吊兮[7]	回头向着大路望	心里想家泪汪汪

1　匪：通"彼"。　发：即发发，摹风声。

2　偈：即偈偈，车马疾驰的样子。

3　周道：大道。马瑞辰《通释》："周之言绸，《广雅》：'绸，大也。'周道又为通道，亦大道也。凡《诗》周道，皆谓大路。"

4　怛：忧伤。

5　飘：飘风，指旋风。这里用它形容风势迅速旋转的样子。

6　嘌：车子轻快跑的样子。

7　吊：悲伤。

谁能亨鱼[8]　溉之釜鬵[9]　　谁会烧那新鲜鱼　替他把锅洗干净

谁将西归　怀之好音[10]　　谁要回到西方去　托他带个平安信

8　亨：古和"烹"通用。

9　溉：亦作"摡"，洗。　釜：锅。　鬵：大锅。

10　怀：遗，送。　好音：平安消息。

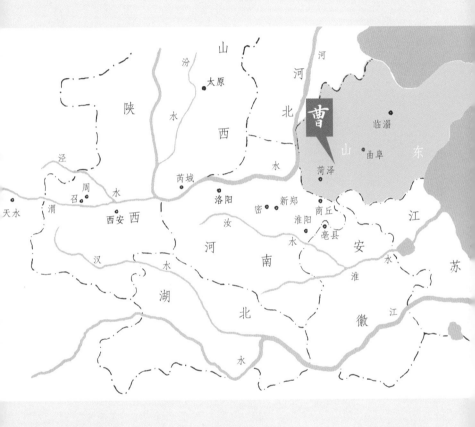

曹風

　　《曹风》共四篇。其中《候人》一诗，朱熹、严粲、方玉润都认为是刺曹共公的。《左传》僖二十八年春，晋文公伐曹，"三月丙午，入曹。数之，以其不用僖负羁而乘轩者三百人也"。这就是《候人》诗所谓的"三百赤芾"。如果他们的话可信，则《候人》一诗当产生于晋文公入曹，即公元前632年以前。《下泉》一诗，王先谦《诗三家义集疏》引齐说曰："下泉苞粮，十年无王，荀伯遇时，忧念周京。"（《易林》）他断诗是美荀跞之作。何楷《诗经世本古义》："《左传》鲁昭公三十二年，天子使告于晋，'天降祸于周，俾我兄弟并有乱心，以为伯父忧，我一二亲昵甥舅，不遑启处，于今十年……'。自春秋昭二十二年王子朝作乱，至三十二年城成周为十年，与《易林》'十年无王'合。荀伯，即荀跞也。"他们的考证是可信的。晋师统帅荀跞纳周敬王于成周，在鲁昭公时。可见《曹风》产生于春秋时代。

　　曹地在今山东省西南部菏泽、定陶、曹县一带地方，位于齐晋之间，是一个较小的国家。统治者生活奢侈腐化，人民感到悲观失望，这是很自然的事。《蜉蝣》一诗，正是它的代表作。

曹风

蜉蝣

【题解】

　　这是一首没落贵族叹息人生短促的诗。在这位感伤的诗人看来，蜉蝣的朝生暮死，与人的"生年不满百"是一样的，都逃不出死亡的规律。曹国在曹共公统治下，许多新兴人物上了台，一些旧家贵族没落了，所以他们发出这样的哀叹。

蜉蝣　　幼虫生活在水中，成虫褐绿色，有四翅，生存期极短。

蜉蝣之羽[1]　衣裳楚楚[2]　　蜉蝣有对好翅膀　衣裳整洁又漂亮

心之忧矣　于我归处[3]　　可恨朝生暮就死　我们归宿都一样

蜉蝣之翼　采采衣服[4]　　蜉蝣展翅在飞翔　衣服华丽真漂亮

心之忧矣　于我归息　　可恨朝生暮就死　与我归宿一个样

蜉蝣掘阅[5]　麻衣如雪[6]　　蜉蝣穿洞来人间　麻衣像雪白晃晃

心之忧矣　于我归说 shuì　　可恨朝生暮就死　大家都是这下场

1　蜉蝣：虫名，成虫翅薄而半透明，生存期极短，一般均朝生暮死。

2　楚楚：整洁鲜明的样子。

3　于：即与。　归处：即死亡。下文的"归息"、"归说"都是归宿、死亡的意思。

4　采采：犹粲粲，华丽。

5　掘：穿。　阅：古和"穴"通用。宋玉《风赋》"空穴来风"，《庄子》作"空阅来风"。

6　麻衣：指蜉蝣半透明的羽翼。

候 人

【题解】

　　这是曹国没落贵族讥刺新兴人物的诗。郭沫若《中国古代社会研究》："这当然是讥诮那暴发户才做了贵族的人。这些由奴民伸出头来的人，在旧社会的耆旧眼里看来，当然说他不配的。"但诗对候人小官却是同情的，说他荷戈和殳，努力工作，而他的小女儿仍不免挨饿。对那些穿红皮绑腿的高官，则深为嫉妒，加以讥刺。

鹈　　鹈鹕，水鸟。体长可达二米，翼大，嘴长，尖端弯曲，嘴下有一个皮质的囊，羽毛灰白色，翼
　　上有少数黑色羽毛。善于游泳和捕鱼，捕得的鱼存在皮囊中。羽毛可以做装饰品。

彼候人兮[1]　　何戈与祋[2]（duì）　　　候人官职小得很　　肩上扛着戈和棍

彼其之子[3]　　三百赤芾[4]（fú）　　　可恨那些暴发户　　红皮绑腿三百人

维鹈在梁[5]（tí）　　不濡其翼[6]　　　鹈鹕栖在鱼梁上　　居然未曾湿翅膀

彼其之子　　不称其服[7]（chèn）　　　可笑那些暴发户　　哪配穿上贵族装

维鹈在梁（tí）　　不濡其咮[8]（zhòu）　　　鹈鹕栖在鱼梁上　　长嘴不湿太反常

彼其之子　　不遂其媾[9]（gòu）　　　且看那些暴发户　　不会称心得宠长

荟兮蔚兮[10]　　南山朝隮[11]（jī）　　　云漫漫啊雾弥弥　　南山早上彩虹起

婉兮娈兮[12]　　季女斯饥[13]　　　候人幼女虽娇好　　没有饭吃饿肚皮

1　候人：掌管送迎宾客的小官。
2　何：《齐诗》作"荷"，揹。　戈、祋：都是古代的武器名，戈长六尺六寸，祋亦作殳，用竹或木制成的杖，杖端装八棱平头的金属器。
3　其：语助词，无义。　之子：指穿赤芾的暴发户。
4　赤芾：红色皮制的蔽膝。古代大夫以上的官，才能穿红皮蔽膝。曹共公执政时，任命三百个新的大夫。诗人所讽刺的就是这些人。
5　鹈：即鹈鹕。　梁：鱼坝。
6　濡：沾湿。
7　称：适合。
8　咮：鸟嘴。鹈鹕以长嘴取鱼，在河梁上而嘴不沾湿，也是反常。
9　遂：遂意，称心。　媾：宠爱。朱熹《诗集传》："遂，称。媾，宠也。遂之为称，犹今人谓'遂意'为'称意'。"
10　荟、蔚：云雾弥漫的样子。
11　南山：曹地山名，在山东曹州济阴县东二十里。　隮：虹。朝隮，早上的虹。
12　婉、娈：幼小美好的样子，形容季女。
13　季女：少女，这里指候人的幼女。　斯：语助词。

鸤 鸠

【题解】

　　这是讽刺在位没有好人的诗。诗人理想的"淑人君子"，言行一致，受到国内外的称颂和拥护。但在当时的统治阶级中，这样的人实际上是不存在的。诗是从正面写的，如不细加琢磨不易看出它隐含的讽意。它用鸤鸠起兴，实际上是说真正在位的人，虽然拖着白丝带，戴着花皮帽，却不称其服，更不称其职，甚至连鸤鸠都不如。

鸤鸠　　即布谷鸟。以鸣声似"布谷"，又鸣于播种时，故相传为劝耕之鸟。

^{shī}
鸤鸠在桑¹　　其子七兮²　　　　布谷筑巢桑树间　喂养小鸟心不偏

淑人君子³　　其仪一兮⁴　　　　我们理想好君子　说到做到不空谈

其仪一兮　　　心如结兮⁵　　　　说到做到不空谈　忠心耿耿磐石坚

^{shī}
鸤鸠在桑　　　其子在梅⁶　　　　布谷筑巢桑树间　小鸟学飞梅树颠

淑人君子　　　其带伊丝⁷　　　　我们理想好君子　丝带束腰真不凡

其带伊丝　　　其弁伊骐⁸　　　　丝带束腰真不凡　玉饰皮帽花色鲜

1　鸤鸠：春秋时就有鸤鸠养子平均的传说，《左传》昭公十七年杜预注："鸤鸠平均，故为司空，平水土。"后喻为君仁德待下。

2　七：七是虚数，言其多。诗人用鸤鸠对许多小鸟平均喂养，比在位的人不如鸟。

3　淑人：善人。　君子：这里指有才德的人。

4　仪：言行。《毛诗后笺》："子曰：'下之事上也，身不正，言不信，则义不一，行无类也。'其末引诗曰：'淑人君子，其仪一也。'"

5　结：固结。朱熹《诗集传》："如物之固结而不散也。"

6　梅：梅花树。

7　伊：是。

8　弁：皮帽。　骐：本义为有花纹的马，这里用它形容帽饰。《郑笺》："言此带弁者，刺不称其服。"

梅　　落叶乔木。种类很多。叶卵形，早春开花，以白色、淡红色为主，味清香。果球形，立夏后熟，生青熟黄，味酸，可生食，也用以制成蜜饯、果酱等食品。未熟果加工成乌梅，供药用。花供观赏。

shī
鸤鸠在桑　　其子在棘　　　　布谷筑巢桑树间　小鸟飞在枣树上

淑人君子　　其仪不忒⁹　　　我们理想好君子　言行如一不走样

其仪不忒　　正是四国¹⁰　　言行如一不走样　四方各国好榜样

shī
鸤鸠在桑　　其子在榛　　　　布谷筑巢桑树间　小鸟飞落榛树上

淑人君子　　正是国人¹¹　　我们理想好君子　全国百姓好官长

正是国人　　胡不万年¹²　　全国百姓好官长　怎不祝他寿无疆

9　忒：偏差。

10　正：长官。　四国：各国。

11　国人：全国人民。

12　胡：何。朱熹《诗集传》："胡不万年，愿其寿考之辞也。"

下　泉

【题解】

　　这是曹人赞美晋国荀跞纳周敬王于成周的诗。据《左传》及《史记》记载，鲁昭公二十二年，周景王死，太子寿先卒，王子猛立。王子朝作乱，攻杀猛，尹氏立王子朝。王子匄居于狄泉，即诗之下泉（亦名翟泉，在今洛阳东郊）。后来晋文公派大夫荀跞攻子朝而立猛弟匄，是为敬王。诗当作于周敬王入成周以后，即在公元前516年后。这是《诗经》中时间最晚的一首诗。

蓍　　多年生草本。全草可入药，茎、叶可制香料。我国古代常用它的茎占卜。

冽彼下泉¹　　浸彼苞稂²　　　　下泉水呀清又凉　　淹得莠草难生长

怃我寤叹³　　念彼周京⁴　　　　睁眼醒来长叹息　　不知京都怎么样

冽彼下泉　　　浸彼苞萧⁵　　　　下泉水呀清又凉　　淹得蒿草难生长

怃我寤叹　　　念彼京周　　　　　睁眼醒来长叹息　　空念京城难回乡

冽彼下泉　　　浸彼苞蓍⁶　　　　下泉水呀清又凉　　淹得蓍草难生长

怃我寤叹　　　念彼京师　　　　　睁眼醒来长叹息　　京师惹人常怀想

芃芃黍苗⁷　　阴雨膏之⁸　　　　蓬勃一片黍苗壮　　阴雨润泽助它长

四国有王　　　郇伯劳之⁹　　　　各国诸侯终有主　　护送敬王郇伯忙

1　冽：寒冷。　下泉：出自地下的泉水，亦名狄泉。
2　苞：丛生。　稂：生而不结实的粱，莠一类的草。
3　怃：叹息。　寤：睡醒。
4　周京：周天子所居的都城王城（今洛阳西郊）。下文的"京周"、"京师"和周京
　　同义。
5　萧：蒿草。
6　蓍：草名。《说文》："蓍，蒿属。"
7　芃芃：茂盛的样子。
8　膏：润泽的意思。
9　郇：与"荀"通，郇伯指晋大夫荀跞。　劳：勤劳。　之：指纳敬王的事。

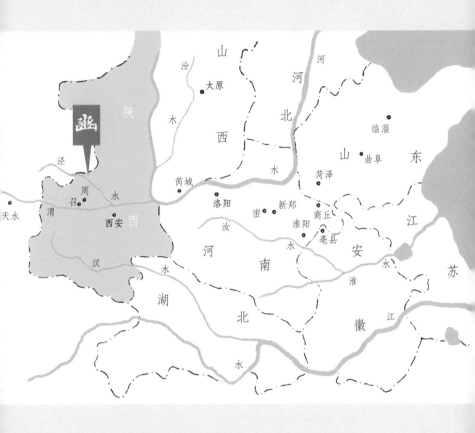

豳風

豳，亦作邠。《豳风》共七篇。

《破斧》篇说："周公东征。"《东山》篇说："我徂东山，慆慆不归。""自我不见，于今三年。"这两首诗当是周初的作品。平王东迁，豳地为秦所有。可见《豳风》全部都产生于西周，是《国风》中最早的诗。

豳地在今陕西栒邑、邠县一带地方，它原来是周的祖先公刘所开发的。周是重视农业的民族，所以豳诗多带有务农的地方色彩。除《七月》外，《东山》等诗，也可以看出它的影子。《汉书·地理志》说："昔后稷封斄，公刘处豳，太王徙岐，文王作酆，武王治镐，其民有先王遗风，好稼穑，务本业，故豳诗言农桑衣食之本甚备。"这几句话，说出了豳诗的特点。

豳风

七 月

【题解】

　　这是一首叙述西周农民一年到头无休止的劳动过程和他们生活情况的诗，反映了当时农民衣、食、住各方面的情况。诗从七月写起，是顺应农事活动的季节性，叙事的结构相当严密。诗用平铺直叙的手法，按月歌唱的形式，突出全诗的一条线索：贵族和农民生活的悬殊，鲜明地反映了当时阶级的对立和社会的本质。

鵙　　即伯劳。额部和头部的两旁黑色，颈部蓝灰色，背部棕红色，有黑色波状横纹。以昆虫为食。善鸣叫。

七月流火¹　九月授衣²　　七月"火"星偏西方　九月女工缝衣裳

一之日觱发³　二之日栗烈⁴　十一月北风呼呼吹　十二月寒气刺骨凉

无衣无褐⁵　何以卒岁⁶　　粗布衣服都没有　怎样过冬心悲伤

三之日于耜⁷　四之日举趾⁸　正月农具修整好　二月下地春耕忙

同我妇子⁹　馌彼南亩¹⁰　　关照老婆和孩子　送饭南田充饥肠

田畯至喜¹¹　　　　　　　　田官老爷喜洋洋

七月流火　　九月授衣　　七月"火"星偏西方　九月女工缝衣裳

1　七月：夏历七月。　流：向下行。　火：即心宿二。每年夏历五月黄昏出现在南方，方向最正，位置最高。六月以后，就偏西向下行。

2　授衣：把裁制冬衣的工作，交给妇女们去做。马瑞辰《通释》："凡言'授衣'者，皆授使为之也……盖九月妇功成，丝麻之事已毕，始可为衣。"

3　一之日：即夏历的十一月。周历以夏历的十一月为正月。　觱发：寒风触物的声音。

4　二之日：夏历十二月。　栗烈：亦作"溧冽"，寒气刺骨。

5　褐：本义是粗毛布，这里引申为粗布衣服。

6　卒：终。

7　三之日：夏历一月（正月）。　于：为，这里指修理。　耜：农具，犁的一种。

8　四之日：夏历二月。夏历三月不作五之日，称为"春"。从四月到十月都依照夏历，如今农村沿用农历。　举趾：举足下田，开始春耕。

9　同：会合，约的意思。

10　馌：送饭。　南亩：泛指田地。

11　田畯：领主设的监工农官。

貉

貉　　哺乳动物类。外形似狐，毛棕灰色。穴居于河谷、山边和田野间，昼伏夜出，食鱼、鼠、蛙、
　　　虾、蟹和野果等。现北方通称貉子。

春日载阳[12]　有鸣仓庚[13]　　　春天太阳暖洋洋　黄莺吱喳枝头唱

女执懿筐[14]　遵彼微行^{háng}[15]　姑娘手提深竹筐　沿着墙边小路旁

爰求柔桑[16]　　　　　　　　　　采呀采那柔嫩桑

春日迟迟[17]　采蘩祁祁[18]　　　春天日子渐渐长　采蒿人儿闹嚷嚷

女心伤悲　殆及公子同归[19]　　姑娘心里暗悲伤　就怕公子看上把人抢

七月流火　八月萑苇^{huán}[20]　七月"火"星偏西方　八月割苇好收藏

蚕月条桑[21]　取彼斧斨^{qiāng}[22]　三月动手修桑树　拿起斧头拿起斨

以伐远扬[23]　猗彼女桑^{yī}[24]　高枝长条砍个光　攀着短枝采嫩桑

12　春日：指夏历三月。　载：开始。　阳：天气和暖。

13　有：词头，无义。　仓庚：黄莺。

14　懿：深。

15　遵：沿。　微行：小路。

16　爰：于是。　柔桑：嫩桑叶。

17　迟迟：形容日长的样子。

18　蘩：草名，亦名白蒿。一说蘩是幼蚕的食物，一说蘩可制蚕箔，一说用蘩水洗蚕子，使它易出。　祁祁：形容采蘩妇女众多的样子。

19　殆：怕。　公子：指豳公的儿子。有人说，公子是指豳公的女儿，归训嫁。亦通。

20　萑苇：荻草和芦苇。这句省去动词收藏。

21　蚕月：养蚕的月份，指三月。　条：挑的借字。条桑，修剪桑树。

22　斨：方孔的斧。

23　远扬：指过长过高的桑树枝。

24　猗：掎的借字，拉着。　女桑：嫩桑叶。

狸　　即豹猫。也叫狸猫、狸子、山猫等。形状似猫，圆头大尾，头部有黑色条纹，两眼内缘上各有
　　一白纹，躯干有黑褐色的斑点。以鸟、鼠等小动物为食。狐和狸本是两种动物，后来合称"狐
　　狸"，专指狐。诗中的"狐狸"则指狐和狸。

七月鸣鵙²⁵　八月载绩²⁶　　　七月伯劳树上唱　八月纺麻织布忙

载玄载黄²⁷　我朱孔阳²⁸　　　染成黑色染成黄　我染红的最漂亮

为公子裳　　　　　　　　　　为那公子做衣裳

四月秀葽²⁹　五月鸣蜩³⁰　　　四月远志结子囊　五月知了声声唱

八月其获³¹　十月陨萚³²　　　八月庄稼要收割　十月落叶随风扬

一之日于貉³³　取彼狐狸　　　十一月把那貉子打　狐狸剥皮洗清爽

为公子裘　　　　　　　　　　好给公子做衣裳

二之日其同³⁴　载缵武功³⁵　　十二月大伙聚一起　继续打猎练武忙

言私其豵³⁶　献豜于公³⁷　　　留下小猪自己吃　大猪送到公府上

25　鵙：鸟名，又名伯劳。

26　绩：纺织。

27　载：又是。　玄：黑而带红色。

28　朱：红色。　孔：甚。　阳：鲜明。

29　秀：长穗。　葽：植物名，今名远志，可作药用。

30　蜩：蝉。

31　其获：指各种农作物将要收获。

32　陨：坠落。　萚：落叶。

33　于：取。　貉：似狐而较胖，尾较短，亦称狗獾。

34　同：会合。

35　载：则，就。　缵：继续。　武功：指田猎之事。

36　私：私人占有。　豵：本义是小猪，此处疑泛指小兽。

37　豜：三岁的大猪，这里疑泛指大兽。　公：公家，指统治者。

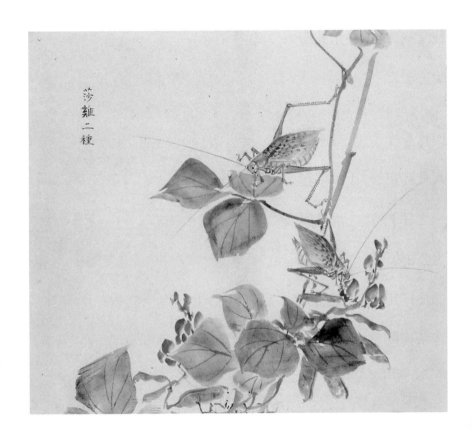

莎鸡　　昆虫类，又名络纬，俗称纺织娘、络丝娘。夏秋夜间振羽作声，声如纺线，故名。

五月斯螽动股³⁸　六月莎鸡振羽³⁹　五月里蚱蜢弹腿响　六月里蝈蝈抖翅膀

七月在野⁴⁰　八月在宇⁴¹　七月蟋蟀野地鸣　八月屋檐底下唱

九月在户　十月蟋蟀入我床下　九月跳进房门槛　十月到我床下藏

穹窒熏鼠⁴²　塞向墐户⁴³　打扫垃圾熏老鼠　泥好大门封北窗

嗟我妇子　曰为改岁⁴⁴　累完嘱咐妻和子　眼看就要过年关

入此室处⁴⁵　赶快住进这间房

六月食郁及薁⁴⁶　七月亨葵及菽⁴⁷　六月里野李葡萄尝　七月里煮葵烧豆汤

八月剥枣⁴⁸　十月获稻　八月把那枣儿打　十月收割稻米香

38　斯螽：亦名螽斯，今名蚱蜢。　动股：古人误以为蚱蜢以腿摩擦发声。

39　莎鸡：虫名，即纺织娘。　振羽：动翅发声。

40　野：田野。

41　宇：屋檐，这里指屋檐的下面。

42　穹：治除，打扫。　窒：这里用作名词，指灰尘垃圾一类堵塞物。　熏鼠：用烟熏赶老鼠。

43　塞：堵塞。　向：北窗。　墐：用泥涂抹。古代农民多编柴竹为门，冬天需涂泥塞缝，以御寒气。

44　曰：《韩诗》作"聿"，发语词。　改岁：更改年岁，指过年。

45　处：居住。

46　郁：蔷薇科小灌木，果实名郁李。　薁：野葡萄。

47　亨：同"烹"，煮。　葵：菜名。　菽：大豆。

48　剥：通"扑"，打。　枣和下句的稻，都是酿酒的原料。

郁　　　果木名，即郁李。蔷薇科落叶小灌木。其材可为器具，仁入药。

为此春酒⁴⁹　以介眉寿⁵⁰（gài）　　把它酿成好春酒　祝贺老爷寿命长

七月食瓜　八月断壶⁵¹　　七月采瓜食瓜瓤　八月葫芦吃个光

九月叔苴⁵²（jū）　　九月麻子好收藏

采荼薪樗⁵³（chū）　食我农夫　　采些苦菜砍些柴　是咱农夫半年粮

九月筑场圃⁵⁴　十月纳禾稼⁵⁵　　九月里筑好打谷场　十月里庄稼要进仓

黍稷重穋⁵⁶（tóng lù）　禾麻菽麦⁵⁷　　谷子黄米加高粱　粟麻豆麦分开放

嗟我农夫　　叹我农夫命里忙

我稼既同⁵⁸　上入执宫功⁵⁹　　大伙庄稼刚收完　又要服役修宫房

49　春酒：冬天酿酒，经春始成，所以叫春酒。

50　介：求。　眉寿：人老了，眉上长毫毛，叫秀眉，所以称长寿为眉寿。

51　断：摘下。　壶：葫芦。

52　叔：拾取。　苴：麻子。

53　荼：苦菜。　薪：这里作动词"烧"用。　樗：臭椿。

54　场：打粮食的空场。　圃：菜园。古人一地两用，平时种菜，收获季节夯实做场地，所以称场圃。

55　纳：收藏。

56　黍：糜子，小米。　稷：高粱。　重：同"種"，早种晚熟的谷。　穋：同"稑"，晚种早熟的谷。

57　禾：粟。

58　同：收齐，集中。

59　上：同"尚"，还得。　宫功：修缮建筑宫室。

蘡　　即蘡薁，又称野葡萄，木质藤本。果可酿酒，根叶可入药。

昼尔于茅⁶⁰　宵尔索绹⁶¹　　　白天出外割茅草　晚上搓绳长又长

亟其乘屋⁶²　其始播百谷⁶³　急急忙忙盖屋顶　开春要播各种粮

二之日凿冰冲冲⁶⁴　　　　　腊月里凿冰冲冲响

三之日纳于凌阴⁶⁵　　　　　正月里送进冰窖藏

四之日其蚤⁶⁶　献羔祭韭⁶⁷　二月里取冰行祭礼　献上韭菜和小羊

九月肃霜⁶⁸　十月涤场　　　九月天高气又爽　十月扫清打谷场

朋酒斯飨⁶⁹　曰杀羔羊⁷⁰　　捧上两壶清香酒　宰了大羊和小羊

跻彼公堂⁷¹　称彼兕觥⁷²　　踏上台阶进公堂　高高举起牛角杯

万寿无疆　　　　　　　　　　同声高祝寿无疆

60　尔：语助词。　于：取。
61　宵：夜里。　索：搓。　绹：绳。
62　亟：同"急"，赶快。　乘：覆盖。
63　其始：将要开始。
64　冲冲：凿冰的声音。
65　凌阴：藏冰的地窖。
66　蚤：同"早"。这里指早朝，是古代一种祭祀仪式。
67　古代藏冰和取冰都要祭祀。《礼记·月令》："仲春之月……天子乃鲜（献）羔开冰。"
68　霜：同"爽"（见王国维《观堂集林·肃霜涤场说》）。肃霜，天高气爽。
69　朋酒：两壶酒。　斯：代词，指酒。　飨：以酒食待客。
70　曰：同"聿"，发语词。
71　跻：登。　公堂：公共场所。可能是乡民集会的场所。
72　称：举起。　兕觥：古时一种铜制伏兕形酒器。

枣　　　落叶灌木或乔木。有直立或钩状刺，叶子卵形或长圆形，开黄绿色小花。结核果，鲜嫩时黄色，
　　　　成熟后紫红色，卵形、长圆形或球形，味甘甜，可食，亦供药用。

瓜　　葫芦科植物。种类　　韭　　即韭菜，多年生草　　壶　　"壶"通"瓠"，即葫
　　　甚多。果实可作蔬　　　　　本。叶子细长而扁，　　　　芦。果实像重叠的
　　　菜或水果，有的还　　　　　花白色。　　　　　　　　　两个圆球，嫩时可
　　　可作杂粮和饲料。　　　　　　　　　　　　　　　　　食，干老后可作盛
　　　　　　　　　　　　　　　　　　　　　　　　　　　　器或供玩赏。

鸱 鸮

【题解】

　　这是一首禽言诗。全诗以一只母鸟的口气，诉说她过去被猫头鹰抓走了小鸟，但仍经营巢窝，抵御外侮，并抒写她育子修窝的辛勤劳瘁和目前处境的困苦危险。这当然是一首有寄托的诗，但所指何人何事，不得而知。历代学者都认为是周公旦作的，因为《尚书·金縢》和《史记·鲁世家》都记载周公在平定了管、蔡、武庚与淮夷之乱后，作了《鸱鸮》一诗送给成王。但是，《尚书·金縢》经近人考证，已定为伪作；司马迁《史记·鲁世家》的记载当也是以《金縢》为据的。所以周公作《鸱鸮》之说，未必可信。

鸱鸮　　即猫头鹰，鸱鸮科。古称鸱鸮、鸮或枭。身体淡褐色，多黑斑。两眼大而圆，位于头部正前方。喙和爪均呈钩状，锐利。昼伏夜出，食物以鼠类为主，亦捕食小鸟或大型昆虫。旧时多以为不祥之恶鸟，其实对人类有益。

chī xiāo chī xiāo
鸱鸮鸱鸮¹　　既取我子　　　猫头鹰啊猫头鹰　　你已抓走我娃娃

无毁我室²　　恩斯勤斯³　　不要再毁我的家　　日夜操劳费尽心

yù
鬻子之闵斯⁴　　　　　　　为养孩子累又乏

迨天之未阴雨⁵　　彻彼桑土⁶　　趁着天晴没阴雨　　剥些桑树根上皮

绸缪牖户⁷　　今女下民⁸　　修补窗子和门户　　现在你们下面人

或敢侮予　　　　　　　　　有谁还敢来欺侮

1　鸱鸮：鸟名，即猫头鹰。古人认为这种鸟是恶鸟，所以诗人用它比喻贪恶
　　之人。

2　室：指鸟巢。

3　恩：《鲁诗》作"殷"。《郑笺》："殷勤于稚子。"是恩勤即殷勤，辛苦的意思。
　　斯：语助词。

4　鬻：通"育"，养育。　子：指小鸟。　闵：病困。

5　迨：趁着。

6　彻：剥取。　土：杜的假借字，《韩诗》作"杜"。桑杜，桑根。诗省"皮"字。

7　绸缪：缠缚。

8　女：通"汝"。　下民：指人类。

予手拮据⁹　予所捋荼¹⁰　　　我手发麻太疲劳　我采芦花来垫巢

予所蓄租¹¹　予口卒瘏^{tú 12}　　我还贮存干茅草　我的嘴巴累痛了

曰予未有室家¹³　　　　　　　窝还不曾修理好

予羽谯谯^{qiáoqiáo 14}　予尾翛翛^{xiāoxiāo 15}　　我的羽毛已枯焦　我的尾巴像干草

予室翘翘¹⁶　风雨所漂摇　　　我的窝儿险而高　风吹雨打晃又摇

予维音哓哓^{xiāoxiāo 17}　　　　　　吓得我啊吱吱叫

9　拮据：因操作劳苦致手指不灵活。

10　捋：用手自上而下勒取。　荼：芦、茅的花。

11　蓄：积聚。　租：蒩的借字，亦作苴，茅草。

12　卒：音义同"悴"。卒瘏，口病。马瑞辰："'卒瘏'与'拮据'相对成文。卒……字通作悴……卒瘏皆为病。"

13　曰：同"聿"，发语词。　未有室家：指巢还没有修好。

14　谯谯：形容羽毛枯焦的样子。

15　翛翛：鸟羽干枯无光泽的样子。

16　翘翘：高而危险的样子。

17　哓哓：因恐惧而发出的叫声。

东 山

【题解】

　　这是一个远征士卒在归途中思家的诗。他渴望早日回家，又担心可能发生的种种情况，表现了复杂细腻的感情。唐人诗句"近家情更怯，不敢问来人"，可为此诗意境作最好注脚。有人认为诗的社会背景和周公东征有关，这位诗人就是参加这次东征的士兵。

蠋　　鳞翅目昆虫的幼虫。青色，形似蚕，大如手指。

栝楼

栝楼　　即果蠃。多年生草本，茎上有卷须，以攀缘他物。果实卵圆形，橙黄色。中医用来做镇咳祛痰药。

我徂东山¹　　慆慆不归²　　我到东山去打仗　　好久不归岁月长

我来自东　　零雨其濛³　　今天我从东方回　　细雨濛濛倍凄凉

我东曰归　　我心西悲　　我刚听说要回乡　　西望家乡心悲伤

制彼裳衣⁴　　勿士行枚⁵　　缝好一套平时装　　不再含枚上战场

蜎蜎者蠋⁶　　烝在桑野⁷　　山蚕蠕动曲又弯　　息在野外桑树上

敦彼独宿⁸　　亦在车下　　孤身独睡缩成团　　兵车底下权当床

1　徂：往。　东山：在今山东曲阜，亦名蒙山，商时属奄国，它是诗中兵士远征的地方。

2　慆慆：长久。

3　零雨：细雨。　其濛：即濛濛。

4　裳衣：指平常的服装。马瑞辰："盖制其归途所服之衣，非谓兵服。"

5　勿士：不要从事。　行：同"横"。行枚，即衔枚，古人行军，用枚（状如筷子）横衔在口里，避免说话出声。此指战争。

6　蜎蜎：虫蠕动的样子。　蠋：蜀的俗字，鳞翅目昆虫的幼虫。

7　烝：久。

8　敦彼：即敦敦，身体蜷缩成团。

伊威　虫名，亦作蛜蝛，今名地鳖虫，生于阴暗潮湿处。

^{cú}
我徂东山　　^{tāo tāo}慆慆不归　　我到东山去打仗　　好久不归岁月长

我来自东　　零雨其濛　　今天我从东方回　　细雨濛濛倍凄凉

^{luǒ}
果蠃之实⁹　　^{yì}亦施于宇¹⁰　　瓜蒌结实一串串　　蔓延挂在房檐上

伊威在室¹¹　　^{xiāoshāo}蟏蛸在户¹²　　屋里尽是地鳖虫　　门前结满蜘蛛网

^{tǐng tuǎn}
町疃鹿场¹³　　^{yì yào}熠耀宵行¹⁴　　田地变成野鹿场　　入夜萤火点点亮

不可畏也　　伊可怀也¹⁵　　家园虽荒也不怕　　越是荒凉越怀想

^{cú}
我徂东山　　^{tāo tāo}慆慆不归　　我到东山去打仗　　好久不归岁月长

我来自东　　零雨其濛　　今天我从东方回　　细雨濛濛倍凄凉

9　果蠃：瓜蒌，亦名栝楼，蔓生葫芦科植物。

10　施：蔓延。　宇：屋檐。

11　伊威：亦作蛜蝛，虫名，今名地鳖虫，生于阴暗潮湿处。

12　蟏蛸：虫名，一种喜蛛，一种长脚的小蜘蛛。

13　町疃：田舍旁空地，禽兽践踏的地方。

14　熠耀：闪闪发光的样子。　宵行：虫名，今名萤火虫。

15　伊：是。

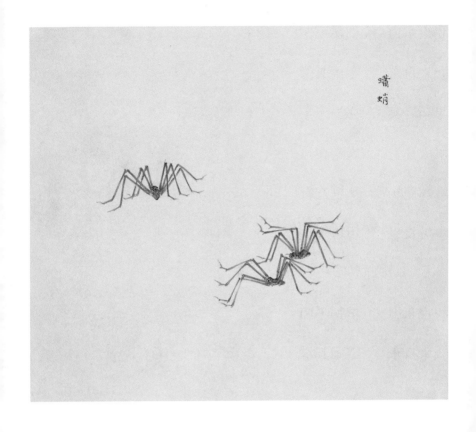

蟏蛸

蟏蛸　　虫名，蜘蛛的一种，脚很长。通称喜蛛。

鹳鸣于垤¹⁶　妇叹于室¹⁷　　鹳立土堆伸颈叫　妻守空房长嗟伤

洒埽穹窒¹⁸　我征聿至¹⁹　　洒扫房舍多整洁　盼我征夫早回乡

有敦瓜苦²⁰　烝在栗薪²¹　　团团苦瓜本已苦　何况结在苦菜上

自我不见　于今三年　　　自从我们不相见　于今三年想断肠

我徂东山　慆慆不归　　　我到东山去打仗　好久不归岁月长

我来自东　零雨其濛　　　今天我从东方回　细雨濛濛倍凄凉

仓庚于飞²²　熠耀其羽　　黄莺翻飞春已晚　毛羽鲜明闪闪亮

之子于归　皇驳其马²³　　想她当初做新娘　迎亲花马白里黄

16　鹳：水鸟名，形似鹭，亦似鹤。　垤：土堆。

17　妇：指征人之妻。从这句起，到末句"于今三年"，都是诗人想象妻子盼望自
己回来和思念之情。

18　穹窒：清除脏物。

19　我：征人之妻自称。　征：征人。　聿：语助词。

20　有敦：敦敦，团团。　瓜苦：即苦瓜。

21　栗：《韩诗》作"蓼"（liǎo），苦菜。

22　仓庚：黄莺。

23　皇：亦作"騜"，黄白色的马。　驳：红白色的马。皆指迎亲所用的马。

宵行　　虫名，今名萤火虫。身体黄褐色，腹部末端有发光器，夜间能看到它发出的带绿色的萤光。

亲结其缡[24]　九十其仪[25]　　　娘替女儿结佩巾　仪式繁多求吉祥

其新孔嘉[26]　其旧如之何[27]　　新婚夫妇真美满　久别重逢该怎样

24 亲：指妻子的母亲。　缡：佩巾的带。古代风俗，嫁女的时候，母亲要亲自
　 给女儿结缡。

25 九十：形容繁多。指他们结婚时礼节繁多。　仪：仪式，礼节。

26 新：指新婚。　孔：甚，很。　嘉：美满。

27 旧：久，指久别。

鹳

鹳　　水鸟名，鹳科各种类的通称。形似鹤，嘴长而直，翼大尾短，脚长而赤，捕鱼虾等为食。

破 斧

【题解】

这是随周公东征的士卒喜获生还的诗。周灭殷后，武王把殷地分为三部，命自己的兄弟管叔、蔡叔、霍叔各领一部。封纣子武庚为诸侯，受三叔的监视。武王病死，子成王立，年龄幼小，由武王同母弟周公摄政。后来武庚联合管、蔡和东方旧属国奄、姑蒲及徐夷、淮夷，起兵反周。周公带兵东征，杀武庚和管叔，放蔡叔，灭熊、盈等十七国，把殷顽民迁到洛阳。《破斧》一诗，旧说是赞美周公之作。就诗论诗，并不足信。它只是东征士卒喜获生还而已。此诗作于公元前1113年以后。

既破我斧	又缺我斨¹	斧头斫得裂缝长	满身伤痕青铜斨
周公东征²	四国是皇³	周公东征到远方	四国听到都着慌
哀我人斯	亦孔之将⁴	可怜我们这些人	总算命大能回乡

既破我斧	又缺我锜⁵	斧头斫得裂缝粗	作战折断三齿锄

1　缺：缺口。这里作动词用。　斨：方孔的斧。

2　周公：周武王的弟弟，名旦。

3　四国：指天下，朱熹训为"四方之国"。《毛传》注为管、蔡、商、奄。　皇：同"惶"，恐惧。

4　孔：很。　将：大。《毛传》："将，大也。"和"好"同义。下文的"嘉"和"休"，都是美善的意思。

5　锜：似三齿锄的武器。

| 周公东征 | 四国是吪⁶ | 周公东征到远方 | 四国幡然都悔悟 |
| 哀我人斯 | 亦孔之嘉 | 可怜我们这些人 | 总算有福回乡土 |

既破我斧	又缺我𨨏⁷	斧头斫裂刃锋销	缺口参差手中锹
周公东征	四国是遒⁸	周公东征到远方	四国平定不动摇
哀我人斯	亦孔之休	可怜我们这些人	熬到回乡算命好

6　吪：《鲁诗》作讹，感化。《毛传》："吪，化也。"

7　𨨏：像锹一样的武器。胡承珙《毛诗后笺》说："𨨏，亦耒类，盖起土之物……耒锹不殊。"

8　遒：稳定。

伐　柯

【题解】

　　这首诗写娶妻必须通过媒人，就如砍伐斧柄必须用斧头一样。后来人们称为人做媒叫"伐柯"、"作伐"，即从此而来。旧说认为这是赞美周公的诗，但毫无根据。

伐柯如何[1]	匪斧不克[2]	要砍斧柄怎么办	没有斧头不成功
取妻如何[3]	匪媒不得	要娶妻子怎么办	没有媒人行不通

伐柯伐柯	其则不远[4]	砍斧柄呀砍斧柄	样子就在你面前
我觏之子[5]	笾豆有践[6]	我看那位好姑娘	料理宴席很熟练

1　柯：斧柄。

2　克：能。

3　取：通"娶"。

4　则：准则，榜样。　不远：指手持斧头砍取制斧柄的材料，其取材的样子就是手中所握之斧柄，不必远求。

5　觏：见。　之子：指诗人所追求的姑娘。

6　笾：竹制高足碗，盛果类。　豆：象形字，木制高足碗，上有盖，盛肉类。笾和豆都是古人宴会或祭祀用的餐具。　有践：即践践，陈列整齐的样子。

九 罭

【题解】

　　这是一首主人留客的诗。这位客人，穿着衮衣绣裳，当然是一位贵族。旧说此诗赞美周公，或以为写东人留周公，均无确据。

鳟　　赤眼鳟，鲤科鱼类之一种。又名红眼鱼。体延长，前部圆筒形，后部侧扁，银灰色，眼上缘红色，每鳞片后具一小黑斑，尾鳍叉形。为生活于淡水中的常见食用鱼类，可供养殖。

九罭之鱼鳟鲂¹　我觏之子²　　细网捞着大鳟鲂　我的客人不平常

衮衣绣裳³　　　　　　　　　　画龙上衣彩色裳

鸿飞遵渚⁴　公归无所⁵　　大雁飞飞沿沙洲　您若归去没处留

于女信处⁶　　　　　　　　　　不住两夜不让走

鸿飞遵陆　公归不复⁷　　　大雁沿着陆地飞　您若归去不再回

于女信宿　　　　　　　　　　请住两夜别推诿

是以有衮衣兮⁸　无以我公归兮⁹　藏起您的绣龙袍　请您别走好不好

无使我心悲兮　　　　　　　　不要让我添烦恼

1　九罭：捕小鱼的密网。九是虚数，言其眼多。　鳟：赤眼鳟。　鲂：鳊鱼。
　密网去捕鳟、鲂一类大鱼它就逃不脱。诗以鱼比客人之尊贵。

2　我：主人自称。　觏：遇见。　之子：指客人。

3　衮衣：画着龙的上衣。　绣裳：五彩的绣裙。按衮衣绣裳，都是古代贵族的
　礼服。

4　鸿：大雁。　遵：沿着。　渚：水中沙洲。

5　公：指客人。　无所：没有一定的处所。

6　女：通"汝"。　信：两宿为信。信处犹信宿，住两夜。

7　不复：不返。

8　有：藏。闻一多："有，藏之也。"

9　无以：不让。以，使。《战国策·秦策》："向欲以齐事王。"

狼　跋

【题解】

　　这是讽刺贵族公孙的诗。这位公孙，到底是谁，不得而知，只得存疑。他吃得胖胖的，穿着华丽的礼服，实际上品德名誉都不好，因而到处碰壁，处境狼狈。旧说这首诗赞美周公，是因为轻信了伪《尚书·金縢》，从而以暴露为歌颂，有失诗的原意。高亨《诗经今注》虽认为它是刺诗，但他说"硕肤"是"石甫"，是讽刺幽王时的虢石甫，似无确证。

狼　　哺乳动物类。耳竖立，毛黄色或灰褐色，尾下垂，栖息山林中。性凶残，往往结群伤害禽畜。

狼跋其胡¹　　载疐其尾²　　　　老狼朝前踩下巴　　后退又踏长尾巴

公孙硕肤³　　赤舄几几⁴　　　　公孙身体肥又大　　红鞋弯弯神气煞

狼疐其尾　　载跋其胡　　　　　老狼后退踩尾巴　　前进又踏肥下巴

公孙硕肤　　德音不瑕⁵　　　　公孙身体肥又大　　品德名誉差不差

1　跋：践，踩。　胡：老狼颔下垂下来的肉。朱熹《诗集传》："胡，颔下悬肉也。"

2　载：同"再"，又。　疐：同"踬"，也是脚踩的意思。诗人以老狼走路兴公孙
　　进退两难狼狈不堪的处境。

3　公孙：当时对贵族的称呼，他当是豳公的后代。　硕肤：肥胖的意思。闻一
　　多认为肤与"胪"通，释"腹前肥为胪"（大肚子），亦通。

4　赤舄：红色而以金为饰的鞋，亦名"金舄"，贵族配衮衣礼服穿的鞋，与平常
　　穿"履"异。　几几：鞋头弯曲的样子。

5　德音：这里指品德名誉。　瑕：瑕疵。